CLASSIQUES & CIE
LYCÉE

JEAN GIRAUDOUX

Électre

(1937)

suivi d'une **anthologie sur le mythe d'Électre**

Collection dirigée par **Johan Faerber**

Édition annotée et commentée par **Laurence Rauline**
agrégée de lettres modernes
docteur en littérature française de l'âge classique

Hatier

Électre

7 Préface
12 Personnages
15 Acte I
111 Entracte
117 Acte II

3 QUESTIONS

pour vous GUIDER

Une rubrique, au fil du texte, pour vous aider à interpréter les passages clés et acquérir des outils d'analyse

29 **Acte I, scène 1** • La scène d'exposition
78 **Acte I, scène 4** • Le conflit mère-fille
94 **Acte I, scène 8** • Les retrouvailles entre Oreste et Électre
115 **Entracte (lamento du jardinier)** • Un monologue poétique
127 **Acte II, scène 2** • Une scène comique ?
198 **Acte II, scène 8** • Vers le dénouement

 - ISBN 978-2-21899135-6

Conception graphique de la maquette : c-album, Jean-Baptiste Taisne, Rachel Pfleger; Studio Favre & Lhaïk; dossier : Lauriane Tiberghien • Principe de couverture : Double • Mise en page : Chesteroc Ltd • Suivi éditorial : Claire Dupuis • Correction : Danièle Bouilly.

L'anthologie sur
la tragédie

La naissance de la tragédie (Antiquité)

213 **Aristote,** *Poétique* • chap. VI
214 **Romilly,** *La Tragédie grecque* (1970)
215 **Eschyle,** *Les Perses* (472 av. J.-C.)
217 **Euripide,** *Andromaque* (v. 425 av. J.-C.)
218 **Sénèque,** *Médée* (Ier siècle) • acte V, scène 1

La tragédie classique ou l'âge d'or de la tragédie (XVIIe siècle)

221 **Garnier,** *Hippolyte* (1573)
224 **Corneille,** *Horace* (1640) • acte III, scène 1
226 **Corneille,** *Discours de l'utilité et des parties du poème dramatique* (1660)
227 **Racine,** *Bérénice* (1670) • Préface
228 **Racine,** *Phèdre* (1677) • acte II, scène 5

De la tragédie au registre tragique (XIXe et XXe siècle)

231 **Hugo,** *Lucrèce Borgia* (1833) • acte III, scène 3
233 **Giraudoux,** *La guerre de Troie n'aura pas lieu* (1935) • acte II, scène 13
235 **Anouilh,** *Antigone* (1944)
237 **Ionesco,** *Le roi se meurt* (1962)
238 **Ionesco,** *Notes et contre-notes* (1962) • « Notes sur le théâtre »
239 **Cixous,** *L'Histoire terrible mais inachevée de Norodom Sihanouk, roi du Cambodge* (1985) • 1re époque, acte IV, scène 4
241 **Koltès,** *Roberto Zucco* (1990) • II. « Meurtre de la mère »

Le dossier

REPÈRES CLÉS

POUR SITUER L'ŒUVRE

246 REPÈRE 1 ♦ **Giraudoux (1882-1944), romancier et dramaturge**

249 REPÈRE 2 ♦ **Giraudoux et la mythologie**

251 REPÈRE 3 ♦ ***Électre*, une pièce déconcertante ?**

FICHES DE LECTURE

POUR APPROFONDIR SA LECTURE

253 FICHE 1 ♦ **La tragédie classique renouvelée**

256 FICHE 2 ♦ **Des personnages maudits**

260 FICHE 3 ♦ **Un théâtre poétique**

THÈMES ET DOCUMENTS

POUR COMPARER

Thème 1 > **Le théâtre ou la résistance**

263 DOC. 1 ♦ **Racine,** *Andromaque* (1667) • acte I, scène 4

265 DOC. 2 ♦ **Marivaux,** *La Colonie* (1750) • scène 1

266 DOC. 3 ♦ **Musset,** *Lorenzaccio* (1834) • acte III, scène 3

268 DOC. 4 ♦ **Giraudoux,** *Électre* (1937) • acte II, scène 10

268 DOC. 5 ♦ **Sartre,** *Les Mouches* (1943) • acte III, scène 6

269 DOC. 6 ♦ **Anouilh,** *Antigone* (1944)

Thème 2 > Réécritures du mythe d'Électre

271 DOC. 7 ♦ **Eschyle,** *Les Khoèphores* (ve siècle av. J.-C.)

272 DOC. 8 ♦ **Sophocle,** *Électre* (vers 415 av. J.-C.)

273 DOC. 9 ♦ **Euripide,** *Électre* (vers 416 av. J.-C.)

274 DOC. 10 ♦ **Giraudoux,** *Électre* (1937) • acte I, scènes 5 et 6

275 DOC. 11 ♦ **Sartre,** *Les Mouches* (1943) • acte II, scène 4

275 DOC. 12 ♦ **Affiche** de la mise en scène d'*Électre* par Surace (2015)

276 ANNEXE 1 ♦ **Leiris,** « Oreste et la Cité » (décembre 1943)

276 ANNEXE 2 ♦ **Vernant,** *Mythe et Pensée chez les Grecs* (1965)

OBJECTIF BAC

POUR S'ENTRAÎNER

> Sujets d'écrit

277 SUJET 1 ♦ **S'opposer sur scène à la tyrannie**

278 SUJET 2 ♦ **Réécrire une scène de reconnaissance**

> Sujets d'oral

280 SUJET 1 ♦ **La scène d'exposition**

281 SUJET 2 ♦ **La relation mère-fils**

282 SUJET 3 ♦ **Un monologue**

283 SUJET 4 ♦ **Le réveil d'Oreste**

> Lectures de l'image

284 LECTURE 1 ♦ **Le régicide :** Guérin, *Clytemnestre hésitant avant de frapper Agamemnon endormi*

285 LECTURE 2 ♦ **Un classique très moderne :** affiche de la mise en scène d'*Électre* par Surace

Préface

Je n'ai pas souvenir d'avoir jamais[1] parlé en profondeur d'*Électre* avec Jean Giraudoux[2]. À dix-huit ans, j'aurais certes pu et dû oser un tel dialogue mais, étrangement, malgré une certaine précocité – à cause d'elle ? – j'évitais le plus souvent de discuter avec mon père ce qu'il avait écrit.

Toutefois, j'avais lu et apprécié la pièce avant qu'elle ne se jouât. J'y tenais le personnage d'Électre, « femme à histoires[3] », pour inspiré par ma mère qui ne cessait d'en faire[4] et peut-être l'auteur partageait-il ce triste sentiment.

Savait-il vraiment quel était son propos ? Même s'il avait médité une œuvre avant de lui donner naissance, Jean Giraudoux remplissait une page blanche – soutenu par la mémoire prodigieuse qui me fait défaut – comme sous une dictée céleste[5], obéissant à son génie plutôt que le maîtrisant.

Comme par définition[6], dans *Électre*, mère et fille se disputaient… (De même que, depuis mon adolescence, je me heurtais constamment à ma mère.) Sur scène, les duels de cette

---

1. Jamais : un jour (sens affirmatif).

2. Jean Giraudoux est le père de l'auteur de la préface, Jean-Pierre Giraudoux (1919-2000).

3. Femme à histoires : femme qui fait des histoires, qui cherche les conflits (voir acte I, scène 2, p. 32-33).

4. D'en faire : de faire des histoires.

5. Dictée céleste : dictée par les dieux. L'auteur de la préface pense que son père était comme inspiré par les dieux.

6. L'auteur pense que les relations entre mères et filles sont forcément, « par définition », conflictuelles. Électre et Clytemnestre en offriraient l'exemple.

sorte devaient être exemplaires. Or, de notoriété publique, mère et fille s'empoignaient férocement au Gymnase[1]. Je fis donc une expédition dans le théâtre de Boulevard[2] où était représenté *Espoir*, drame bourgeois de ce Bernstein[3] dont mon père ne savourait pas la manière et le ton et qu'il entendait bien ne pas se forcer à subir à nouveau.

Moi, je fus « bon public » – je l'étais encore à cette époque –, captivé par le combat parisien mais sans merci entre Gabrielle Dorziat et Renée Devillers[4]... Pour l'*Électre* paternelle, il y avait là, à mes yeux, un tandem idéal. Je le suggérai, enthousiaste, à mon père qui le proposa à Jouvet[5], lequel l'accepta non sans gémir de ce que les cachets[6] des comédiennes fussent supérieurs à ceux usuels à l'Athénée.

De fait, dans l'*Électre* giralducienne[7], la querelle entre Clytemnestre et sa fille, si fascinante soit-elle, est anecdotique comme traditionnelle. Cette tragédie – mais mon père avait réservé le mot « tragédie » à *Judith*[8] – est une prémonition

---

1. Gymnase : théâtre situé sur un boulevard de Paris.

2. Théâtre de boulevard : théâtre réputé bourgeois et populaire, qui vise avant tout à divertir les spectateurs et qui se différencie nettement du grand répertoire traditionnel.

3. Henri Bernstein : (1876-1953) : dramaturge du théâtre de boulevard. *Espoir* est une comédie représentée pour la première fois, en 1934, au théâtre du Gymnase.

4. Gabrielle Dorziat, Renée Devillers : deux actrices qui jouaient dans *Espoir*, et qui endossent ensuite les rôles de Clytemnestre et d'Électre, dans la première mise en scène de la pièce de Giraudoux en 1937.

5. Louis Jouvet (1887-1951) : célèbre acteur, metteur en scène et directeur de théâtre (il dirige le théâtre parisien de l'Athénée de 1934 à 1951). Il a mis en scène plusieurs pièces de Giraudoux.

6. Cachets : salaires des artistes.

7. Giralducienne : adjectif formé à partir du nom « Giraudoux », signifiant que la pièce citée est de Giraudoux.

8. *Judith* : pièce de Giraudoux (1931), qui invite à une réflexion sur le pouvoir et la religion.

prophétique – le quasi-pléonasme[1] ne me gêne pas – de 1968 et de la contestation[2].

Pourquoi mis-je si longtemps à m'en rendre compte ?

En 1959, la Comédie-Française voulut reprendre *La guerre de Troie n'aura pas lieu*[3]. Pour un motif puissant et précis – sa plus grande difficulté ? – j'imposai *Électre*. J'imposai aussi Annie Ducaux[4] – la superbe – pour le rôle de Clytemnestre, à laquelle le metteur en scène aurait préféré une maîtresse du moment, d'ailleurs non sans talent.

J'eus, en outre, à me battre pour que la fameuse tirade du Mendiant sur les petits canards[5] ne fût pas supprimée. Cependant, je n'étais pas choqué que, si beaucoup d'autres joliesses étaient maintenues – pas toutes indispensables –, on eût coupé de nombreuses et percutantes phrases où la fille d'Agamemnon apparaissait – neuf années avant l'heure – avec ses vertus et avec ses défauts, avec son fanatisme, comme une soixante-huitarde[6]. Et, devant le spectacle mutilé, je n'analysais pas alors mon insatisfaction.

Deux ou trois ans plus tard, la pièce fut à nouveau programmée pour une grande tournée qui devait se terminer par un retour à Paris. Annie Ducaux fut chargée de reprendre la mise en place et

1. « **Prémonition** » et « **prophétique** » sont deux termes qui renvoient à la capacité à voir l'avenir. Ces termes n'ayant pas tout à fait le même sens, on peut parler de « **quasi-pléonasme** ».

2. Allusion aux événements de Mai 1968, qui voient la jeunesse contester les pouvoirs.

3. ***La guerre de Troie n'aura pas lieu*** : pièce de Giraudoux (1935).

4. **Annie Ducaux** (1908-1996) : comédienne française. Elle joue la pièce en 1959 dans une mise en scène de Pierre Dux, à la Comédie-Française.

5. Voir acte I, scène 13, p. 109.

6. **Soixante-huitarde** : femme qui défend les valeurs et les aspirations communes à ceux qui ont participé aux événements de Mai 1968.

la direction d'acteurs. Soudain, je voyais clair : les coupures m'horrifièrent. Pour ne pas vexer le metteur en scène originel – originel mais pas original – il fut décidé qu'après chaque répétition où Électre-Geneviève Casile[1] prononçait, face à Égisthe, le texte émasculé[2], je lui adresserais une lettre recommandée lui enjoignant de rétablir les passages indûment supprimés. Et ce fut comme un jeu d'où naquit, entre Annie Ducaux et moi-même, une amitié profonde. Mai 68 ne fut-il pas aussi une sorte de jeu ?

Un des charmes d'*Électre* – et un de ses dangers – est que le très long texte – le plus shakespearien de Jean Giraudoux – a besoin, comme les œuvres de Shakespeare, d'être émondé[3] pour être bien saisi entre Cour et Jardin[4], que tout metteur en scène peut le faire, selon son goût et selon son talent, et que la pièce – beaucoup plus que les autres – à chaque reprise renaît neuve.

Jean-Pierre GIRAUDOUX

1. **Geneviève Casile** : actrice française, qui jouait le rôle d'Électre.
2. **Émasculé** : coupé, privé de ce qui en faisait la puissance.
3. **Émondé** : débarrassé du superflu.
4. **Cour et Jardin** : les deux côtés d'un théâtre (à droite et à gauche, lorsqu'on regarde la scène).

Électre

Pièce en deux actes

Personnages

ÉLECTRE	*Renée Devillers*[1].
CLYTEMNESTRE	*Gabrielle Dorziat.*
AGATHE	*Madeleine Ozeray.*
LA FEMME NARSÈS	*Raymone.*
LES EUMÉNIDES[2]	*Marthe Herlin, Monique Mélinand, Denise Pezzani.*
LES PETITES EUMÉNIDES	*Véra Pharès, Nicole Munié-Berny, Clairette Fournier.*
LE MENDIANT	*Louis Jouvet.*
ÉGISTHE	*Pierre Renoir.*
LE PRÉSIDENT	*Romain Bouquet.*
ORESTE	*Paul Cambo.*
LE JARDINIER	*Alfred Adam.*
LE JEUNE HOMME	*Jean Deninx.*
LE CAPITAINE	*Robert Bogar.*
LE GARÇON D'HONNEUR	*Maurice Castel.*
LES MAJORDOMES[3]	*Julien Barrot, René Belloc.*
UN MENDIANT	*André Moreau.*

Invités villageois, soldats, serviteurs, écuyers et suivantes.
Mendiantes et mendiants : *Pamela Stirling, Émile Villard, Paul Ménager, Robert Geller, Constant Darras, Fernand Bellan, Roger Astruc.*

---

1. Les acteurs cités sont ceux de la première mise en scène de la pièce, en 1937.
2. Euménides : dans la mythologie grecque, divinités persécutrices. Elles sont « petites », au début de la pièce. Mais elles grandissent rapidement.
3. Majordomes : ceux qui dirigent le personnel d'une grande maison.

Électre fut représentée pour la première fois
au théâtre Louis-Jouvet (Athénée)
le jeudi 13 mai 1937 sous la direction de Louis Jouvet[1].

Musique de scène de Vittorio Rieti.
Décor de Guillaume Monin.
Costumes de Dimitri Bouchène et Karinska.

1. **Louis Jouvet** (1887-1951) : metteur en scène, acteur et directeur de théâtre.

Acte I

Cour intérieure dans le palais d'Agamemnon[1].

Scène 1

L'ÉTRANGER, LES PETITES EUMÉNIDES, LE JARDINIER, LES VILLAGEOIS

Un étranger (Oreste[2]*) entre escorté de trois petites filles, au moment où, de l'autre côté, arrivent le jardinier, en costume de fête, et les invités villageois.*

PREMIÈRE PETITE FILLE

Ce qu'il est beau, le jardinier !

DEUXIÈME PETITE FILLE

Tu penses ! C'est le jour de son mariage.

TROISIÈME PETITE FILLE

Le voilà, monsieur, votre palais d'Agamemnon !

L'ÉTRANGER

Curieuse façade !... Elle est d'aplomb ?

---

1. Agamemnon : mari défunt de Clytemnestre. Il est mort assassiné, à son retour de la guerre de Troie.

2. Oreste, frère d'Électre, est de retour à Argos, ville du Péloponnèse. Il avait dû s'exiler, durant de longues années, envoyé par sa mère hors du pays, alors qu'il n'avait que deux ans.

PREMIÈRE PETITE FILLE

Non. Le côté droit n'existe pas. On croit le voir, mais c'est un mirage. C'est comme le jardinier qui vient là, qui veut vous parler. Il ne vient pas. Il ne va pas pouvoir dire un mot.

DEUXIÈME PETITE FILLE

Ou il va braire[1]. Ou miauler.

LE JARDINIER

La façade est bien d'aplomb, étranger; n'écoutez pas ces menteuses. Ce qui vous trompe, c'est que le corps de droite est construit en pierres gauloises[2] qui suintent à certaines époques de l'année. Les habitants de la ville disent alors que le palais pleure. Et que le corps de gauche est en marbre d'Argos, lequel, sans qu'on ait jamais su pourquoi, s'ensoleille soudain, même la nuit. On dit alors que le palais rit. Ce qui se passe, c'est qu'en ce moment le palais rit et pleure à la fois.

PREMIÈRE PETITE FILLE

Comme cela il est sûr de ne pas se tromper.

DEUXIÈME PETITE FILLE

C'est tout à fait un palais de veuve.

PREMIÈRE PETITE FILLE

Ou de souvenirs d'enfance.

---

1. **Braire** : crier comme un âne.

2. **Pierres gauloises** : symbole d'une modernité dégradée, pervertie. Ces pierres s'opposent à la solidité du marbre, symbole d'une époque à la fois plus reculée et plus heureuse.

L'ÉTRANGER

Je ne me rappelais pas une façade aussi sensible…

LE JARDINIER

Vous avez déjà visité le palais ?

PREMIÈRE PETITE FILLE

Tout enfant.

DEUXIÈME PETITE FILLE

Il y a vingt ans.

TROISIÈME PETITE FILLE

Il ne marchait pas encore…

LE JARDINIER

On s'en souvient, pourtant, quand on l'a vu.

L'ÉTRANGER

Tout ce que je me rappelle, du palais d'Agamemnon, c'est une mosaïque. On me posait dans un losange de tigres quand j'étais méchant, et dans un hexagone de fleurs quand j'étais sage[1]. Et je me rappelle le chemin qui me menait rampant de l'un à l'autre… On passait par des oiseaux.

PREMIÈRE PETITE FILLE

Et par un capricorne[2].

L'ÉTRANGER

Comment sais-tu cela, petite ?

1. Allusion aux décors en mosaïque, très répandus dans l'Antiquité.

2. Capricorne : insecte à longues antennes.

LE JARDINIER

Votre famille habitait Argos[1] ?

L'ÉTRANGER

Et je me rappelle aussi beaucoup, beaucoup de pieds nus. Aucun visage, les visages étaient haut dans le ciel, mais des pieds nus. J'essayais, entre les franges, de toucher leurs anneaux d'or. Certaines chevilles étaient unies par des chaînes ; c'était les chevilles d'esclaves. Je me rappelle surtout deux petits pieds tout blancs, les plus nus, les plus blancs. Leur pas était toujours égal, sage, mesuré par une chaîne invisible. J'imagine que c'était ceux d'Électre. J'ai dû les embrasser, n'est-ce pas ? Un nourrisson embrasse tout ce qu'il touche.

DEUXIÈME PETITE FILLE

En tout cas, c'est le seul baiser qu'ait reçu Électre.

LE JARDINIER

Pour cela, sûrement.

PREMIÈRE PETITE FILLE

Tu es jaloux, hein, jardinier ?

L'ÉTRANGER

Elle habite toujours le palais, Électre ?

DEUXIÈME PETITE FILLE

Toujours. Pas pour longtemps.

1. **Argos** : ville du Péloponnèse, en Grèce.

L'ÉTRANGER

C'est sa fenêtre, la fenêtre aux jasmins ?

LE JARDINIER

Non. C'est celle de la chambre où Atrée[1], le premier roi d'Argos, tua les fils de son frère.

PREMIÈRE PETITE FILLE

Le repas où il servit leurs cœurs eut lieu dans la salle voisine. Je voudrais bien savoir quel goût ils avaient.

TROISIÈME PETITE FILLE

Il les a coupés, ou fait cuire entiers ?

DEUXIÈME PETITE FILLE

Et Cassandre[2] fut étranglée dans l'échauguette[3].

TROISIÈME PETITE FILLE

Ils l'avaient prise dans un filet[4] et la poignardaient. Elle criait comme une folle, dans sa voilette[5]... J'aurais bien voulu voir.

PREMIÈRE PETITE FILLE

Tout cela dans l'aile qui rit, comme tu le remarques.

---

1. Atrée : roi d'Argos, père d'Agamemnon. Il tua les fils de Thyeste, son frère, avant de l'inviter à un banquet, où il les lui fit manger, à son insu. Il est à l'origine de la famille maudite des Atrides, réputée pour sa violence et son immoralité.

2. Cassandre : fille du roi de Troie Priam. Agamemnon la ramène à Argos. Il a d'elle deux jumeaux. Elle est, elle aussi, assassinée par Clytemnestre.

3. Échauguette : guérite ou tourelle placée en surplomb à l'angle d'une construction fortifiée. Ce terme datant du Moyen Âge, il s'agit ici d'un anachronisme.

4. Cassandre et Agamemnon auraient été pris dans un filet, avant d'être assassinés.

5. Voilette : petit voile qui couvre le visage.

L'ÉTRANGER

Celle avec les roses ?

LE JARDINIER

Étranger, ne cherchez aucune relation entre les fenêtres et les fleurs. Je suis le jardinier du palais. Je les fleuris bien au hasard. Ce sont toujours des fleurs.

DEUXIÈME PETITE FILLE

Pas du tout. Il y a fleur et fleur. Le phlox[1] va bien mal sur Thyeste.

TROISIÈME PETITE FILLE

Et le réséda[2] sur Cassandre.

LE JARDINIER

Vont-elles se taire ! La fenêtre avec les roses, étranger, est celle de la piscine où notre roi Agamemnon, le père d'Électre, glissa, revenant de la guerre, et se tua, tombant sur son épée[3].

PREMIÈRE PETITE FILLE

Il prit son bain après sa mort. À deux minutes près. Voilà la différence.

LE JARDINIER

La voilà, la fenêtre d'Électre.

1. **Phlox** : plante aux fleurs colorées. Le nom signifie « flamme », en grec.

2. **Réséda** : plante à fleurs très parfumées.

3. Le jardinier pense que la mort d'Agamemnon est le résultat d'un accident, et non d'un assassinat. C'est la version officielle qui en a probablement été donnée, version dont la première petite fille n'est pas dupe (voir réplique suivante).

L'ÉTRANGER

Pourquoi si haut, presque aux combles[1] ?

LE JARDINIER

Parce que, de cet étage, on voit le tombeau de son père.

L'ÉTRANGER

Pourquoi dans ce retrait ?

LE JARDINIER

Parce que c'est l'ancienne chambre du petit Oreste, son frère, que sa mère envoya hors du pays quand il avait deux ans, et dont on n'a plus de nouvelles.

DEUXIÈME PETITE FILLE

Écoutez, écoutez, mes sœurs ! On parle du petit Oreste !

LE JARDINIER

Voulez-vous partir ! Allez-vous nous laisser ! On dirait des mouches[2]

PREMIÈRE PETITE FILLE

Nous ne partirons pas. Nous sommes avec l'étranger.

LE JARDINIER

Vous connaissez ces filles ?

L'ÉTRANGER

Je les ai rencontrées aux portes. Elles m'ont suivi.

---

1. **Combles** : partie d'une construction située sous les toits.

2. Sartre, dans *Les Mouches* (1943), met aussi en scène le retour d'Oreste à Argos. Les mouches sont les Érinyes (ou Euménides). Elles témoignent de l'immoralité qui a triomphé à Argos.

Deuxième petite fille

Nous l'avons suivi parce qu'il nous plaît.

Troisième petite fille

Parce qu'il est rudement plus beau que toi, jardinier.

Première petite fille

Les chenilles ne lui sortent pas de la barbe.

Deuxième petite fille

Ni les hannetons du nez.

Troisième petite fille

Pour que les fleurs sentent bon, il faut sans doute que le jardinier sente mauvais.

L'Étranger

Soyez polies, enfants, et dites-nous ce que vous faites dans la vie.

Première petite fille

Nous y faisons que nous ne sommes pas polies.

Deuxième petite fille

Nous mentons. Nous médisons. Nous insultons.

Première petite fille

Mais notre spécialité, c'est que nous récitons.

L'Étranger

Vous récitez quoi ?

PREMIÈRE PETITE FILLE

Nous ne le savons pas d'avance. Nous inventons à mesure. Mais c'est très, très bien.

DEUXIÈME PETITE FILLE

Le roi de Mycènes[1], dont nous avons injurié la belle-sœur, nous a dit que c'était très, très bien.

TROISIÈME PETITE FILLE

Nous disons tout le mal que nous pouvons trouver.

LE JARDINIER

Ne les écoutez pas, étranger. On ne sait qui elles sont. Elles circulent depuis deux jours dans la ville, sans amis connus, sans famille ! Si on leur demande qui elles sont, elles prétendent s'appeler les petites Euménides. Et l'épouvantable est qu'elles grandissent, qu'elles grossissent à vue d'œil... Hier, elles avaient des années de moins qu'aujourd'hui... Viens ici, toi !

DEUXIÈME PETITE FILLE

Ce qu'il est brusque, pour un marié !

LE JARDINIER

Regardez-la... Regardez ces cils qui poussent. Regardez sa gorge. Je m'y connais. Mes yeux savent voir pousser les champignons... Elle grandit sous les yeux... à la vitesse d'une oronge[2]...

1. Roi de Mycènes : Agamemnon. On confond parfois Argos et Mycènes. La « belle-sœur », femme de Ménélas, est Hélène, censée être responsable de la guerre de Troie.
2. Oronge : gros champignon.

Deuxième petite fille

Les vénéneux battent tous les records.

Troisième petite fille, *à la première*

Elle grossit, ta gorge, à toi ?

Première petite fille

Récitons-nous, oui ou non ?

L'Étranger

Laissez-les réciter, jardinier.

Première petite fille

Récitons Clytemnestre, mère d'Électre. Vous y êtes, pour Clytemnestre ?

Deuxième petite fille

Nous y sommes.

Première petite fille

La reine Clytemnestre a mauvais teint. Elle se met du rouge.

Deuxième petite fille

Elle a mauvais teint parce qu'elle a mauvais sommeil.

Troisième petite fille

Elle a mauvais sommeil parce qu'elle a peur.

Première petite fille

De quoi a peur la reine Clytemnestre ?

Deuxième petite fille

De tout.

PREMIÈRE PETITE FILLE

Qu'est-ce, que tout ?

DEUXIÈME PETITE FILLE

Le silence. Les silences.

TROISIÈME PETITE FILLE

Le bruit. Les bruits.

PREMIÈRE PETITE FILLE

L'idée qu'il va être minuit. Que l'araignée sur son fil est en train de passer de la partie du jour où elle porte bonheur à celle où elle porte malheur[1].

DEUXIÈME PETITE FILLE

Tout ce qui est rouge, parce que c'est du sang.

PREMIÈRE PETITE FILLE

La reine Clytemnestre a mauvais teint. Elle se met du sang !

LE JARDINIER

Quelles histoires stupides !

DEUXIÈME PETITE FILLE

C'est bien, n'est-ce pas ?

PREMIÈRE PETITE FILLE

Comme nous rattrapons le commencement avec la fin[2], c'est on ne peut plus poétique.

1. Référence à un proverbe : « Araignée du matin, chagrin ; araignée du soir, espoir. »
2. La fin reprend la première réplique. Mais le « sang » s'est substitué au « rouge ».

L'ÉTRANGER

Très intéressant.

PREMIÈRE PETITE FILLE

Puisque Électre vous intéresse, nous pouvons réciter Électre. Vous y êtes, sœurs ? Nous pouvons réciter ce qu'elle était, Électre, à notre âge.

DEUXIÈME PETITE FILLE

Je le pense, que nous y sommes !

TROISIÈME PETITE FILLE

Depuis que nous n'étions pas nées, depuis avant-hier, nous y sommes !

PREMIÈRE PETITE FILLE

Électre s'amuse à faire tomber Oreste des bras de sa mère.

DEUXIÈME PETITE FILLE

Électre cire l'escalier du trône pour que son oncle, Égisthe, le régent[1], *s'étale sur le marbre !*

TROISIÈME PETITE FILLE

Électre se prépare à cracher à la figure de son petit frère Oreste, si jamais il revient.

PREMIÈRE PETITE FILLE

Cela, ce n'est pas vrai. Mais ça fait bien.

---

1. Égisthe est un fils que Thyeste a eu après l'assassinat de ses fils par son frère Atrée (voir note 1, p. 19) ; il est donc un cousin d'Agamemnon, ce qui explique qu'il assume le pouvoir à Argos en devenant régent à la mort d'Agamemnon.

DEUXIÈME PETITE FILLE

Depuis dix-neuf ans elle amasse
Dans sa bouche un crachat fielleux[1].

TROISIÈME PETITE FILLE

Elle pense à tes limaces,
Jardinier, pour saliver mieux.

LE JARDINIER

Cette fois, taisez-vous, sales petites vipères !

DEUXIÈME PETITE FILLE

Ah ! là ! là ! Le marié se fâche.

L'ÉTRANGER

Il a raison. Filez.

LE JARDINIER

Et ne revenez pas !

PREMIÈRE PETITE FILLE

Nous reviendrons demain.

LE JARDINIER

Essayez ! Le palais est interdit aux filles de votre âge !

PREMIÈRE PETITE FILLE

Demain nous serons grandes.

1. **Fielleux** : chargé de fiel, c'est-à-dire de rancune, d'amertume.

DEUXIÈME PETITE FILLE

Demain sera le lendemain du mariage d'Électre avec son jardinier. Nous serons grandes.

L'ÉTRANGER

Que disent-elles ?

PREMIÈRE PETITE FILLE

Tu ne nous as pas défendues, étranger, tu t'en repentiras !

LE JARDINIER

Affreuses petites bêtes. On dirait trois petites Parques[1] ! C'est effroyable, le destin enfant.

DEUXIÈME PETITE FILLE

Le destin te montre son derrière, jardinier. Regarde s'il grossit !

PREMIÈRE PETITE FILLE

Venez, sœurs. Laissons-les tous deux devant leur façade gâteuse.

Sortent les petites Euménides, devant qui s'écartent avec terreur les invités.

1. Parques : déesses qui président au destin des hommes, responsables de la vie et de la mort.

La scène d'exposition

1

Comment Giraudoux présente-t-il le cadre spatio-temporel de la pièce ?

• La **didascalie** initiale permet de présenter le lieu de l'action : « Cour intérieure dans le palais d'Agamemnon. » La référence inscrit également la pièce dans un contexte mythologique.
• Le palais de celui qui fut le roi Agamemnon est un **lieu tragique**, un lieu de crimes (d'Atrée, de Clytemnestre...), qui « rit et pleure à la fois ».

2

Qui sont les personnages essentiels de cette scène 1 ?

• Le premier à apparaître est un « étranger », qui est en réalité **Oreste**, revenu d'exil incognito. Il évoque ses souvenirs.
• La scène est marquée par la présence des **Euménides** (les « bienveillantes », étymologiquement). Au début de la pièce, ce sont des petites filles, qui grandissent vite. Elles représentent les figures inquiétantes du « destin enfant ».
• Le **jardinier** est également un personnage important de la scène. C'est le « jour de son mariage ».

3

Comment Giraudoux présente-t-il les enjeux essentiels de l'intrigue à venir ?

• Les « petites filles » expliquent qu'Oreste est tombé des bras de sa mère. Cet **accident** pourrait avoir été causé par Électre ou par Clytemnestre, sa mère (voir scène 4).
• Une petite fille révèle que la mort d'Agamemnon est un **crime** : « Il prit son bain après sa mort. » Électre pense à se venger.

DÉFINITION CLÉ

L'exposition

• L'exposition occupe **une ou plusieurs scènes**. Elle n'excède pas le premier acte.
• Elle a deux fonctions majeures :
– **informer** sur le cadre spatio-temporel (où et quand ?), les personnages (qui ?), les enjeux essentiels de l'intrigue (quoi ?), le registre (comment ?) ;
– **susciter l'intérêt**.
• L'exposition doit être **claire et dynamique**. Elle se fait souvent par l'intermédiaire d'un dialogue (exposition *in medias res* : le spectateur entre au milieu de l'action).

Scène 2

L'ÉTRANGER, LE JARDINIER, LES VILLAGEOIS,
AGATHE, LE PRÉSIDENT

Entrent le président du tribunal et sa jeune femme, Agathe Théocathoclès.

L'ÉTRANGER

Que disent ces filles ! Que tu épouses Électre, toi, le jardinier ?

LE JARDINIER

Elle sera ma femme dans une heure.

AGATHE THÉOCATHOCLÈS

Il ne l'épousera pas. Nous venons pour l'en empêcher.

LE PRÉSIDENT

Jardinier, je suis ton cousin éloigné, et second président du tribunal. Puisque je peux, à double titre, te donner un conseil, fuis vers tes radis et tes courges, n'épouse pas Électre.

LE JARDINIER

C'est l'ordre d'Égisthe.

L'ÉTRANGER

Suis-je fou ? Si Agamemnon vivait, le mariage d'Électre serait la cérémonie de la Grèce, et Égisthe la donne à un jardinier, dont même la famille proteste ! Vous n'allez pas me dire qu'Électre est laide, ou bossue[1] !

1. Ce mariage constitue en effet une mésalliance. Électre ne devrait pas être mariée à un personnage d'aussi modeste condition.

LE JARDINIER

Électre est la plus belle fille d'Argos.

AGATHE THÉOCATHOCLÈS

Enfin, elle n'est pas mal.

LE PRÉSIDENT

Et pour droite elle est droite[1]. Comme toutes les fleurs qui ne croient point au soleil[2].

L'ÉTRANGER

Est-elle alors arriérée, sans esprit ?

LE PRÉSIDENT

L'intelligence même.

AGATHE

Beaucoup de mémoire surtout. Ce n'est pas toujours la même chose. Moi je n'ai pas de mémoire. Excepté pour ton anniversaire, chéri. Cela, je ne l'oublie jamais.

L'ÉTRANGER

Que peut-elle faire alors, que peut-elle dire, pour qu'on la traite ainsi ?

LE PRÉSIDENT

Elle ne fait rien. Elle ne dit rien. Mais elle est là.

1. Droite : non seulement pas « bossue », mais aussi honnête.

2. Allusion aux fleurs qui se tournent vers le soleil, pour croître. On aurait attendu « croissent », et non « croient ».

AGATHE

Elle est là.

L'ÉTRANGER

C'est son droit. C'est le palais de son père. Ce n'est pas de sa faute s'il est mort.

LE JARDINIER

Jamais je n'aurais eu l'audace de songer à épouser Électre, mais puisque Égisthe l'ordonne, je ne vois pas ce que j'ai à craindre.

LE PRÉSIDENT

Tu as tout à craindre, c'est le type de la femme à histoires[1].

AGATHE

Et s'il ne s'agissait que de toi ! Notre famille a tout à craindre !

LE JARDINIER

Je ne te comprends pas.

LE PRÉSIDENT

Tu vas la comprendre : la vie peut être très agréable, n'est-ce pas ?

AGATHE

Très agréable... Infiniment agréable !

LE PRÉSIDENT

Ne m'interromps pas, chérie, surtout pour dire la même chose... Elle peut être très agréable. Tout a plutôt tendance à s'arranger dans la vie. La peine morale s'y cicatrise autrement

1. **Femme à histoires** : femme qui fait des histoires (voir préface, p. 7).

vite que l'ulcère, et le deuil que l'orgelet[1]. Mais prends au hasard deux groupes d'humains : chacun contient le même dosage de crime, de mensonge, de vice ou d'adultère...

AGATHE

C'est un bien gros mot, « adultère », chéri...

LE PRÉSIDENT

Ne m'interromps pas, surtout pour me contredire. D'où vient que dans l'un l'existence s'écoule douce, correcte, les morts s'oublient, les vivants s'accommodent d'eux-mêmes, et que dans l'autre, c'est l'enfer ?... C'est simplement que dans le second il y a une femme à histoires.

L'ÉTRANGER

C'est que le second a une conscience.

AGATHE

J'en reviens à ton mot « adultère ». C'est quand même un bien gros mot !

LE PRÉSIDENT

Tais-toi, Agathe. Une conscience ! Croyez-vous ! Si les coupables n'oublient pas leurs fautes, si les vaincus n'oublient pas leurs défaites les vainqueurs leurs victoires, s'il y a des malédictions, des brouilles, des haines, la faute n'en revient pas à la conscience de l'humanité qui est toute propension vers[2] le compromis et l'oubli, mais à dix ou quinze femmes à histoires !

---

1. Ulcère, orgelet : affections physiques, qui s'opposent à la « peine morale ».
2. Qui est toute propension vers : qui est entièrement encline à, qui a tendance à.

L'ÉTRANGER

Je suis bien de votre avis. Dix ou quinze femmes à histoires ont sauvé le monde de l'égoïsme.

LE PRÉSIDENT

Elles l'ont sauvé du bonheur! Je la connais, Électre! Admettons qu'elle soit ce que tu dis, la justice, la générosité, le devoir. Mais c'est avec la justice, la générosité, le devoir, et non avec l'égoïsme et la facilité, que l'on ruine l'État, l'individu et les meilleures familles.

AGATHE

Absolument... Pourquoi, chéri ? Tu me l'as dit, j'ai oublié!...

LE PRÉSIDENT

Parce que ces trois vertus comportent le seul élément vraiment fatal à l'humanité, l'acharnement. Le bonheur n'a jamais été le lot de ceux qui s'acharnent. Une famille heureuse, c'est une reddition[1] locale. Une époque heureuse, c'est l'unanime capitulation.

L'ÉTRANGER

Vous vous êtes rendu, vous, à la première semonce[2] ?

LE PRÉSIDENT

Hélas non ! Un autre a été plus rapide. Aussi ne suis-je que second président[3].

1. **Reddition** : renoncement, résignation.

2. **Semonce** : avertissement, ou convocation au tribunal.

3. Il n'y pas de premier et de second président dans les tribunaux français. Mais Giraudoux se moque des moyens officieux et peu avouables utilisés par les magistrats pour obtenir des promotions.

LE JARDINIER

Contre quoi s'acharne Électre ? Elle va chaque nuit sur la tombe de son père, et c'est tout ?

LE PRÉSIDENT

Je sais. Je l'ai suivie. Sur le même parcours où ma profession m'avait fait suivre une nuit notre plus dangereux assassin, le long du fleuve, j'ai suivi, pour voir, la plus grande innocence de Grèce. Affreuse promenade, à côté de la première. Ils s'arrêtaient aux mêmes places ; l'if[1], le coin de pont, la borne milliaire[2] font les mêmes signes à l'innocence et au crime. Mais, du fait que l'assassin était là, la nuit en devenait candide[3], rassurante, sans équivoque. Il était le noyau qu'on a retiré du fruit, et qui ne risque plus, dans la tarte, de vous casser les dents. La présence d'Électre au contraire brouillait lumière et nuit, rendait équivoque jusqu'à la pleine lune. Tu as vu un pêcheur qui, la veille de sa pêche, dispose ses appâts ? Le long de cette rivière noire, c'était elle. Et chaque soir, elle va ainsi appâter tout ce qui sans elle eût quitté cette terre d'agrément[4] et d'accommodement, les remords, les aveux, les vieilles taches de sang, les rouilles[5], les os de meurtres, les détritus de délation[6]... Quelque temps encore, et tout sera prêt, tout grouillera... Le pêcheur n'aura plus qu'à passer.

---

1. **If** : arbre à feuillage persistant.
2. **Borne milliaire** : borne placée tous les mille pas, dans l'Antiquité romaine (anachronisme).
3. **Candide** : innocente.
4. **Agrément** : plaisir.
5. **Rouilles** : taches de rouille.
6. **Délation** : dénonciation.

L'ÉTRANGER

Il passe toujours, tôt ou tard.

LE PRÉSIDENT

Erreur ! Erreur !

AGATHE, *très occupée du jeune étranger*

Erreur !

LE PRÉSIDENT

Cette enfant elle-même voit le défaut de votre argument. Sur nos fautes, nos manques, nos crimes, sur la vérité, s'amasse journellement une triple couche de terre, qui étouffe leur pire virulence : l'oubli, la mort, et la justice des hommes. Il est fou de ne pas s'en remettre à eux. C'est horrible, un pays où, par la faute du redresseur de torts solitaire, on sent les fantômes, les tués en demi-sommeil, où il n'y a jamais remise pour les défaillances et les parjures[1], où imminent[2] toujours le revenant et le vengeur. Quand le sommeil des coupables continue, après la prescription légale[3], à être plus agité que le sommeil des innocents, une société est bien compromise. À voir Électre je sens s'agiter en moi les fautes que j'ai commises au berceau.

AGATHE

Moi, mes futures fautes. Je n'en commettrai jamais, chéri. Tu le sais bien. Surtout cet adultère, comme tu t'entêtes à le nommer… Mais elles me tourmentent déjà.

---

1. Parjures : traîtrises, faux serments.

2. Imminent : néologisme tiré du latin *imminere*, « menacer ».

3. La loi prévoit que les crimes sont prescrits, c'est-à-dire que les poursuites cessent, après une certaine durée.

LE JARDINIER

Moi, je suis un peu de l'avis d'Électre. Je n'aime pas beaucoup les méchants. J'aime la vérité.

LE PRÉSIDENT

La sais-tu, la vérité de notre famille, pour lui réclamer ainsi le grand jour ! Famille tranquille, estimée, en pleine ascension – tu ne me contrediras pas si j'avance que tu en es le rameau[1] le plus médiocre –, mais je sais par expérience qu'il convient de ne pas s'aventurer plus sur de pareilles façades que sur la glace. Je ne te donne pas dix jours, si Électre devient notre cousine, pour qu'il soit découvert – j'invente au hasard – que notre vieille tante a étranglé jeune fille son nouveau-né, pour qu'on le révèle à son mari, et, afin de calmer cet énergumène, qu'on ne doive plus rien lui celer[2] des attentats à la pudeur de son grand-père. Cette petite Agathe, qui est pourtant la gaieté même, n'en dort plus. Tu es le seul à ne pas le voir, le truc d'Égisthe. Il veut repasser sur la famille des Théocathoclès tout ce qui risque de jeter quelque jour un lustre[3] fâcheux sur la famille des Atrides[4].

L'ÉTRANGER

Qu'a-t-elle à craindre, la famille des Atrides ?

LE PRÉSIDENT

Rien. Rien que je sache. Mais elle est comme toute famille heureuse, comme tout couple puissant, comme tout individu

1. **Rameau** : membre (métaphore qui fait de la famille un arbre dont chaque individu est une branche).

2. **Celer** : cacher.

3. **Lustre** : lumière.

4. **Atrides** : descendants d'Atrée. Famille maudite, réputée pour sa violence et son immoralité. Voir note 1, p. 19.

satisfait. Elle a à craindre l'ennemi le plus redoutable du monde, qui ne laissera rien d'elle, qui la rongera jusqu'aux os, l'alliée d'Électre : la justice intégrale.

LE JARDINIER

Électre adore mon jardin. Les fleurs, si elle est un peu nerveuse, lui feront du bien.

AGATHE

Mais elle ne fera pas de bien aux fleurs.

LE PRÉSIDENT

Sûrement ! Tu vas les connaître enfin, tes fuchsias et tes géraniums. Tu vas les voir cesser d'être d'aimables symboles, et exercer à leur compte leur fourberie ou leur ingratitude. Électre au jardin, c'est la justice et la mémoire entre les fleurs, c'est la haine.

LE JARDINIER

Électre est pieuse[1]. Tous les morts sont pour elle.

LE PRÉSIDENT

Les morts ! Ah ! je les entends les morts, le jour où leur sera annoncée l'arrivée d'Électre. Je les vois, les assassinés demi-fondus déjà avec les assassins, les ombres des volés et des dupes doucement emmêlées aux ombres des voleurs, les familles rivales éparses et déchargées les unes dans les autres, s'agiter et se dire : Ah ! mon Dieu, voici Électre. Nous étions si tranquilles !

AGATHE

Voici Électre !

---

1. **Pieuse** : croyante, respectueuse des dieux.

LE JARDINIER

Non. Pas encore. Mais c'est Égisthe. Laissez-nous, étranger. Égisthe n'aime pas beaucoup les visages d'hommes inconnus.

LE PRÉSIDENT

Et toi aussi, Agathe. Il ne déteste pas assez les visages de femmes connus[1].

AGATHE, *vivement intéressée par le beau visage de l'étranger*

Vous montré-je la route, bel étranger ?

Égisthe entre, sous les vivats des invités, cependant que des serviteurs installent son trône, et appliquent contre une colonne un escabeau.

Scène 3

LE JARDINIER, LE PRÉSIDENT, ÉGISTHE, SERVITEURS, *puis* LE MENDIANT

ÉGISTHE

Pourquoi cet escabeau ? Que vient faire cet escabeau ?

SERVITEUR

C'est pour le mendiant, seigneur.

ÉGISTHE

Pour quel mendiant ?

1. Allusion à l'adultère entre Égisthe et Clytemnestre.

SERVITEUR

Pour le dieu, si vous voulez. Pour ce mendiant qui circule depuis quelques jours dans la ville. Jamais on n'a vu de mendiant aussi parfait comme mendiant, aussi le bruit court que ce doit être un dieu[1]. On le laisse entrer où il veut. Il rôde en ce moment autour du palais.

ÉGISTHE

Il change le grain en or, dans les maisons ? Il engrosse[2] les bonnes ?

SERVITEUR

Il n'y commet aucun dommage.

ÉGISTHE

Singulière divinité... Les prêtres n'ont pas su voir encore si c'était un gueux[3] ou Jupiter[4] ?

SERVITEUR

Les prêtres demandent qu'on ne leur pose pas la question.

ÉGISTHE

Nous laissons l'escabeau, mes amis ?

LE PRÉSIDENT

Je crois que finalement cela revient encore moins cher d'honorer un mendiant que d'humilier un dieu.

---

1. Les mendiants sont parfois considérés comme des envoyés des dieux, voire des dieux eux-mêmes. C'est pourquoi, dans l'Antiquité, on leur offre l'hospitalité.
2. **Engrosse** : rend enceintes.
3. **Gueux** : pauvre, misérable.
4. **Jupiter** est le roi des dieux.

ÉGISTHE

Laisse l'escabeau. Mais s'il vient, préviens-nous. Nous aurions à être strictement entre humains pendant un petit quart d'heure. Et ne le brusque pas. Peut-être est-ce le délégué des dieux au mariage d'Électre. À ce mariage, que notre président considère comme un opprobre[1] pour sa famille, s'invitent les dieux.

LE PRÉSIDENT

Seigneur…

ÉGISTHE

Ne proteste pas, j'ai tout entendu. L'acoustique de ce palais est remarquable… Son architecte voulait, paraît-il, écouter les réflexions du conseil sur ses honoraires et son pourcentage, et il l'a rempli de cachettes sonores…

LE PRÉSIDENT

Seigneur…

ÉGISTHE

Tais-toi. Je sais tout ce que tu vas me dire au nom de ta brave et honnête famille, au nom de ta digne belle-sœur l'infanticide, de ton oncle respecté le satyre[2], et de ton déférent[3] neveu le calomniateur.

LE PRÉSIDENT

Seigneur…

1. Opprobre : honte.
2. Satyre : individu qui attente à la pudeur.
3. Déférent : respectueux.

ÉGISTHE

L'officier, dans la bataille, auquel on passe le plumet[1] du roi pour détourner les coups des ennemis, l'arbore avec plus d'enthousiasme... Tu perds ton temps, le jardinier épousera Électre...

SERVITEUR

Voici le mendiant, seigneur.

ÉGISTHE

Retiens-le un moment. Offre-lui à boire. Le vin est à deux fins[2], pour le mendiant et pour le dieu.

SERVITEUR

Dieu ou mendiant, il est déjà ivre.

ÉGISTHE

Alors, qu'il entre; il ne nous comprendra pas, bien que nous ayons justement à parler des dieux. Cela peut même être curieux d'en parler devant lui. Ta théorie d'Électre est assez juste, président, mais elle est bien spéciale, elle est bourgeoise. En tant que régent[3], permets-moi de t'élever aux idées générales... Tu crois aux dieux, président ?

Cependant le mendiant est entré, dirigé par le serviteur, et, avec des saluts empruntés[4], s'installe peu à peu sur l'escabeau, distrait pendant toute la première partie de la scène, et regardant autour de lui.

1. **Plumet** : touffe de plume sur une coiffure militaire, en particulier.
2. **Le vin est à deux fins** : le vin est fait pour deux bénéficiaires.
3. **Régent** : chargé du pouvoir, suite à la mort d'Agamemnon. Voir note 1, p. 26.
4. **Empruntés** : maladroits.

LE PRÉSIDENT

Et vous-même, seigneur ?

ÉGISTHE

Cher président, je me suis demandé souvent si je croyais aux dieux. Je me le suis demandé parce que c'est vraiment le seul problème qu'un homme d'État se doive de tirer au clair vis-à-vis de soi-même. Je crois aux dieux. Ou plutôt je crois que je crois aux dieux. Mais je crois en eux non pas comme en de grandes attentions et de grandes surveillances, mais comme en de grandes distractions[1]. Entre les espaces et les durées, toujours en flirt[2], entre les gravitations et les vides, toujours en lutte, il est de grandes indifférences, qui sont les dieux. Je les imagine, non point occupés sans relâche de cette moisissure suprême et mobile de la terre qu'est l'humanité, mais parvenus à un tel grade de sérénité[3] et d'ubiquité[4] qu'il ne peut plus être que la béatitude[5], c'est-à-dire l'inconscience. Ils sont inconscients au sommet de l'échelle de toutes créatures comme l'atome est inconscient à leur degré le plus bas. La différence est que c'est une inconscience fulgurante, omnisciente[6], taillée à mille faces, et à leur état normal de diamants, atones et sourds, ils ne répondent qu'aux lumières, qu'aux signes, et sans les comprendre.

Le mendiant, enfin installé, se croit tenu d'applaudir.

---

1. Les dieux ne s'occuperaient pas des hommes. C'est une conception développée par le philosophe grec Épicure (341-270 av. J.-C.).

2. En flirt : en train de séduire. Les dieux étaient de grands séducteurs.

3. Sérénité : objectif de sagesse poursuivi par les philosophes épicuriens.

4. Ubiquité : capacité à être partout en même temps, qualité attribuée aux dieux.

5. Béatitude : état de bonheur absolu.

6. Omnisciente : qui sait tout. L'omniscience est une qualité attribuée aux dieux.

LE MENDIANT

Bien dit. Bravo.

ÉGISTHE

Merci... D'autre part, président, il est incontestable qu'éclatent parfois dans la vie des humains des interventions dont l'opportunité ou l'amplitude peut laisser croire à un intérêt ou à une justice extra-humaine. Elles ont ceci d'extra-humain, de divin, qu'elles sont un travail en gros, nullement ajusté... La peste éclate bien lorsqu'une ville a péché par impiété ou par folie[1], mais elle ravage la ville voisine, particulièrement sainte. La guerre se déchaîne quand un peuple dégénère et s'avilit, mais elle dévore les derniers justes, les derniers courageux et sauve les plus lâches. Ou bien, quelle que soit la faute, où qu'elle soit commise, c'est le même pays ou la même famille qui paie, innocente ou coupable. Je connais une mère de sept enfants qui avait l'habitude de fesser toujours le même, c'était une mère divine. Cela correspond bien à ce que nous pensons des dieux, que ce sont des boxeurs aveugles, des fesseurs aveugles, tout satisfaits de retrouver les mêmes joues à gifle et les mêmes fesses. On peut même s'étonner, si l'on estime l'ahurissement que comporte un éveil soudain de la béatitude, que leurs coups ne soient pas plus divagants... Que ce soit la femme du juste qu'assomme un volet par grand vent, et non celle du parjure[2], que l'accident s'acharne sur les pèlerinages et non sur les bandes[3], en général, c'est toujours l'humanité qui

1. Certaines maladies, comme la peste, étaient considérées comme des châtiments divins.

2. **Parjure** : traître.

3. **Bandes** : bandes de brigands, de voyous.

prend… Je dis en général. On voit parfois les corneilles ou les daims succomber sous des épidémies inexplicables : c'est peut-être que le coup destiné aux hommes a porté trop haut ou trop bas. Quoi qu'il en soit, il est hors de doute que la règle première de tout chef d'un État est de veiller férocement à ce que les dieux ne soient point secoués de cette léthargie[1] et de limiter leurs dégâts à leurs réactions de dormeurs, ronflement ou tonnerre.

LE MENDIANT

Bravo, c'est très clair ! J'ai très bien compris !

ÉGISTHE

J'en suis ravi.

LE MENDIANT

C'est la vérité même. Un exemple. Voyez, pour ceux qui marchent sur les routes. Il y a des époques où tous les cent pas vous trouvez un hérisson mort. Ils traversent les routes la nuit, par dizaines, hérissons et hérissonnes[2] qu'ils sont, et ils se font écraser… Vous pensez, les veilles de foire. Vous me direz qu'ils sont idiots, qu'ils pouvaient trouver leur mâle ou leur femelle de ce côté-ci de l'accotement. Je n'y peux rien : l'amour pour les hérissons consiste d'abord à franchir une route… Qu'est-ce que diable je voulais dire ?… J'ai perdu mon fil… Continuez… Cela me reviendra…

ÉGISTHE

En effet ! Qu'est-ce qu'il veut dire ?

1. Léthargie : état de torpeur, faiblesse extrême.
2. Ce féminin est peu employé.

LE PRÉSIDENT

Si nous parlions d'Électre, seigneur ?

ÉGISTHE

Mais de quoi crois-tu que nous parlions, de notre charmante petite Agathe ? Nous ne parlons que d'Électre, président, de la nécessité où je suis, pour votre bonheur à tous, de distraire[1] Électre de la famille royale... Pourquoi, depuis que je suis régent, alors que les autres villes se consument dans les dissensions, les autres citoyens dans les crises morales, sommes-nous seuls satisfaits des autres et de nous-mêmes ? Pourquoi chez nous cet afflux de richesse ? Pourquoi dans Argos seulement le prix des matières premières est-il au plus haut et les prix des objets de détail au plus bas ? Pourquoi exportons-nous plus de vaches et pourquoi cependant le beurre diminue-t-il ? Pourquoi les orages survolent-ils nos vignes, les hérésies[2] nos temples, les fièvres aphteuses[3] nos étables ?... Parce que, dans la cité, j'ai mené une guerre sans merci à ceux qui faisaient signe aux dieux...

LE PRÉSIDENT

Qu'appelez-vous faire signe aux dieux, Égisthe ?

LE MENDIANT

Voilà ! J'ai retrouvé !

ÉGISTHE

Vous avez retrouvé quoi ?

1. Distraire : détourner l'attention.

2. Hérésies : croyances considérées comme fausses.

3. Fièvres aphteuses : maladies généralement animales.

LE MENDIANT

Mon histoire, le fil de mon histoire... Je parlais de la mort des hérissons...

ÉGISTHE

Une minute, voulez-vous. Nous parlons des dieux.

LE MENDIANT

Comment donc!... C'est une question de préséance[1] : les dieux d'abord, les hérissons ensuite... Je me demande seulement si je me rappellerai.

ÉGISTHE

Il n'est pas deux façons de faire signe, président : c'est se séparer de la troupe, monter sur une éminence[2], et agiter sa lanterne ou son drapeau. On trahit la terre comme on trahit une place assiégée, par des signaux. Le philosophe les fait, de sa terrasse, le poète ou le désespéré les fait, de son balcon ou de son plongeoir. Si les dieux, depuis dix ans, n'arrivent point à se mêler de notre vie, c'est que j'ai veillé à ce que les promontoires[3] soient vides et les champs de foire combles, c'est que j'ai ordonné le mariage des rêveurs, des peintres et des chimistes ; c'est que, pour éviter de créer entre nos citoyens ces différences de race morale qui ne peuvent manquer de colorer différemment les hommes aux yeux des dieux, j'ai toujours feint d'attribuer une importance énorme aux délits et dérisoire aux crimes[4].

1. **Préséance** : droit de passer avant quelqu'un, parce que l'on a une position hiérarchique supérieure.
2. **Éminence** : élévation de terrain.
3. **Promontoires** : pointes de terre élevées.
4. Un délit est, en principe, moins grave qu'un crime.

Rien n'entretient mieux la fixité divine que la même atmosphère égale autour des assassinats et des vols de pain. Je dois reconnaître que sur ce point la justice des tribunaux m'a abondamment secondé. Et toutes les fois où j'ai été obligé de sévir, de là-haut on ne l'a point vu. Aucune de mes sanctions n'a été assez voyante pour permettre aux dieux l'ajustement de leur vengeance. Pas d'exil. Je tue. L'exilé a la même tendance à grimper les chemins escarpés que la coccinelle. Et je ne monte pas mes supplices en évidence. Alors que nos pauvres villes voisines se trahissent elles-mêmes en érigeant leur gibet[1] au faîte[2] des collines, moi je crucifie au fond des vallées. Et maintenant, j'ai tout dit sur Électre…

LE JARDINIER

Qu'avez-vous dit ?

ÉGISTHE

Qu'il n'y a plus présentement[3] dans Argos qu'un être pour faire signe aux dieux, et c'est Électre… *(Au mendiant qui s'agite entre les invités.)* Que se passe-t-il ?

LE MENDIANT

Il ne se passe rien, mais il vaut mieux que je vous sorte mon histoire maintenant… Dans cinq minutes, comme vous parlez, elle n'aura plus de sens du tout. C'est pour confirmer ce que vous dites ! De ces hérissons écrasés, vous en voyez des dizaines qui ont bien l'air d'avoir eu une mort de hérissons. Leur museau aplati par le pied du cheval, leurs piquants éclatés

1. **Gibet** : potence, pour pendre les condamnés.
2. **Faîte** : sommet.
3. **Présentement** : aujourd'hui.

sous la roue, ce sont des hérissons crevés et c'est tout. Ils sont crevés, en raison de la faute originelle des hérissons, qui est de traverser les chemins départementaux ou vicinaux[1] sous prétexte que la limace ou l'œuf de perdrix a plus de goût de l'autre côté, en réalité pour y faire l'amour des hérissons. Cela les regarde. On ne s'en mêle pas. Et soudain vous en trouvez un, un petit jeune, qui n'est pas étendu tout à fait comme les autres, bien moins salement, la petite patte tendue, les babines bien fermées, bien plus digne, et celui-là on a l'impression qu'il n'est pas mort en tant que hérisson, mais qu'on l'a frappé à la place d'un autre, à votre place. Son petit œil froid, c'est votre œil. Ses piquants, c'est votre barbe. Son sang, c'est votre sang. Je les ramasse toujours ceux-là, d'autant plus que ce sont les plus jeunes, les plus tendres à manger. Passé un an, le hérisson ne se sacrifie plus pour l'homme. Vous voyez que j'ai bien compris. Les dieux se sont trompés, ils voulaient frapper un parjure[2], un voleur, et ils vous tuent un hérisson... Un jeune...

ÉGISTHE

Très bien compris.

LE MENDIANT

Et ce qui est vrai pour les hérissons, c'est vrai pour les autres espèces.

LE PRÉSIDENT

Bien sûr ! Bien sûr !

1. **Vicinaux** : qui relient les villages voisins.
2. **Parjure** : traître.

LE MENDIANT

Comment, bien sûr ? C'est complètement faux. Prenez la fouine. Tout président du tribunal que vous êtes, vous n'allez pas prétendre que vous avez vu des fouines mourir pour vous ?

ÉGISTHE

Vous permettez que nous continuions à parler d'Électre ?

LE MENDIANT

Parlez ! Parlez ! D'ailleurs, réciproquement, je dois dire que quand vous voyez des hommes morts, beaucoup ont l'air d'être morts pour des bœufs, des porcs, des tortues, et pas beaucoup pour les hommes. Un homme qui a l'air d'être mort pour les hommes, je peux le dire, cela se cherche… Ou même pour son propre compte… On va la voir ?

ÉGISTHE

Voir qui ?

LE MENDIANT

Électre… Je voudrais la voir avant qu'on la tue.

ÉGISTHE

Tuer Électre ? Qui parle de tuer Électre ?

LE MENDIANT

Vous.

LE PRÉSIDENT

Jamais il n'a été question de tuer Électre !

LE MENDIANT

Moi, j'ai une qualité. Je ne comprends pas les paroles des gens. Je n'ai pas d'instruction. Je comprends les gens… Vous voulez tuer Électre.

LE PRÉSIDENT

Vous ne comprenez pas du tout, inconnu. Cet homme est Égisthe, le cousin d'Agamemnon, et Électre est sa nièce chérie.

LE MENDIANT

Est-ce qu'il y a deux Électre ? Celle dont il a parlé, qui va tout gâter, et une seconde, qui est sa nièce chérie ?

LE PRÉSIDENT

Non ! il n'y en a qu'une.

LE MENDIANT

Alors, il veut la tuer ! Il n'y a aucun doute. Il veut tuer sa nièce chérie.

LE PRÉSIDENT

Je vous assure que vous ne comprenez pas !

LE MENDIANT

Moi, je roule beaucoup. Je connaissais une famille Narsès… Elle, bien mieux que lui… Elle était malade, elle avalait de l'air… Mais bien mieux que lui… Aucune comparaison.

LE JARDINIER

Il a bu, c'est un mendiant.

LE PRÉSIDENT

Il rabâche[1], c'est un dieu.

LE MENDIANT

Non. C'est pour vous dire qu'on leur avait donné une petite louve. C'était leur petite louve chérie. Mais un jour, à midi, les petites louves, tout à coup, deviennent de grandes louves… Ils n'ont pas su prévoir le jour… À midi moins deux, elle les caressait. À midi une, elle les étranglait ! Lui, ça m'était bien égal.

ÉGISTHE

Et alors ?

LE MENDIANT

Alors je passais. J'ai tué la louve. Elle commençait à manger les joues de Narsès. Elle n'était pas dégoûtée. La femme Narsès s'en est tirée. Elle ne va pas mal. Je vous remercie. Vous allez la voir. Elle va venir me chercher tout à l'heure.

ÉGISTHE

Où est le rapport ?

LE MENDIANT

Oh ! ne vous attendez pas à voir la reine des Amazones[2]. Cela vous vieillit l'œil, les varices.

LE PRÉSIDENT

On vous demande où est le rapport.

---

1. **Rabâche** : répète toujours la même chose.
2. **Amazones** : femmes guerrières.

LE MENDIANT

Le rapport ? C'est que j'imagine que cet homme, puisqu'il est chef d'État, est quand même plus intelligent que Narsès... La bêtise de Narsès, personne ne peut se la figurer. Narsès, je n'ai jamais pu lui apprendre à fumer un cigare autrement que par le bout allumé... Et les nœuds ? C'est la première chose de savoir faire les nœuds, dans la vie... Si vous faites une boucle là où il faut faire un nœud, et l'inverse, vous êtes perdu. Votre monnaie part, vous prenez froid, vous vous étranglez, votre bateau file ou coince, vous ne pouvez plus retirer vos souliers... Je dis cela pour ceux qui les retirent... Et les lacets ? Songez que Narsès était braconnier[1]...

LE PRÉSIDENT

Nous vous demandons où est le rapport.

LE MENDIANT

Le voilà, le rapport. Si donc cet homme se méfie de sa nièce, s'il sait qu'un de ces jours, tout à coup, elle va faire son signal, comme il dit, elle va commencer à mordre et à mettre la ville sens dessus dessous, et monter le prix du beurre, et faire arriver la guerre, *et cætera*, il n'a pas à hésiter. Il doit la tuer raide avant qu'elle se déclare[2]... Quand se déclare-t-elle ?

LE PRÉSIDENT

Comment ?

LE MENDIANT

Quel jour, à quelle heure se déclare-t-elle ? Quel jour devient-elle louve ? Quel jour devient-elle Électre ?

---

1. Braconnier : personne qui chasse ou qui pêche de manière illégale.
2. Se déclare : révèle sa vraie nature.

Le président

Mais rien ne dit qu'elle deviendra louve !

Le mendiant, *désignant Égisthe*

Si ! Lui le pense. Lui le dit.

Le jardinier

Électre est la plus douce des femmes.

Le mendiant

La louve Narsès était la plus douce des louves.

Le président

Cela ne signifie rien, votre mot « se déclarer » !

Le mendiant

Il ne signifie rien, mon mot « se déclarer » ? Qu'est-ce que vous comprenez, alors, dans la vie ! Le vingt-neuf de mai, quand vous voyez tout à coup les guérets[1] grouillant de milliers de petites boules jaunes, rouges et vertes, qui voltigent, qui piaillent, qui se disputent chaque ouate de chardon et qui ne se trompent pas, et qui ne volent pas après la bourre[2] du pissenlit, il ne se déclare pas, le chardonneret ? Et le quatorze de juin quand, dans les coudes de rivière, vous voyez sans vent et sans courant deux roseaux remuer, toujours les mêmes, remuer sans arrêt jusqu'au quinze de juin – et sans bulle, comme pour la tanche et la carpe –, il ne se déclare pas, le brochet ? Et ils ne se déclarent pas, les juges comme vous, le jour de leur première condamnation à mort, au moment où le condamné sort, la tête

1. Guérets : terres labourées.
2. Bourre : duvet végétal qui se trouve sur certaines plantes.

distraite, quand ils sentent passer le goût du sang sur leurs lèvres ? Tout se déclare, dans la nature ! Jusqu'au roi. Et même la question, aujourd'hui, si vous voulez m'en croire, est de savoir si le roi se déclarera dans Égisthe avant qu'Électre ne se déclare dans Électre. Il faut donc qu'il sache le jour où cela arrivera pour la petite, afin de pouvoir la tuer la veille, au fond d'une vallée, comme il dit, ou au fond de la plus petite vallée, c'est le plus commode et le moins visible, dans sa baignoire…

LE PRÉSIDENT

Il est effroyable !

ÉGISTHE

Tu oublies le mariage, mendiant…

LE MENDIANT

C'est vrai. J'oublie le mariage. Mais pour tuer quelqu'un, c'est quand même moins sûr que la mort. D'autant qu'une fille comme elle, sensible, avec du retard, *et cætera*, elle se déclarera sûrement à la minute où un homme la prendra pour la première fois dans ses bras [1]… Vous la mariez ?

ÉGISTHE

À l'instant, ici même.

LE MENDIANT

Pas avec un roi d'autre ville, j'espère ?

1. L'homme qui prend Électre pour la première fois dans ses bras est Oreste (voir acte I, scène 7).

ÉGISTHE

Je m'en garde. Avec le jardinier.

LE PRÉSIDENT

Avec ce jardinier.

LE MENDIANT

Elle l'accepte ? Moi, je ne me déclarerais pas dans les bras d'un jardinier. Mais chacun son goût. Moi, je me suis déclaré à Corfou[1], place de la fontaine, dans la boulangerie sous les platanes. Il fallait me voir ce jour-là ! Dans chaque plateau de la balance je pesais une main de la boulangère. Jamais elles ne pesaient le même poids... Je faisais l'appoint à droite avec de la farine, à gauche avec du gruau[2]... Où habite-t-il, le jardinier ?

LE JARDINIER

En dehors des remparts.

LE MENDIANT

En village ?

LE JARDINIER

Non. Ma maison est seule.

LE MENDIANT, *à Égisthe*

Bravo ! Je vois votre idée. Elle n'est pas mauvaise. C'est assez facile à tuer, une femme de jardinier. Beaucoup plus facile qu'une princesse en son palais.

1. Corfou : île grecque.
2. Gruau : farine très fine.

LE JARDINIER

Je vous en prie, qui que vous soyez…

LE MENDIANT

Tu ne me diras pas qu'on n'enterre pas beaucoup plus vite dans du terreau que dans du marbre[1] ?

LE JARDINIER

Qu'allez-vous imaginer ? D'ailleurs, pas une minute elle ne sera hors de ma vue.

LE MENDIANT

Courbe-toi pour piquer un poireau. Repique-le parce que tu es tombé sur une motte. La mort est passée !

LE PRÉSIDENT

Inconnu, je ne sais pas si vous vous rendez bien compte du milieu où vous êtes. Vous êtes dans le palais d'Agamemnon, dans la famille d'Agamemnon.

LE MENDIANT

Je vois ce que je vois, je vois que cet homme a peur, qu'il vit avec la peur, la peur d'Électre.

ÉGISTHE

Mon cher hôte, ne nous égarons pas. Je ne dissimule point qu'Électre m'inquiète. Je sens que les ennuis et les malheurs abonderont[2] du jour où elle se déclarera, comme tu dis, dans

---

1. Le marbre est un symbole de richesse et de pouvoir : il renvoie à la « princesse en son palais », l. 624. Le mendiant veut dire que l'on tue plus facilement les faibles.

2. Abonderont : deviendront abondants.

la famille des Atrides. Et pour tous, car tout citoyen est atteint de ce qui frappe la famille royale. C'est pour cela que je la passe à une famille invisible des dieux, amorphe[1], et dans laquelle ni ses yeux ni ses gestes n'auront plus de phosphore[2], où le ravage restera local et bourgeois[3], à la famille des Théocathoclès.

LE MENDIANT

Bonne idée. Bonne idée. Encore faut-il que cette famille soit particulièrement amorphe.

ÉGISTHE

Elle l'est, et je veillerai à ce qu'elle le demeure. Je veillerai à ce qu'aucun Théocathoclès ne se distingue par le talent et le courage. Pour l'audace et le génie, je leur remets sans appréhension ce soin à eux-mêmes.

LE MENDIANT

Méfiez-vous. La petite Agathe n'est pas très mal. La beauté aussi fait signe.

LE PRÉSIDENT

Je vous prie de laisser Agathe hors du débat.

LE MENDIANT

C'est vrai qu'on peut toujours lui frotter le visage avec du vitriol[4].

1. **Amorphe** : sans forme, sans énergie.

2. **Phosphore** : substance produisant de la lumière. Égisthe espère que les actions d'Électre deviendront invisibles, suite à son mariage.

3. Le ravage épargnera l'aristocratie, et en particulier la famille des Atrides.

4. **Vitriol** : acide qui la défigurerait.

LE PRÉSIDENT

Seigneur...

ÉGISTHE

La cause est entendue.

LE PRÉSIDENT

Mais je me place au point de vue du destin même, Égisthe!... Ce n'est quand même pas une maladie!... Croyez-vous donc qu'il soit transmissible!

LE MENDIANT

Oui. Comme la faim l'est chez les pauvres.

LE PRÉSIDENT

J'ai peine à croire qu'il se contente, au lieu d'une famille royale, de notre petit clan obscur, et que, de destin des Atrides, il accepte de devenir destin des Théocathoclès.

LE MENDIANT

Sois sans inquiétude. Le cancer royal accepte les bourgeois.

ÉGISTHE

Président, si tu veux que l'entrée d'Électre dans ta famille ne marque point la disgrâce de ses membres magistrats, veille à ne plus ajouter un mot. Dans une zone de troisième ordre, le destin le plus acharné ne fera que des ravages de troisième ordre. J'en suis personnellement désolé, en raison de la vive estime que je porte aux Théocathoclès, mais la dynastie n'y risquera plus rien, ni l'État, ni la ville.

LE MENDIANT

Et l'on pourra bien peut-être la tuer un petit peu aussi, si l'occasion s'en présente.

ÉGISTHE

J'ai dit... Tu peux aller chercher Clytemnestre et Électre. Elles attendent.

LE MENDIANT

Ce n'est pas trop tôt. Sans vous faire de reproches la conversation manquait de femmes.

ÉGISTHE

Vous allez en avoir deux, et qui parlent.

LE MENDIANT

Et qui vont se disputer un peu, j'espère ?

ÉGISTHE

On aime parmi les vôtres quand les femmes discutent ?

LE MENDIANT

On adore. Cet après-midi, ils m'ont laissé entrer dans une maison où l'on discutait aussi. C'était bien moins relevé[1] comme discussion. Ça ne se compare pas. Cela n'était pas un complot d'assassins royaux comme ici. On discutait pour savoir si dans les repas d'invités on doit servir les volailles sans le foie ou avec le foie. Le cou aussi, naturellement. Les femmes étaient enragées. Il a fallu les séparer. Quand j'y songe, c'était quand même bien dur aussi, comme discussion... Le sang a coulé.

---

1. **Relevé** : soutenu, d'un style noble.

Scène 4

LE JARDINIER, LE PRÉSIDENT, ÉGISTHE, LE MENDIANT, SERVITEURS, CLYTEMNESTRE, ÉLECTRE, SUIVANTES

LE PRÉSIDENT

Les voici toutes deux.

CLYTEMNESTRE

Toutes deux est beaucoup dire. Électre n'est jamais plus absente que du lieu où elle est.

ÉLECTRE

Non. Aujourd'hui, j'y suis.

ÉGISTHE

Alors, profitons-en. Tu sais pourquoi ta mère t'a menée jusqu'ici ?

ÉLECTRE

Je pense que c'est par habitude. Elle a déjà conduit une fille au supplice[1].

CLYTEMNESTRE

Voilà Électre en deux phrases. Pas une parole qui ne soit perfidie[2] ou insinuation.

ÉLECTRE

Pardonne-moi, mère. L'allusion se présente si facilement dans la famille des Atrides.

---

1. Allusion à Iphigénie, qu'Agamemnon a dû sacrifier pour permettre le départ de l'expédition vers Troie.

2. Perfidie : tromperie, trahison.

LE MENDIANT

Qu'est-ce qu'elle veut dire ? Qu'elle va se fâcher avec sa mère ?

LE JARDINIER

Ce serait la première fois qu'on verrait se fâcher Électre.

LE MENDIANT

Ça n'en serait que plus intéressant.

ÉGISTHE

Électre, ta mère t'a avertie de notre décision. Depuis longtemps tu nous inquiètes. Je ne sais si tu t'en rends compte : tu n'es plus qu'une somnambule en plein jour. Dans le palais et dans la ville, on ne prononce plus ton nom qu'en baissant la voix, tant on craindrait, à le crier, de t'éveiller et de te faire choir[1]...

LE MENDIANT, *criant à tue-tête*

Électre !

ÉGISTHE

Qu'y a-t-il ?

LE MENDIANT

Oh ! pardon, c'est une plaisanterie. Excusez-moi. Mais c'est vous qui avez eu peur et pas elle. Elle n'est pas somnambule.

ÉGISTHE

Je vous en prie...

---

1. Choir : tomber.

LE MENDIANT

En tout cas, l'expérience est faite. C'est vous qui avez bronché. Qu'est-ce que cela aurait été si j'avais crié tout à coup : Égisthe !

LE PRÉSIDENT

Laissez notre régent[1] parler.

LE MENDIANT

Je vais crier Égisthe tout à l'heure, quand on ne s'y attendra pas.

ÉGISTHE

Il faut que tu guérisses, Électre, quel que soit le remède.

ÉLECTRE

Pour me guérir, c'est simple. Il suffit de rendre la vie à un mort[2].

ÉGISTHE

Tu n'es pas la seule à pleurer ton père. Mais il ne demande pas que ton deuil soit une offense aux vivants. Nous faisons une situation fausse aux morts en les raccrochant à notre vie. C'est leur enlever, s'ils en ont une, leur liberté de morts.

ÉLECTRE

Il a sa liberté. C'est pour cela qu'il vient.

ÉGISTHE

Crois-tu vraiment qu'il se plaise à te voir le pleurer, non comme une fille, mais comme une épouse ?

---

1. Référence à Égisthe, qui détient le pouvoir à Argos après la mort d'Agamemnon.
2. Le mort qu'Électre suggère de ressusciter est Agamemnon, son père.

ÉLECTRE

Je suis la veuve de mon père, à défaut d'autres[1].

CLYTEMNESTRE

Électre !

ÉGISTHE

Veuve ou non, nous fêtons aujourd'hui tes noces.

ÉLECTRE

Oui, je connais votre complot.

CLYTEMNESTRE

Quel complot ! Est-ce un complot de vouloir marier une fille de vingt et un ans ? À ton âge, je vous portais déjà tous les deux dans mes bras, toi et Oreste.

ÉLECTRE

Tu nous portais mal. Tu as laissé tomber Oreste sur le marbre.

CLYTEMNESTRE

Que pouvais-je faire ? Tu l'avais poussé.

ÉLECTRE

C'est faux ! Je n'ai pas poussé Oreste !

CLYTEMNESTRE

Mais qu'en peux-tu savoir ! Tu avais quinze mois.

---

1. Électre accuse sa mère de ne pas porter le deuil de son défunt mari. Elle se présente comme la seule vraiment fidèle à Agamemnon.

ÉLECTRE

Je n'ai pas poussé Oreste ! D'au-delà de toute mémoire, je me le rappelle. Ô Oreste, où que tu sois, entends-moi ! Je ne t'ai pas poussé !

ÉGISTHE

Cela va, Électre.

LE MENDIANT

Cette fois, elles y sont. Ce serait curieux que la petite se déclare juste devant nous.

ÉLECTRE

Elle ment, Oreste, elle ment !

ÉGISTHE

Je t'en prie, Électre.

CLYTEMNESTRE

Elle l'a poussé. Elle ne savait pas évidemment ce qu'elle faisait, à son âge. Mais elle l'a poussé.

ÉLECTRE

De toutes mes forces je l'ai retenu. Par sa petite tunique bleue. Par son bras. Par le bout de ses doigts. Par son sillage[1]. Par son ombre. Je sanglotais en le voyant à terre, sa marque rouge au front !

CLYTEMNESTRE

Tu riais à gorge déployée. La tunique, entre nous, était mauve.

1. **Sillage** : trace qui marque le passage de quelqu'un.

ÉLECTRE

Elle était bleue. Je la connais, la tunique d'Oreste. Quand on la séchait, on ne la voyait pas sur le ciel.

ÉGISTHE

Vais-je pouvoir parler ! N'avez-vous pas eu le temps, depuis vingt ans, de liquider ce débat entre vous ?

ÉLECTRE

Depuis vingt ans, je cherchais l'occasion. Je l'ai.

CLYTEMNESTRE

Comment n'arrivera-t-elle pas à comprendre que même de bonne foi, elle peut avoir tort ?

LE MENDIANT

Elles sont de bonne foi toutes deux. C'est ça la vérité.

LE PRÉSIDENT

Princesse, je vous en conjure ! Quel intérêt présente maintenant la question !

CLYTEMNESTRE

Aucun intérêt, je vous l'accorde.

ÉLECTRE

Quel intérêt ? Si c'est moi qui ai poussé Oreste, j'aime mieux mourir, j'aime mieux me tuer... Ma vie n'a aucun sens !...

ÉGISTHE

Va-t-il falloir te faire taire de force ? Êtes-vous aussi folle qu'elle, reine ?

CLYTEMNESTRE

Électre, écoute. Ne nous querellons pas. Voici exactement comme tout s'est passé. Il était sur mon bras droit.

ÉLECTRE

Sur le gauche !

ÉGISTHE

Est-ce fini, oui ou non, Clytemnestre ?

CLYTEMNESTRE

C'est fini, mais un bras droit est droit, et non gauche, une tunique mauve est mauve, et non bleue.

ÉLECTRE

Elle était bleue. Aussi bleue qu'était rouge le front d'Oreste.

CLYTEMNESTRE

Cela est vrai… Tout rouge. Tu touchas même la blessure du doigt, tu dansais autour du petit corps étendu, tu goûtais en riant le sang…

ÉLECTRE

Moi ! Je voulais me briser la tête contre la marche qui l'avait blessé ! J'ai tremblé toute une semaine…

ÉGISTHE

Silence !

ÉLECTRE

Je tremble encore.

LE MENDIANT

La femme Narsès s'attachait le sien avec une bande élastique. Il avait du jeu[1]... Souvent il était de biais, mais il ne tombait pas.

ÉGISTHE

Cela suffit. Nous verrons bientôt comment Électre portera les siens... Car tu es d'accord, n'est-ce pas ? Tu acceptes le mariage ?

ÉLECTRE

J'accepte.

ÉGISTHE

Je dois t'avouer que les prétendants ne font pas foule autour de toi.

LE MENDIANT

On dit...

ÉGISTHE

Que dit-on ?

LE MENDIANT

On dit que vous avez menacé secrètement de mort tous les princes qui pourraient épouser Électre... On dit ça dans la ville.

ÉLECTRE

Cela tombe bien. Je ne veux aucun prince.

1. **Il avait du jeu** : il avait la possibilité de bouger.

CLYTEMNESTRE

Et un jardinier, tu en veux un ?

ÉLECTRE

Je sais que vous avez formé tous deux le projet de me marier au jardinier de mon père. J'accepte.

CLYTEMNESTRE

Tu n'épouseras pas un jardinier.

ÉGISTHE

Nous en sommes convenus, reine. La parole est donnée.

CLYTEMNESTRE

Je la reprends. C'était une parole inique[1]. Si Électre est malade, nous la soignerons. Je ne donne plus ma fille à un jardinier.

ÉLECTRE

Trop tard, mère. Tu m'as donnée.

CLYTEMNESTRE

Tu oses prétendre à Électre, jardinier ?

LE JARDINIER

Je suis indigne, reine, mais Égisthe l'ordonne.

ÉGISTHE

Je l'ordonne. Et voici les anneaux. Prends ta femme.

1. **Inique** : injuste, sans valeur.

CLYTEMNESTRE

Tu risques ta vie, jardinier, si tu t'obstines !

LE MENDIANT

Alors ne t'obstine pas. Moi, j'aime voir mourir les soldats, pas les jardiniers.

CLYTEMNESTRE

Que dit-il encore, celui-là ? Épouse Électre, jardinier, et tu es tué !

LE MENDIANT

C'est votre affaire. Mais revenez dans un jardin un an après la mort du jardinier. Vous verrez s'il n'est pas à dire[1]. Vous verrez ce qu'elle devient, la scarole[2], veuve un an de son jardinier. Ce n'est pas comme les veuves de rois.

CLYTEMNESTRE

Ce jardin-là n'y perdra rien. Viens, Électre.

LE JARDINIER

Reine, vous pouvez me refuser Électre, mais ce n'est pas loyal de dire du mal d'un jardin qu'on ne connaît pas.

CLYTEMNESTRE

Je le connais : un terrain vague, tendu d'épandages[3]...

LE JARDINIER

Un terrain vague, le jardin le mieux tenu d'Argos !

---

1. **S'il n'est pas à dire** : s'il ne manque pas (archaïsme).
2. **Scarole** : variété de salade.
3. **Tendu d'épandages** : intégralement recouvert de semences, d'engrais.

LE PRÉSIDENT

S'il se met à vous parler de son jardin, nous n'en sortirons plus !

ÉGISTHE

Épargne-nous les descriptions !

LE JARDINIER

La reine me provoque. Je réponds. Il est ma dot[1], il est mon honneur, mon jardin !

ÉGISTHE

Peu importe. Assez de querelles !

LE JARDINIER

Terrain vague ! Il couvre dix arpents[2] de colline, mon jardin, et six de vallée. Non ! Non ! Vous ne me ferez pas taire ! Pas un pouce stérile, n'est-ce pas, Électre ? Sur les terrasses, j'ai l'ail et les tomates. Aux pentes, la vigne et les pêchers de plein vent. Dans le plan, les légumes, les fraises et les framboises. Au creux de chaque éboulis un figuier, qui épaule le mur et y tiédit la figue.

ÉGISTHE

Parfait. Laisse ta figue tiédir[3], et prends ta femme.

CLYTEMNESTRE

Ose parler de ce jardin ! Tout y est sec, je l'ai vu de la route : un crâne pelé. Tu n'auras pas Électre.

---

1. Dot : ce que le jardinier apporte comme biens dans le mariage.

2. Arpent : ancienne mesure de surface.

3. Dans l'Antiquité, la figue peut être un symbole sexuel. L'allusion d'Égisthe serait donc relativement obscène.

LE JARDINIER

Tout y est sec ! D'une source que la canicule ne tarit point, s'écoule entre les buis et les platanes le ruisseau dont j'ai dérivé deux rigoles, l'une sur prairie, l'autre taillée en plein roc. Vous en trouverez des crânes semblables ! Et des épandages[1] pareils ! En ce début de printemps tout n'est que jacinthe et narcisse. Je n'ai jamais vu sourire Électre, mais c'est dans mon jardin que j'ai reconnu sur son visage ce qui ressemble le plus au sourire !

CLYTEMNESTRE

Regarde si elle sourit en ce moment.

LE JARDINIER

Moi j'appelle cela le sourire d'Électre.

CLYTEMNESTRE

Le sourire à ta main sale, à tes ongles noirs...

ÉLECTRE

Cher jardinier...

LE JARDINIER

Mes ongles noirs ? Voilà que mes ongles sont noirs ! Ne la croyez pas, Électre. Vous tombez bien mal, reine, aujourd'hui. Car j'ai passé ce matin ma maison à la chaux[2] de manière qu'aucune trace n'y demeure des mulots et des serpillières[3], et de cela mes ongles sont sortis, non pas noirs, comme vous voulez bien le dire, mais lunés de blanc.

1. **Épandages** : engrais.

2. **Chaux** : substance blanche, utilisée notamment dans les constructions.

3. Le **mulot** est un petit rongeur. La **serpillière** est un insecte qui coupe les racines des plantes. La chaux est censée éloigner ces petits animaux.

ÉGISTHE

Cela va, jardinier.

LE JARDINIER

Je sais, je sais que cela va. Et mes mains sont sales. Regardez. Voilà des mains sales ! Des mains que j'ai justement lavées après avoir retiré les morilles et les oignons pendus, pour que rien n'entête[1] la nuit d'Électre... Moi, je coucherai dans le hangar, Électre, d'où je surveillerai toute menace à votre sommeil, qu'elle vienne du hibou en fraude, de l'écluse ouverte, ou du renard qui fourrage la haie, sa tête grossie d'une poule. J'ai dit...

ÉLECTRE

Merci, jardinier.

CLYTEMNESTRE

Et ainsi vivra Électre, fille de Clytemnestre et du roi des rois, à voir dans les plates-bandes son époux circuler deux seaux aux mains, centre d'un cercle de barrique[2] !

ÉGISTHE

Et elle y pleurera les morts tout à son aise. Prépare dès demain tes semis d'immortelles[3].

LE JARDINIER

Et elle y évitera l'angoisse, le tourment, et peut-être le drame. Je ne connais guère les êtres, reine, mais je connais les

1. **Entête** : tourne la tête, gêne.

2. **Barrique** : récipient fait de morceaux de bois cintrés assemblés par des cercles en métal.

3. **Immortelles** : fleurs qui ne se fanent pas, et qui sont donc particulièrement adaptées pour rendre hommage aux défunts.

saisons. Il est temps, juste temps dans notre ville de transplanter le malheur. Ce n'est pas sur notre pauvre famille que l'on greffera les Atrides, mais sur les saisons, sur les prairies, sur les vents. J'ai idée qu'ils n'y perdront rien.

LE MENDIANT

Laissez-vous convaincre, reine. Vous ne voyez donc pas qu'il y a dans Égisthe je ne sais quelle haine qui le pousse à tuer Électre, à la donner à la terre ? Par une espèce de jeu de mots, il se trompe, il la donne à un jardin. Elle y gagne. Elle y gagne la vie… *(Égisthe s'est levé.)* Quoi ? J'ai eu tort, hein, de dire cela ?

ÉGISTHE, *à Électre et au jardinier*

Approchez tous les deux !

CLYTEMNESTRE

Électre, je t'en prie.

ÉLECTRE

C'est vous qui l'avez voulu, mère !

CLYTEMNESTRE

Je ne le veux plus. Tu vois bien que je ne le veux plus.

ÉLECTRE

Pourquoi ne le veux-tu plus ? Tu as peur ? Trop tard.

CLYTEMNESTRE

Que faut-il donc te dire pour te rappeler qui je suis, qui tu es !

ÉLECTRE

Il faut me dire que je n'ai pas poussé Oreste.

CLYTEMNESTRE

Fille stupide !

ÉGISTHE

Vont-elles recommencer !

LE MENDIANT

Oui, oui, qu'elles recommencent.

CLYTEMNESTRE

Et injuste ! Et obstinée ! Laisser tomber Oreste ! Jamais je ne casse rien ! Jamais je n'échappe[1] un verre ou une bague… Je suis si stable que les oiseaux se posent sur mes bras… De moi on s'envole, on ne tombe pas… C'est justement ce que je me disais, quand il a perdu l'équilibre : Pourquoi, pourquoi la malchance veut-elle qu'il ait eu sa sœur près de lui !

ÉGISTHE

Elles sont folles !

ÉLECTRE

Et moi je me disais, dès que je l'ai vu glissant : Au moins si c'est une vraie mère, elle va se courber pour amortir la chute. Ou elle va se plier, ou se voûter, pour créer une pente, pour le rattraper avec ses cuisses ou ses genoux. On va voir s'ils deviennent prenants, s'ils comprennent, les cuisses et les genoux altiers[2] de ma mère ! On en doutait ! On va le voir !

1. **N'échappe** : ne laisse tomber.
2. **Altiers** : hautains, prétentieux.

CLYTEMNESTRE

Tais-toi.

ÉLECTRE

Ou elle va s'incliner en arrière, de façon que le petit Oreste glisse d'elle comme un enfant de l'arbre où il a déniché un nid. Ou elle va tomber, pour qu'il ne tombe pas, pour qu'il tombe sur elle. Tous les moyens dont une mère dispose pour recueillir son fils, elle les a encore. Elle peut encore être une courbe, une conque[1], une pente maternelle, un berceau. Mais elle est restée figée, dressée, et il a chu[2] tout droit, du plus haut de sa mère !

ÉGISTHE

La cause est entendue, Clytemnestre, nous partons !

CLYTEMNESTRE

Qu'elle se souvienne ainsi de ce qu'elle a vu à quinze mois, de ce qu'elle n'a pas vu ! Jugez du reste !

ÉGISTHE

Qui la croit, qui l'écoute, excepté vous !

ÉLECTRE

Qu'il soit tant de moyens pour empêcher un fils de tomber, j'en vois mille encore, et qu'elle n'ait rien fait !

CLYTEMNESTRE

Le moindre mouvement et c'est toi qui tombais.

---

1. Conque : coquille en spirale, parfois utilisée comme trompe.

2. Il a chu : il est tombé (du verbe « choir »).

ÉLECTRE

C'est bien ce que je dis. Tu raisonnais. Tu calculais. Tu étais une nourrice, pas une mère !

CLYTEMNESTRE

Ma petite Électre…

ÉLECTRE

Je ne suis pas ta petite Électre. À frotter ainsi tes deux enfants contre toi, ta maternité se chatouille et s'éveille. Trop tard.

CLYTEMNESTRE

Je t'en supplie.

ÉLECTRE

C'est cela ! Ouvre les bras tout grands. Voilà comme tu as fait ! Regardez tous ! C'est juste ce que tu as fait !

CLYTEMNESTRE

Partons, Égisthe…

Elle sort.

LE MENDIANT

J'ai idée qu'elle aussi a peur, la mère.

ÉGISTHE, *au mendiant*

Vous dites, vous ?

LE MENDIANT

Moi, je ne dis rien. Je ne dis jamais rien… À jeun, je parle. À jeun, on n'entend que moi… Mais j'ai bu un peu aujourd'hui…

Acte I, scène 4

Le conflit mère-fille

1

Qui sont les deux personnages en conflit dans cette scène ? Sur quel(s) sujet(s) s'opposent-ils ?

• **Électre** et **Clytemnestre** sont en conflit. Leur relation est marquée par la violence.
• Les deux femmes se disputent :
– au sujet d'**Agamemnon** (Électre reproche à sa mère de ne pas être la « veuve » de son mari) ;
– sur la responsabilité de la chute d'Oreste enfant (leurs souvenirs sont opposés) ;
– à propos du **mariage** d'Électre avec le jardinier (mariage que Clytemnestre refuse).

2

Quels sont les personnages qui tentent d'apaiser la situation ?

• **Égisthe** et **le président** voudraient faire taire Électre et Clytemnestre et les inviter à vivre davantage au présent.
• Le **mendiant** semble être le spectateur de l'action, qu'il commente. Il parle très librement, peut-être sous l'effet de l'alcool. Seul Égisthe, à la fin, prend conscience de l'importance de sa parole.

3

La scène a-t-elle permis d'apaiser les tensions entre les deux personnages ?

• Clytemnestre avoue qu'elle a laissé tomber Oreste. Elle donne quelques mots de tendresse à sa fille, sa « petite Électre ». Le conflit a fait surgir la **vérité**.
• Mais Électre n'est pas prête à pardonner. Pour elle, il est « trop tard ». Clytemnestre part avec Égisthe. La **colère** de sa fille lui fait peur.

DÉFINITION CLÉ

Le conflit théâtral

• Le théâtre, qui met en scène les **passions**, repose souvent sur le **conflit** :
– les personnages sont en proie à des **dilemmes** (conflit entre l'amour et le devoir, par exemple, dans les tragédies de Corneille) ;
– ils s'opposent dans des **dialogues**, qui peuvent être très vifs. Lorsque les répliques s'enchaînent très rapidement, on parle de **stichomythie**.

• Dans le théâtre classique, la violence ne peut être montrée sur scène, à cause de l'exigence de **bienséance**.

Scène 5

LE JARDINIER, LE MENDIANT, ÉLECTRE, AGATHE, L'ÉTRANGER

AGATHE

Voici le bon moment... Égisthe n'est plus là. Disparais, jardinier !

LE JARDINIER

Que veux-tu dire ?

AGATHE

Disparais, et vite. Cet homme prend ta place.

LE JARDINIER

Ma place auprès d'Électre !

L'ÉTRANGER

Oui, c'est moi qu'elle épouse.

ÉLECTRE

Lâchez ma main !

L'ÉTRANGER

De ma vie plus jamais.

AGATHE

Au moins, regardez-le, Électre ! Avant de s'échapper des bras d'un homme, on regarde au moins comment il est fait ! Je vous assure que vous y gagnez.

ÉLECTRE

Jardinier ! Au secours !

L'ÉTRANGER

Je n'ai pas de compte à te rendre, jardinier. Mais regarde-moi en face. Tu es un expert pour les genres et les espèces[1]... Regarde mon espèce dans mes yeux. C'est cela. Regarde-la bien de tes pauvres yeux sans race. De ce regard des humbles, qui est un mélange de dévouement, de chassie[2] et de crainte, de cette prunelle délavée et stérile des pauvres gens qui ne sécrète plus ni sous le soleil ni sous le malheur, inspecte, et vois si je peux m'effacer devant toi... Parfait... Donne-moi ton anneau... Merci...

ÉLECTRE

Agathe, ma cousine[3] ! Aidez-moi ! Je vous jure que je ne dirai rien ! De vos rendez-vous, de vos ruptures, je vous jure que je ne dirai rien !

AGATHE, *emmenant le jardinier*

Viens... Les Théocathoclès sont sauvés. Que les Atrides se débrouillent...

LE MENDIANT

Elle court. Ainsi regagne le dessous de sa pierre la petite cloporte[4] qui a eu la menace du jour.

---

1. Genres, espèces : termes de classification utilisés en botanique.

2. Chassie : substance jaunâtre au bord des paupières.

3. Agathe, femme infidèle du président, sera en effet de la même famille qu'Électre lorsque celle-ci sera mariée au jardinier.

4. Cloporte : petit crustacé terrestre, qui vit sous les pierres.

Scène 6

LE MENDIANT, ÉLECTRE, L'ÉTRANGER

L'ÉTRANGER

Toi, ne te débats pas.

ÉLECTRE

Je me débattrai jusqu'à la mort.

L'ÉTRANGER

Le crois-tu ? Tout à l'heure, tu vas me prendre de toi-même dans tes bras.

ÉLECTRE

Pas d'insulte !

L'ÉTRANGER

Dans une minute tu vas m'embrasser.

ÉLECTRE

Honte à vous qui profitez de deux infamies[1].

L'ÉTRANGER

Vois pourtant comme j'ai confiance, je te lâche…

ÉLECTRE

Adieu pour toujours !

L'ÉTRANGER

Non ! Je vais te dire un mot et tu vas revenir vers moi, toute douce.

---

1. Deux infamies : l'infamie (la bassesse, l'acte déshonorant) d'Égisthe, qui veut la marier avec le jardinier ; celle d'Agathe, qui la livre à l'étranger.

Électre

Quel est ce mensonge ?

L'Étranger

Un seul mot et tu vas sangloter dans mes bras. Un seul mot, mon nom…

Électre

Il n'est plus au monde qu'un nom qui puisse m'attirer vers un être.

L'Étranger

C'est celui-là. C'est le mien.

Électre

Tu es Oreste !

Oreste

Ô ingrate sœur, qui ne me reconnais qu'à mon nom !

Clytemnestre apparaît.

Scène 7

Le mendiant, Électre, Oreste, Clytemnestre

Clytemnestre

Électre !

Électre

Ma mère !

CLYTEMNESTRE

Reprends ta place au palais. Quitte ce jardinier. Viens.

ÉLECTRE

Le jardinier n'est plus ici, ma mère.

CLYTEMNESTRE

Où est-il ?

ÉLECTRE

Il m'a cédée à cet homme.

CLYTEMNESTRE

À quel homme ?

ÉLECTRE

À cet homme-là, qui maintenant est mon mari.

CLYTEMNESTRE

L'heure n'est pas aux plaisanteries. Viens !

ÉLECTRE

Comment venir ? Cet homme me tient la main.

CLYTEMNESTRE

Hâte-toi.

ÉLECTRE

Tu sais, mère, ces étrivières[1] que l'on passe aux jambes des pouliches pour les empêcher de courir ? Cet homme me les passe aux chevilles.

1. **Étrivières** : courroies servant à tenir l'étrier à la selle.

Clytemnestre

Cette fois, j'ordonne. Que la nuit te trouve dans ta chambre. Viens.

Électre

Justement. Comment abandonner mon mari, le soir de ma nuit de noces !

Clytemnestre

Que faites-vous là ? Qui êtes-vous ?

Électre

Il ne te répondra pas. Ce soir la bouche de mon mari m'appartient, avec toutes ses paroles.

Clytemnestre

D'où venez-vous ? Qui est votre père ?

Électre

S'il y a mésalliance[1], elle ne sera pas grande.

Clytemnestre

Pourquoi me regardez-vous ainsi ? Qu'y a-t-il à me braver dans vos yeux ?... Et votre mère, qui était-elle ?

Électre

Il ne l'a jamais vue.

Clytemnestre

Elle est morte ?

1. **Mésalliance** : mariage avec quelqu'un d'une condition sociale inférieure.

ÉLECTRE

C'est peut-être ce que tu vois dans ses yeux, qu'il n'a jamais vu sa mère. Il est beau, n'est-ce pas ?

CLYTEMNESTRE

Oui... Il te ressemble.

ÉLECTRE

Que notre première heure de mariage nous ait donné cette ressemblance qui ne vient qu'aux vieux époux, cela promet, n'est-ce pas, mère ?

CLYTEMNESTRE

Qui êtes-vous ?

ÉLECTRE

Que t'importe ! Jamais homme n'a été moins à toi.

CLYTEMNESTRE

Quel qu'il soit, qui que vous soyez, étranger, ne vous prêtez pas à ce caprice. Ou plutôt aidez-moi. Si vous êtes digne d'Électre, nous verrons demain. Je convaincrai Égisthe... Mais jamais nuit ne m'a semblé moins propice. Laisse cet homme, Électre.

ÉLECTRE

Trop tard, ses bras me tiennent.

CLYTEMNESTRE

Tu sais rompre le fer, quand tu veux.

ÉLECTRE

Le fer oui, ce fer non.

Clytemnestre

Que t'a-t-il dit contre ta mère pour que tu l'acceptes ainsi ?

Électre

Nous n'avons encore eu le temps de parler ni de ma mère, ni de la sienne. Disparais, nous commencerons.

Oreste

Électre !

Électre

Voilà tout ce qu'il peut dire. Quand j'enlève ma main de sa bouche, il dit mon nom sans arrêt. On ne peut de lui obtenir autre chose. Ô mon mari, puisque ta bouche est libre, embrasse-moi !

Clytemnestre

Quelle honte ! Ainsi c'était cette folie, le secret d'Électre !

Électre

Devant ma mère, embrasse-moi.

Clytemnestre

Adieu. Mais je ne te croyais pas fille à te donner au premier passant venu.

Électre

Moi non plus. Mais j'ignorais ce que c'est, le premier baiser venu.

Exit *Clytemnestre*[1].

1. ***Exit*** **Clytemnestre** : Clytemnestre sort.

Scène 8

LE MENDIANT, ÉLECTRE, ORESTE

ORESTE

Pourquoi hais-tu à ce point notre mère, Électre ?

ÉLECTRE

Ne parle pas d'elle, surtout pas d'elle. Imaginons une minute, pour notre bonheur, que nous ayons été enfantés sans mère. Ne parle pas.

ORESTE

J'ai tout à te dire.

ÉLECTRE

Tu me dis tout par ta présence. Tais-toi. Baisse les yeux. Ta parole et ton regard m'atteignent trop durement, me blessent. Souvent je souhaitais, si jamais un jour je te retrouvais, de te retrouver dans ton sommeil. Retrouver à la fois le regard, la voix, la vie d'Oreste, je n'en puis plus. Il eût fallu que je m'entraîne sur une forme de toi, d'abord morte, peu à peu vivante. Mais mon frère est né comme le soleil, une brute d'or à son lever... Ou que je sois aveugle, et que je regagne mon frère sur le monde à tâtons... Ô joie d'être aveugle, pour la sœur qui retrouve son frère. Vingt ans[1] mes mains se sont égarées sur l'ignoble ou sur le médiocre, et voilà qu'elles touchent un frère. Un frère où tout est vrai. Il pourrait y avoir, insérés dans cette tête, dans ce corps, des fragments suspects, des fragments faux. Par un merveilleux hasard, tout est fraternel dans Oreste, tout est Oreste !

1. Électre a vingt et un ans.

ORESTE

Tu m'étouffes.

ÉLECTRE

Je ne t'étouffe pas... Je ne te tue pas... Je te caresse. Je t'appelle à la vie. De cette masse fraternelle que j'ai à peine vue dans mon éblouissement, je forme mon frère avec tous ses détails. Voilà que j'ai fait la main de mon frère, avec son beau pouce si net. Voilà que j'ai fait la poitrine de mon frère, et que je l'anime, et qu'elle se gonfle et expire, en donnant la vie à mon frère. Voilà que je fais son oreille. Je te la fais petite, n'est-ce pas, ourlée[1], diaphane[2] comme l'aile de la chauve-souris ?... Un dernier modelage, et l'oreille est finie. Je fais les deux semblables. Quelle réussite, ces oreilles ! Et voilà que je fais la bouche de mon frère, doucement sèche, et je la cloue toute palpitante sur son visage... Prends de moi ta vie, Oreste, et non de ta mère !

ORESTE

Pourquoi la hais-tu ?... Écoute !

ÉLECTRE

Qu'as-tu ? Tu me repousses ? Voilà bien l'ingratitude des fils. Vous les achevez à peine, et ils se dégagent, et ils s'évadent.

ORESTE

Quelqu'un nous surveille, de l'escalier...

1. Ourlée : bordée, dotée d'un rebord.
2. Diaphane : transparente.

ÉLECTRE

C'est elle, c'est sûrement elle. C'est la jalousie ou la peur. C'est notre mère.

LE MENDIANT

Oui, oui, c'est bien elle.

ÉLECTRE

Elle se doute que nous sommes là, à nous créer nous-mêmes, à nous libérer d'elle. Elle se doute que ma caresse va t'entourer, te laver d'elle, te rendre orphelin d'elle... Ô mon frère, qui jamais pourra me donner le même bienfait ?

ORESTE

Comment peux-tu ainsi parler de celle qui t'a mise au monde ! Je suis moins dur pour elle, qui l'a été tant pour moi !

ÉLECTRE

C'est justement ce que je ne peux supporter d'elle, qu'elle m'ait mise au monde. C'est là ma honte. Il me semble que par elle je suis entrée dans la vie d'une façon équivoque et que sa maternité n'est qu'une complicité qui nous lie. J'aime tout ce qui, dans ma naissance, revient à mon père. J'aime comme il s'est dévêtu, de son beau vêtement de noces, comme il s'est couché, comme tout d'un coup pour m'engendrer il est sorti de ses pensées et de son corps même. J'aime à ses yeux son cerne[1] de futur père, j'aime cette surprise qui remua son corps le jour où je suis née, à peine perceptible, mais d'où je me sens issue plus que des souffrances et des efforts de ma mère. Je suis née de sa

1. **Cerne** : cercle bleuâtre ou jaunâtre autour de l'œil.

nuit de profond sommeil, de sa maigreur de neuf mois, des consolations qu'il prit avec d'autres femmes pendant que ma mère me portait, du sourire paternel qui suivit ma naissance. Tout ce qui est de cette naissance du côté de ma mère, je le hais.

ORESTE

Pourquoi détestes-tu les femmes à ce point ?

ÉLECTRE

Ce n'est pas que je déteste les femmes, c'est que je déteste ma mère. Et ce n'est pas que je déteste les hommes, je déteste Égisthe.

ORESTE

Mais pourquoi les hais-tu ?

ÉLECTRE

Je ne le sais pas encore. Je sais seulement que c'est la même haine. C'est pour cela qu'elle est si lourde, pour cela que j'étouffe. Que de fois j'ai essayé de découvrir que je haïssais chacun d'une haine spéciale. Deux petites haines, cela peut se porter encore dans la vie. C'est comme les chagrins. L'un équilibre l'autre. J'essayais de croire que je haïssais ma mère parce qu'elle t'avait laissé tomber enfant, Égisthe parce qu'il te dérobait ton trône. C'était faux. En fait j'avais pitié de cette grande reine, qui dominait le monde, et soudain, terrifiée, humble, échappait[1] un enfant comme une aïeule hémiplégique[2]. J'avais pitié de cet Égisthe, cruel, tyran, et dont le destin était de mourir un jour misérablement sous tes coups...

1. Échappait : laissait tomber.
2. Hémiplégique : paralysée d'un côté.

Tous les motifs que je trouvais de les haïr me les laissaient au contraire humains, pitoyables, mais dès que les haines de détail avaient bien lavé, paré, rehaussé ces deux êtres, au moment où vis-à-vis d'eux je me retrouvais douce, obéissante, une vague plus lourde et plus chargée de haine commune s'abattait à nouveau sur eux. Je les hais d'une haine qui n'est pas à moi.

ORESTE

Je suis là. Elle va cesser.

ÉLECTRE

Crois-tu ? Autrefois je pensais que ton retour me libérerait de cette haine. Je pensais que mon mal venait de ce que tu étais loin. Je me préparais pour ta venue à ne plus être qu'un bloc de tendresse, de tendresse pour tous, de tendresse pour eux. J'avais tort. Mon mal, en cette nuit, vient de ce que tu es près. Et toute cette haine que j'ai en moi, elle te rit, elle t'accueille, elle est mon amour pour toi. Elle te lèche comme le chien la main qui va le découpler[1]. Je sens que tu m'as donné la vue, l'odorat de la haine. La première trace, et maintenant, je prends la piste… Qui est là ? C'est elle ?

LE MENDIANT

Non. Non ! Vous oubliez l'heure. Elle est remontée. Elle se déshabille.

ÉLECTRE

Elle se déshabille. Devant son miroir, contemplant longuement Clytemnestre, notre mère se déshabille. Notre mère que

1. **Découpler** : détacher (le chien) pour qu'il puisse chasser.

j'aime parce qu'elle est si belle, dont j'ai pitié à cause de l'âge qui vient, dont j'admire la voix, le regard… Notre mère que je hais.

Oreste

Électre, sœur chérie ! Je t'en supplie, calme-toi.

Électre

Alors, je prends la piste, je pars ?

Oreste

Calme-toi.

Électre

Moi ? Je suis toute calme. Moi ? Je suis toute douce. Et douce pour ma mère, si douce… C'est cette haine pour elle qui gonfle, qui me tue.

Oreste

À ton tour, ne parle pas. Nous verrons demain pour la haine. Laisse-moi goûter ce soir, ne fût-ce qu'une heure, la douceur de cette vie que je n'ai pas connue et que pourtant je retrouve.

Électre

Une heure. Va pour une heure…

Oreste

Le palais est si beau, sous la lune… Mon palais… Toute la puissance de notre famille à cette heure en émane… Ma puissance… Laisse-moi dans tes bras imaginer de quel bonheur ces murs auraient pu être l'écluse, avec des êtres plus sensés et plus calmes. Ô Électre, que de noms dans notre famille étaient au départ doux, tendres, et devaient être des noms de bonheur !

ÉLECTRE

Oui, je sais : Médée, Phèdre[1]...

ORESTE

Ceux-là même, pourquoi pas ?

ÉLECTRE

Électre, Oreste...

ORESTE

Pour ceux-là n'est-il pas temps encore ? Je viens pour les sauver.

ÉLECTRE

Tais-toi ! La voilà !

ORESTE

Voilà qui ?

ÉLECTRE

Celle qui porte ce nom de bonheur[2] : Clytemnestre.

---

1. Médée, Phèdre : héroïnes tragiques, femmes et mères coupables de passions violentes et interdites.

2. Nom de bonheur : expression ironique.

Acte I, scène 8

Les retrouvailles entre Oreste et Électre

1

Quels sentiments Électre exprime-t-elle en retrouvant son frère ?

- Électre est **heureuse** de retrouver son frère. Elle rappelle à quel point sa présence lui a manqué.
- Elle voudrait presque être la **mère d'Oreste.** Elle se rêve en créatrice, qui pourrait prendre la place de Clytemnestre.

2

Oreste partage-t-il les mêmes sentiments ?

Oreste **ne comprend pas** la haine d'Électre pour leur mère. Il ne cesse de la questionner à ce sujet.

- Oreste voudrait **oublier la violence** dans les bras de sa sœur. À l'ironie désenchantée d'Électre, il oppose la douce pensée du bonheur.

3

En quoi Électre apparaît-elle, dans cette scène, comme une jeune fille inquiétante ?

- Électre se montre **violente.** Elle « étouffe » Oreste, affirmant le caresser.
- Ses sentiments à l'égard de sa mère et d'Égisthe relèvent de la pitié et d'une **haine obsessionnelle,** sentiment qu'elle ne peut expliquer clairement et qui la dépasse.
- Les propos d'Électre témoignent d'une **sexualité trouble.** Ses rapports à son frère sont ambigus. Son évocation du moment où son père l'a engendrée peut sembler malsaine.

DÉFINITION CLÉ

La scène de reconnaissance

- Ce type de scène est fréquent, au théâtre, car il a une vraie **efficacité dramatique.** Il inspire de nombreux sentiments au spectateur.
- C'est un moment où la **véritable identité** des personnages se révèle. C'est aussi un moment où le personnage peut prendre **conscience de son aveuglement.**
- Cette scène se retrouve souvent au **dénouement,** parfois au cœur de l'action. Elle fait basculer les personnages de la menace du malheur au bonheur dans la comédie, de l'illusion du bonheur au malheur dans la tragédie.

Scène 9

LE MENDIANT, ÉLECTRE, ORESTE, CLYTEMNESTRE, *puis* ÉGISTHE

CLYTEMNESTRE

Électre ?

ÉLECTRE

Ma mère ?

CLYTEMNESTRE

Quel est cet homme ?

ÉLECTRE

Devine.

CLYTEMNESTRE

Laisse-moi voir son visage.

ÉLECTRE

Si tu ne le vois point à distance, tu le verras encore moins de près.

CLYTEMNESTRE

Électre, cessons notre guerre. Si vraiment tu veux cet homme pour mari, j'accepte. Pourquoi ce sourire ? N'est-ce pas moi qui ai voulu que tu aies un mari ?

ÉLECTRE

Pas du tout. Tu as voulu que je sois femme.

CLYTEMNESTRE

Quelle est la différence ?

ÉLECTRE

Tu as voulu que je sois dans ton camp. Tu as voulu ne pas avoir perpétuellement devant toi le visage de celle qui est ta pire ennemie.

CLYTEMNESTRE

Celui de ma fille ?

ÉLECTRE

Celui de la chasteté.

ORESTE

Électre…

ÉLECTRE

Laisse-moi… Laisse-moi… J'ai pris la piste.

CLYTEMNESTRE

Chasteté ! Cette fille que rongent les désirs nous parle de la chasteté. Cette fille qui, à deux ans, ne pouvait voir un garçon sans rougir. C'est parce que tu voulais embrasser Oreste, si tu tiens à le savoir, que tu l'as jeté hors de mes bras !

ÉLECTRE

Alors j'avais raison. Alors tu m'en vois fière. Cela en valait la peine.

Trompettes. Rumeurs. Apparitions aux fenêtres. D'une galerie, Égisthe se penche.

ÉGISTHE

Vous êtes là, reine ?

LE MENDIANT

Oui. Elle est là.

ÉGISTHE

Grande nouvelle, reine. Oreste n'était pas mort. Il s'est évadé. Il se dirige vers Argos.

CLYTEMNESTRE

Oreste !

ÉGISTHE

J'envoie à sa rencontre mes hommes les plus sûrs. Tout ce qui m'est fidèle, je le poste autour des murs... Vous vous taisez ?

CLYTEMNESTRE

Oreste revient ?

ÉGISTHE

Il revient pour reprendre le trône de son père, pour m'empêcher d'être régent, vous d'être reine... Des émissaires [1] à lui circulent et préparent une émeute. Rassurez-vous. À tout, je mettrai bon ordre... Qui est en bas, avec vous ?

CLYTEMNESTRE

Électre.

ÉGISTHE

Et son jardinier ?

1. **Émissaires** : envoyés.

Le mendiant

Et son jardinier.

Égisthe

Vous ne cherchez plus à les séparer, je pense ? Vous voyez que mes craintes étaient justes ! Vous êtes d'accord, maintenant ?

Clytemnestre

Non. Je ne cherche plus.

Égisthe

Qu'ils ne sortent pas du palais. J'ai donné ordre que les portes soient closes jusqu'au retour des soldats… Pour eux surtout… Tu m'entends, jardinier ?

Électre

Nous ne sortirons pas.

Égisthe

Vous, reine, remontez. Regagnez votre chambre. Il est tard et le conseil se réunit à l'aurore… Je vous souhaite bonne nuit.

Électre

Merci, Égisthe.

Égisthe

Je parle à la reine, Électre. L'heure n'est pas à la dérision. Montez, reine !

Clytemnestre

Au revoir, Électre.

ÉLECTRE

Au revoir, mère.

Elle va, et se retourne.

CLYTEMNESTRE

Au revoir, mari de ma fille.

Elle monte lentement l'escalier.

LE MENDIANT

On en voit, dans les familles ! On voit tout !

ÉLECTRE

Qui a parlé ?

LE MENDIANT

Personne ! Personne n'a parlé. Vous pensez que quelqu'un va parler dans un moment pareil ?

Scène 10

LE MENDIANT, ÉLECTRE, ORESTE

ORESTE

Dis-la-moi, Électre ! Dis-la-moi !

ÉLECTRE

Te dire quoi ?

ORESTE

Ta haine. La raison de ta haine. Tu la connais maintenant. Tout à l'heure, en parlant à Clytemnestre, tu t'es presque évanouie dans mes bras. On eût dit de joie ou d'horreur.

ÉLECTRE

C'était de joie et d'horreur… Es-tu fort ou faible, Oreste ?

ORESTE

Dis-moi ton secret, et je vais le savoir.

ÉLECTRE

Je ne connais pas mon secret encore. Je n'ai que le début du fil. Ne t'inquiète pas. Tout va suivre… Méfie-toi. La voilà.

Apparaît au fond Clytemnestre.

Scène 11

LE MENDIANT, ÉLECTRE, ORESTE, CLYTEMNESTRE, LES PETITES EUMÉNIDES

CLYTEMNESTRE

Ainsi c'est toi, Oreste ?

ORESTE

Oui, mère, c'est moi.

CLYTEMNESTRE

C'est doux, à vingt ans, de voir une mère ?

ORESTE

Une mère qui vous a chassé, triste et doux.

CLYTEMNESTRE

Tu la regardes de bien loin.

ORESTE

Elle est ce que j'imaginais.

CLYTEMNESTRE

Mon fils aussi. Beau. Souverain. Et pourtant je m'approche.

ORESTE

Moi non. À distance c'est une splendide mère.

CLYTEMNESTRE

Qui te dit que de près sa splendeur subsiste ?

ORESTE

Ou sa maternité ?... C'est bien pour cela que je reste immobile.

CLYTEMNESTRE

Un mirage de mère, cela te suffit ?

ORESTE

J'ai eu tellement moins jusqu'à ce jour. À ce mirage du moins je peux dire ce que je ne dirai jamais à ma vraie mère.

CLYTEMNESTRE

Si le mirage le mérite, c'est déjà cela. Que lui dis-tu ?

ORESTE

Tout ce que je ne te dirai jamais. Tout ce qui, dit à toi, serait mensonge.

CLYTEMNESTRE

Que tu l'aimes ?

ORESTE

Oui.

CLYTEMNESTRE

Que tu la respectes ?

ORESTE

Oui.

CLYTEMNESTRE

Que tu l'admires ?

ORESTE

Sur ce point seul mirage et mère peuvent partager[1].

CLYTEMNESTRE

Pour moi, c'est le contraire. Je n'aime pas le mirage de mon fils. Mais que mon fils soit lui-même devant moi, qu'il parle, qu'il respire, je perds mes forces.

ORESTE

Songe à lui nuire, tu les retrouveras.

CLYTEMNESTRE

Pourquoi es-tu si dur ? Tu n'as pas l'air cruel, pourtant. Ta voix est douce.

---

1. Il ressent de l'admiration à la fois pour sa mère telle qu'elle est, et pour sa mère telle qu'il l'imagine (« mirage »).

ORESTE

Oui. Je ressemble point par point au fils que j'aurais pu être. Toi aussi d'ailleurs ! À quelle mère admirable tu ressembles en ce moment. Si je n'étais pas ton fils, je m'y tromperais.

ÉLECTRE

Alors, pourquoi parlez-vous tous deux ? Que penses-tu gagner, mère, à cette ignoble coquetterie maternelle ? Puisque au milieu de la nuit, des haines, des menaces, s'est ouvert une minute ce guichet qui permet à la mère et au fils de s'entrevoir tels qu'ils ne sont pas, profitez-en, et refermez-le. La minute est écoulée.

CLYTEMNESTRE

Pourquoi si vite ? Qui te dit qu'une minute d'amour maternel suffise à Oreste ?

ÉLECTRE

Tout me dit que toi tu n'as pas droit, dans ta vie, à plus d'une minute d'amour filial. Tu l'as eue. Et comble… Quelle comédie joues-tu ? Va-t'en…

CLYTEMNESTRE

Très bien. Adieu.

UNE PETITE EUMÉNIDE,
apparaissant derrière les colonnes

Adieu, vérité de mon fils.

ORESTE

Adieu.

SECONDE PETITE EUMÉNIDE

Adieu, mirage de ma mère.

ÉLECTRE

Vous pouvez vous dire au revoir. Vous vous reverrez.

Scène 12

LE MENDIANT, ÉLECTRE, ORESTE,
LES PETITES EUMÉNIDES

Électre et Oreste endormis.
Les Euménides ont maintenant douze ou treize ans.

PREMIÈRE PETITE EUMÉNIDE

Ils dorment. À notre tour de jouer Clytemnestre et Oreste.
Mais pas comme eux le jouent. Jouons-le vraiment !

LE MENDIANT, *à lui-même mais à voix haute*

C'est l'histoire de ce poussé ou pas poussé[1] que je voudrais...

DEUXIÈME EUMÉNIDE

Toi, laisse-nous jouer ! Nous jouons !

Les trois petites Euménides se placent dans les positions qu'avaient les acteurs de la scène précédente et jouent en parodie, de préférence avec des masques[2].

1. Référence à l'épisode de la chute d'Oreste. Électre l'aurait poussé, selon sa mère, ce que la jeune fille nie.

2. Masques : référence au théâtre antique, où les acteurs portaient des masques.

PREMIÈRE EUMÉNIDE[1]

Ainsi c'est toi, Oreste ?

DEUXIÈME EUMÉNIDE[2]

Oui, mère, c'est moi.

PREMIÈRE EUMÉNIDE

Tu viens pour me tuer, pour tuer Égisthe ?

DEUXIÈME EUMÉNIDE

Première nouvelle.

PREMIÈRE EUMÉNIDE

Pas pour ta sœur... Tu as déjà tué, mon petit Oreste ?

DEUXIÈME EUMÉNIDE

Ce qu'on tue quand on est bon... Une biche... Comme en plus de bon, j'étais pitoyable, j'ai tué le faon aussi, pour qu'il ne soit pas orphelin... Tuer ma mère, jamais. Ce serait un parricide.

PREMIÈRE EUMÉNIDE

C'est avec cette épée que tu les as tués ?

DEUXIÈME EUMÉNIDE

Oui. Elle coupe le fer. Tu juges, pour le faon ! Elle l'avait traversé qu'il n'avait rien senti.

1. Elle joue le rôle de Clytemnestre.
2. Elle joue le rôle d'Oreste.

PREMIÈRE EUMÉNIDE

Je n'ai aucune arrière-pensée. Je ne veux pas t'influencer... Mais si une épée comme celle-là tuait ta sœur, nous serions bien tranquilles !

DEUXIÈME EUMÉNIDE

Tu veux que je tue ma sœur ?

PREMIÈRE EUMÉNIDE

Jamais. Ce serait un fratricide. L'idéal serait que l'épée la tue toute seule. Qu'elle sorte un jour du fourreau, comme cela, et qu'elle la tue toute seule. Moi j'épouserais tranquillement Égisthe... Nous te rappellerions. Il prend de l'âge, Égisthe. Tu lui succéderais bien vite... Tu serais le roi Oreste.

DEUXIÈME EUMÉNIDE

Une épée ne tue pas toute seule. Il faut un assassin.

PREMIÈRE EUMÉNIDE

Évidemment. Je devrais le savoir. Mais je parle pour le cas où les épées tueraient toutes seules. Les redresseurs de torts sont le mal du monde. Et ils ne s'améliorent pas en vieillissant, je te prie de le croire. Alors que les criminels sans exception deviennent vertueux, eux, sans exception, deviennent criminels. Non, vraiment ! Il y a une belle occasion en ce moment pour une épée qui penserait toute seule, qui se promènerait toute seule, qui tuerait toute seule. Toi, on te marierait, à la seconde fille d'Alcmène[1], celle qui a ces belles dents, celle qui rit. Tu serais le marié Oreste.

1. Alcmène, épouse d'Amphitryon, n'a pas de filles.

DEUXIÈME EUMÉNIDE

Je ne veux tuer ni ma sœur que j'aime, ni ma mère que je déteste…

PREMIÈRE EUMÉNIDE

Je sais. Je sais. En un mot tu es faible et tu as des principes !

TROISIÈME EUMÉNIDE

Alors pourquoi parlez-vous tous deux ! Puisque au milieu de la nuit, des haines, des menaces, la lune s'élève, le rossignol chante, enlève ta main de la poignée de ton épée, Oreste, pour voir ce qu'elle aura l'intelligence de faire toute seule !

PREMIÈRE EUMÉNIDE

C'est cela, enlève… Elle bouge, mes amies… Elle bouge !

DEUXIÈME EUMÉNIDE

Il n'y a pas de doute. C'est une épée qui pense… Elle pense tellement qu'elle est à demi sortie !

ORESTE, *endormi*

Électre !

LE MENDIANT

Allez, circulez, les chouettes ! Vous les réveillez !

ÉLECTRE, *endormie*

Oreste !

Scène 13

LE MENDIANT, ÉLECTRE, ORESTE

LE MENDIANT

C'est l'histoire de ce poussé ou pas poussé[1] que je voudrais bien tirer au clair. Car, selon que c'est l'un ou l'autre, c'est la vérité ou le mensonge qui habite Électre, soit qu'elle mente sciemment, soit que sa mémoire devienne mensongère. Moi je ne crois pas qu'elle ait poussé. Regardez-la : à deux pouces au-dessus du sol, elle tient son frère endormi aussi serré qu'au-dessus d'un abîme. Il va rêver qu'il tombe, évidemment, mais cela vient du cœur, elle n'y est pour rien. Tandis que la reine a une ressemblance : elle ressemble à ces boulangères qui ne se baissent même pas pour ramasser leur monnaie, et aussi à ces chiennes griffonnes[2] qui étouffent leur plus beau petit pendant leur sommeil. Après, elles le lèchent comme la reine vient de lécher Oreste, mais on n'a jamais fait d'enfant avec la salive. On voit l'histoire comme si l'on y était. Tout s'explique, si vous supposez que la reine s'est mis une broche en diamants et qu'un chat blanc est passé. Elle tient Électre sur le bras droit, car la fille est déjà lourde ; elle tient le bébé sur l'autre, un peu éloigné d'elle, pour qu'il ne s'égratigne pas à la broche ou qu'il ne la lui enfonce pas dans la peau… C'est une épingle à reine, pas une épingle à nourrice… Et l'enfant voit le chat blanc, c'est magnifique, un chat blanc, c'est de la vie blanche, c'est du poil blanc : ses yeux le tirent, et il bascule… Et c'est une femme égoïste. Car, de toute façon, en voyant chavirer l'enfant, elle n'avait pour

1. Référence à l'épisode de la chute d'Oreste. Électre l'aurait poussé, selon sa mère, ce que la jeune fille nie.

2. Chiennes griffonnes : chiennes au poil rêche et broussailleux.

le retenir qu'à libérer son bras droit de la petite Électre, à lancer la petite Électre au loin sur le marbre, à se ficher de la petite Électre. Qu'elle se casse la gueule, la petite Électre, pourvu que vive et soit intact le fils du roi des rois ! Mais elle est égoïste. Pour elle, la femme compte autant que l'homme, parce qu'elle en est une ; le ventre autant que la souche, parce qu'elle est un ventre ; elle ne songe pas une seconde à détruire cette fille à ventre pour sauver ce fils à souche, et elle garde Électre. Tandis que voyez Électre. Elle s'est déclarée dans les bras de son frère. Et elle a raison. Elle ne pouvait trouver d'occasion meilleure. La fraternité est ce qui distingue les humains. Les animaux ne connaissent que l'amour… les chats, les perruches, *et cætera* ; ils n'ont de fraternité que de pelage. Pour trouver des frères, ils sont obligés d'aimer les hommes, de faire la retape aux hommes… Qu'est-ce qu'il fait, le petit canard, quand il se détache de la bande des canards, et de son petit œil tendre pétillant sur sa joue inclinée de canard, il vient nous regarder, nous autres humains, manger ou bricoler, c'est qu'il sait que c'est nous son frère l'homme et son frère la femme. J'en ai pris ainsi à la main, des petits canards, je n'ai plus eu qu'à leur tordre le cou, parce qu'ils s'approchaient avec leur fraternité, parce qu'ils essayaient de comprendre ce que je faisais, moi leur frère, à couper ma croûte de fromage en y rajoutant de l'oignon. Frère des canards, voilà notre vrai titre, car cette petite tête qu'ils plongent dans la vase pour barboter[1] têtard et salamandre, quand ils la dressent vers l'homme toute mordorée[2] et bleue, elle n'est plus que propreté, intelligence et tendresse – immangeable d'ailleurs, la cervelle

1. Barboter : voler, pour se nourrir.
2. Mordorée : de couleur brune, avec des reflets dorés.

exceptée... Moi, je me charge de leur apprendre à pleurer, à des têtes de canard!... Électre n'a donc pas poussé Oreste! Ce qui fait que tout ce qu'elle dit est légitime, tout ce qu'elle entreprend sans conteste. Elle est la vérité sans résidu, la lampe sans mazout, la lumière sans mèche. De sorte que si elle tue, comme cela menace, toute paix et tout bonheur autour d'elle, c'est parce qu'elle a raison! C'est que si l'âme d'une fille, par le plus beau soleil, se sent un point d'angoisse, si elle renifle, dans les fêtes et les siècles les plus splendides une fuite de mauvais gaz, elle doit y aller, la jeune fille est la ménagère de la vérité, elle doit y aller jusqu'à ce que le monde pète et craque dans les fondements des fondements et les générations des générations, dussent mille innocents mourir la mort des innocents pour laisser le coupable arriver à sa vie de coupable! Regardez les deux innocents. C'est ce qui va être le fruit de leurs noces: remettre à la vie pour le monde et les âges un crime déjà périmé et dont le châtiment lui-même sera un pire crime. Comme ils ont raison de dormir pendant cette heure qu'ils ont encore! Laissons-les. Moi je vais faire un tour. Je les réveillerais. J'éternue toujours trois fois quand la lune prend sa hauteur, et éternuer dans ses mains c'est prendre un risque effroyable. Mais vous tous qui restez, taisez-vous, inclinez-vous! C'est le premier repos d'Électre! C'est le dernier repos d'Oreste!

RIDEAU

Entracte

LAMENTO[1] DU JARDINIER

Moi, je ne suis plus dans le jeu. C'est pour cela que je suis libre de venir vous dire ce que la pièce ne pourra vous dire. Dans de pareilles histoires, ils ne vont pas s'interrompre de se tuer et de se mordre pour venir vous raconter que la vie n'a qu'un but, aimer. Ce serait même disgracieux de voir le parricide s'arrêter, le poignard levé, et vous faire l'éloge de l'amour. Cela paraîtrait artificiel. Beaucoup ne le croiraient pas. Mais moi qui suis là, dans cet abandon, cette désolation, je ne vois vraiment pas ce que j'ai d'autre à faire ! Et je parle impartialement[2]. Jamais je ne me résoudrai à épouser une autre qu'Électre, et jamais je n'aurai Électre. Je suis créé pour vivre jour et nuit avec une femme, et toujours je vivrai seul. Pour me donner sans relâche en toute saison et occasion, et toujours je me garderai. C'est ma nuit de noces que je passe ici, tout seul – merci d'être là –, et jamais je n'en aurai d'autre, et le sirop d'oranges que j'avais préparé pour Électre, c'est moi qui ai dû le boire – il n'en reste plus une goutte, c'était une nuit de noces longue. Alors qui douterait de ma parole ? L'inconvénient est que je dis toujours un peu le contraire de ce que je veux dire ; mais ce serait vraiment à désespérer aujourd'hui, avec un cœur aussi serré et cette amertume dans

1. **Lamento** : chant exprimant la tristesse (terme emprunté à l'opéra).
2. **Impartialement** : sans prendre parti.

la bouche – c'est amer, au fond, l'orange –, si je parvenais à oublier une minute que j'ai à vous parler de la joie. Joie et Amour, oui. Je viens vous dire que c'est préférable à Aigreur et Haine. Comme devise à graver sur un porche, sur un foulard, c'est tellement mieux, ou en bégonias nains dans un massif. Évidemment, la vie est ratée, mais c'est très, très bien, la vie. Évidemment, rien ne va jamais, rien ne s'arrange jamais, mais parfois avouez que cela va admirablement, que cela s'arrange admirablement… Pas pour moi… Ou plutôt pour moi !… Si j'en juge d'après le désir d'aimer, le pouvoir d'aimer tout et tous, que me donne le plus grand malheur de la vie, qu'est-ce que cela doit être pour ceux qui ont des malheurs moindres ! Quel amour doivent éprouver ceux qui épousent des femmes qu'ils n'aiment pas, quelle joie ceux qu'abandonne, après qu'ils l'ont eue une heure dans leur maison, la femme qu'ils adorent, quelle admiration, ceux dont les enfants sont trop laids ! Évidemment, il n'était pas très gai, cette nuit, mon jardin. Comme petite fête, on peut s'en souvenir. J'avais beau faire parfois comme si Électre était près de moi, lui parler, lui dire : Entrez, Électre ! Avez-vous froid, Électre ? Rien ne s'y trompait, pas même le chien, je ne parle pas de moi-même. Il nous a promis une mariée, pensait le chien, et il nous amène un mot. Mon maître s'est marié à un mot ; il a mis son vêtement blanc, celui sur lequel mes pattes marquent, qui m'empêche de le caresser, pour se marier à un mot. Il donne du sirop d'oranges à un mot. Il me reproche d'aboyer à des ombres, à de vraies ombres, qui n'existent pas, et lui le voilà qui essaie d'embrasser un mot. Et je ne me suis pas étendu : me coucher avec un mot, c'était au-dessus de mes forces… On peut parler, avec un mot, et c'est tout !… Mais assis comme moi dans ce jardin où tout divague un peu la nuit, où la lune s'occupe au cadran solaire, où la chouette aveuglée, au lieu de boire au ruisseau, boit à l'allée de ciment, vous auriez compris ce que j'ai compris, à savoir: la vérité. Vous auriez compris le jour où vos parents mouraient, que vos parents naissaient; le jour où vous étiez ruiné, que vous étiez riche; où votre enfant était ingrat, qu'il était la reconnaissance même; où vous étiez abandonné, que le monde entier se précipitait sur vous, dans l'élan et la tendresse. C'est justement ce qui m'arrivait dans ce faubourg vide et muet. Ils se ruaient vers moi, tous ces arbres pétrifiés, ces collines immobiles. Et tout cela s'applique à la pièce. Sûrement on ne peut dire qu'Électre soit l'amour même pour Clytemnestre. Mais encore faut-il distinguer. Elle se cherche une mère, Électre. Elle se ferait une mère du premier être venu. Elle m'épousait parce qu'elle sentait que j'étais le seul homme, absolument le seul, qui pouvait être une sorte de mère. Et d'ailleurs je ne suis pas le seul. Il y a des hommes qui seraient enchantés de porter neuf mois, s'il le fallait, pour avoir des filles. Tous les hommes. Neuf mois c'est un peu long, mais de porter une semaine, un jour, pas un homme qui n'en soit fier. Il se peut qu'à chercher ainsi sa mère dans sa mère elle soit obligée de lui ouvrir la poitrine, mais chez les rois c'est plutôt théorique. On réussit chez les rois les expériences qui ne réussissent jamais chez les humbles, la haine pure, la colère pure. C'est toujours de la pureté. C'est cela que c'est, la Tragédie, avec ses incestes, ses parricides[1] : de la pureté, c'est-à-dire en somme de l'innocence. Je ne sais si vous êtes comme moi; mais moi, dans la Tragédie, la pharaonne qui se suicide me dit espoir, le maréchal qui trahit me dit foi, le duc qui assassine me dit

1. **Parricides** : assassinats d'un père ou d'une mère.

tendresse. C'est une entreprise d'amour, la cruauté... pardon, je veux dire la Tragédie. Voilà pourquoi je suis sûr, ce matin, que si je le demandais, le ciel m'approuverait, ferait un signe, qu'un miracle est tout prêt, qui vous montrerait inscrite sur le ciel et vous ferait répéter par l'écho ma devise de délaissé et de solitaire : Joie et Amour. Si vous voulez, je le lui demande. Je suis sûr comme je suis là qu'une voix d'en haut me répondrait, que résonateurs et amplificateurs et tonnerres de Dieu, Dieu, si je le réclame, les tient tout préparés, pour crier à mon commandement : Joie et Amour. Mais je vous conseille plutôt de ne pas le demander. D'abord par bienséance[1]. Ce n'est pas dans le rôle d'un jardinier de réclamer de Dieu un orage, même de tendresse. Et puis, c'est tellement inutile. On sent tellement qu'en ce moment, et hier, et demain, et toujours, ils sont tous là-haut, autant qu'ils sont, et même s'il n'y en a qu'un, et même si cet un est absent, prêts à crier joie et amour. C'est tellement plus digne d'un homme de croire les dieux sur parole – sur parole est un euphémisme[2] –, sans les obliger à accentuer, à s'engager, à créer entre les uns et les autres des obligations de créancier à débiteur. Moi ç'a toujours été les silences qui me convainquent... Oui, je leur demande de ne pas crier joie et amour, n'est-ce pas ? S'ils y tiennent absolument, qu'ils crient. Mais je les conjure plutôt, je vous conjure, Dieu, comme preuve de votre affection, de votre voix, de vos cris, de faire un silence, une seconde de votre silence... C'est tellement plus probant. Écoutez... Merci.

1. **Bienséance** : respect des convenances.
2. **Euphémisme** : figure d'atténuation, qui consiste à adoucir une réalité jugée douloureuse, désagréable ou trop forte.

Un monologue poétique

1

Quels sentiments le jardinier exprime-t-il dans ce monologue ?

• Le jardinier est **seul** : il n'est « plus dans le jeu ». Il est résigné à cette solitude : « toujours je vivrai seul ».
• Sa **tristesse** est sentimentale. Il sait qu'il n'aura jamais l'amour d'Électre, qu'il aime pourtant sincèrement, mais qui ne peut être, pour lui, qu'« un mot ».
• Son lamento est un air triste, mais le **pathétique** y est laissé en **sourdine**. Il s'exprime simplement. Au cri, il préfère le **silence**.

2

Dans quelle mesure son monologue nous permet-il de réfléchir à la fois sur la pièce et sur le genre tragique ?

• **Électre**, pour lui, « se cherche une mère ». Sa haine est l'expression d'une attente d'amour inassouvie.
• Le jardinier réfléchit aussi sur le **genre tragique**. Ce qui domine dans la tragédie, c'est « la haine pure ». « La Tragédie, avec ses incestes, ses parricides » est pour lui une question de « pureté ».

3

Quelle sagesse transmet-il au spectateur ?

• Le personnage a découvert la **vérité**. Il sait que la vérité des hommes est celle de la violence et des passions. Comprendre le monde suppose d'aller au-delà des apparences et d'accepter le paradoxe : le jour de la mort peut aussi être celui de la naissance.
• Cette sagesse laisse place à l'**espoir**. Le jardinier parle de « Joie » et d'« Amour ». La vie, même lorsqu'elle est ratée, ne mérite pas que l'on se détourne d'elle.

DÉFINITION CLÉ

Le monologue

• Au théâtre, le monologue est une scène où un personnage est **seul** ou se croit seul.

• Le **monologue lyrique** permet souvent au personnage d'exprimer ses sentiments. Il a alors une fonction d'introspection.

Le **monologue délibératif** permet au personnage de prendre une décision. C'est le cas face à un dilemme qu'il importe de résoudre.

• Le monologue témoigne généralement des **tourments** d'un personnage, il est plus fréquent dans la **tragédie** que dans la comédie.

Acte II

Même décor. Peu avant le jour.

Scène 1

LE MENDIANT, ÉLECTRE, ORESTE

Électre toujours assise et tenant Oreste endormi.
Un coq. Une trompette lointaine.

LE MENDIANT

Il n'est plus bien loin, n'est-ce pas, Électre ?

ÉLECTRE

Oui. Elle n'est plus bien loin.

LE MENDIANT

Je dis Il. Je parle du jour.

ÉLECTRE

Je parle de la lumière.

LE MENDIANT

Cela ne va pas te suffire que les visages des menteurs soient éclatants de soleil ? Que les adultères et les assassins se meuvent dans l'azur ? C'est cela le jour. Ce n'est déjà pas mal.

ÉLECTRE

Non. Je veux que leur visage soit noir en plein midi, leurs mains rouges. C'est cela la lumière. Je veux que leurs yeux soient cariés[1], leur bouche pestilentielle[2].

LE MENDIANT

Pendant que tu y es, tu ne saurais trop demander.

ÉLECTRE

C'est le coq... Je le réveille ?

LE MENDIANT

Réveille-le si tu veux. Moi je lui donnerais cinq minutes.

ÉLECTRE

Cinq minutes de néant... Pauvre cadeau.

LE MENDIANT

On ne sait jamais. Il y a un insecte, paraît-il, qui ne vit que cinq minutes. En cinq minutes, il est jeune, adulte, cacochyme[3], il épuise toutes les combinaisons d'histoires d'enfance, d'adolescence, de déboîtage du genou et de cataracte[4], d'unions légitimes ou morganatiques[5]. Tiens, depuis que je parle, il doit en être au moins à la rougeole et à la puberté.

1. Cariés : abîmés, pourris.
2. Pestilentielle : infecte, nauséabonde.
3. Cacochyme : faible, du fait de la vieillesse.
4. Cataracte : affection de l'œil, qui apparaît souvent avec l'âge.
5. Unions morganatiques : unions d'un prince ou d'un roi avec une femme de rang inférieur.

ÉLECTRE

Attendons sa mort. C'est tout ce que j'accorde.

LE MENDIANT

D'autant qu'il dort bien, notre frère.

ÉLECTRE

Il s'est endormi aussitôt. Il m'a échappé. Il a glissé dans le sommeil comme dans sa vraie vie.

LE MENDIANT

Il y sourit. C'est sa vraie vie.

ÉLECTRE

Dis-moi tout, mendiant, excepté que la vraie vie d'Oreste est de sourire !

LE MENDIANT

De rire aux éclats, d'aimer, de bien s'habiller, d'être heureux. Je l'ai deviné rien qu'à le voir. Bien servi par l'existence, ce serait un pinson [1], Oreste.

ÉLECTRE

Il tombe mal.

LE MENDIANT

Oui, il ne tombe pas très bien. Raison de plus pour ne pas le presser.

1. **Pinson** : oiseau, auquel renvoie l'expression « gai comme un pinson ».

ÉLECTRE

Soit. Puisqu'il a été créé pour rire aux éclats, pour bien s'habiller, puisqu'il est un pinson, Oreste, puisqu'il va se réveiller pour toujours sur l'épouvante, je lui donne cinq minutes.

LE MENDIANT

D'autant qu'à ta place, puisque tu as le choix, je m'arrangerais pour que ce matin le jour et la vérité prennent leur départ en même temps. Cela ne signifierait pas plus qu'un attelage à deux, mais c'est cela qui serait d'une jeune fille, et à moi tu me ferais plaisir. La vérité des hommes colle trop à leurs habitudes, elle part n'importe comment, de neuf heures du matin quand les ouvriers déclarent leur grève, de six heures du soir quand la femme avoue, *et cætera* : ce sont de mauvais départs, c'est toujours mal éclairé. Moi je suis habitué aux animaux. Ceux-là savent partir. Le premier bond du lapin dans sa bruyère, à la seconde où surgit le soleil, le premier saut sur son échasse de la sarcelle[1], le premier galop de l'ourson hors de son rocher, cela, je te l'assure, c'est un départ vers la vérité. S'ils n'arrivent pas, c'est vraiment qu'ils n'ont pas à arriver. Un rien les distrait, un goujon, une abeille. Mais fais comme eux, Électre, pars de l'aurore.

ÉLECTRE

Heureux règne où le goujon et l'abeille sont les mensonges ! Mais ils bougent déjà, tes animaux !

1. Sarcelle : canard sauvage.

LE MENDIANT

Non. Ce sont ceux de la nuit qui rentrent. Les chouettes, les rats. C'est la vérité de la nuit qui rentre... Chut, écoute les deux derniers, les rossignols naturellement : la vérité des rossignols.

Scène 2

LE MENDIANT, ÉLECTRE, ORESTE, AGATHE, LE JEUNE HOMME

AGATHE

Ô mon amour chéri, tu as bien compris, n'est-ce pas ?

LE JEUNE HOMME

Oui. J'aurai réponse à tout.

AGATHE

S'il te trouve dans l'escalier ?

LE JEUNE HOMME

Je venais voir le médecin qui habite au-dessus.

AGATHE

Tu oublies déjà ! C'est un vétérinaire. Achète un chien... S'il me trouve dans tes bras ?

LE JEUNE HOMME

Je t'ai ramassée au milieu de la rue, la cheville foulée.

AGATHE

Si c'est dans notre cuisine ?

LE JEUNE HOMME

Je fais l'homme ivre. Je ne sais où je suis. Je casse tous les verres.

AGATHE

Un seul suffit, chéri ! Un petit. Les grands sont en cristal… Si c'est dans notre chambre, et que nous soyons habillés ?

LE JEUNE HOMME

Que c'est lui justement que je cherche, pour parler politique. Qu'il faut vraiment venir là pour le trouver.

AGATHE

Si c'est dans notre chambre, et que nous soyons déshabillés ?

LE JEUNE HOMME

Que je suis entré par surprise, que tu me résistes, que tu es la perfidie[1] même, qui vous aguiche depuis six mois, et vous reçoit en voleur, le moment arrivé… Une grue !

AGATHE

Ô mon amour !

LE JEUNE HOMME

Une vraie grue !…

AGATHE

J'ai entendu… Ô chéri, le jour approche, et je t'ai eu une heure à peine, et combien de temps encore va-t-il consentir

1. **Perfidie** : traîtrise.

à croire que je suis somnambule, et qu'il est moins dangereux de me laisser errer dans les bosquets que sur les toits ? Ô mon cœur, crois-tu qu'il soit un mensonge qui me permette de t'avoir la nuit dans notre lit, moi entre vous deux, et que tout lui paraisse naturel ?

LE JEUNE HOMME

Cherche bien. Tu le trouveras.

AGATHE

Un mensonge grâce auquel vous puissiez même vous parler l'un à l'autre, si cela vous plaît, par-dessus ton Agathe, de vos élections et de vos courses... Et qu'il ne se doute de rien... C'est cela qu'il nous faut, c'est cela !

LE JEUNE HOMME

Juste cela.

AGATHE

Hélas ! Pourquoi est-il si vaniteux, pourquoi a-t-il le sommeil si léger, pourquoi m'adore-t-il ?

LE JEUNE HOMME

C'est la litanie[1] éternelle. Pourquoi l'as-tu épousé ? Pourquoi l'as-tu aimé ?

AGATHE

Moi ! Menteur ! Je n'ai jamais aimé que toi !

---

1. Litanie : refrain (avec une nuance péjorative).

LE JEUNE HOMME

Que moi ! Songe dans les bras de qui je t'ai trouvée avant-hier !

AGATHE

C'est que justement j'avais pris une entorse. Celui dont tu parles me rapportait.

LE JEUNE HOMME

Je connais depuis une minute l'histoire de l'entorse.

AGATHE

Tu ne connais rien. Tu ne comprends rien. Tu ne comprends pas que cet accident m'en a donné l'idée pour nous !

LE JEUNE HOMME

Quand je le croise dans ton escalier, il est sans chiens, je t'assure, et sans chats.

AGATHE

C'est un cavalier. On n'amène pas les chevaux à la consultation.

LE JEUNE HOMME

Et toujours il sort de chez toi.

AGATHE

Pourquoi me forces-tu à trahir un secret d'État ! Il vient consulter mon mari. On soupçonne un complot dans la ville. Je t'en conjure : ne le dis à personne. Ce serait sa révocation [1]. Tu me mettrais sur la paille.

---

1. Ce serait sa révocation : il serait obligé de quitter son poste.

LE JEUNE HOMME

Un soir, il se hâtait, son écharpe mal mise, sa tunique entrouverte.

AGATHE

Je le pense bien. C'est le jour où il avait voulu m'embrasser. Je l'ai reçu !

LE JEUNE HOMME

Tu ne lui as pas permis de t'embrasser, puissant comme il est ? J'attendais en bas ! Il est resté deux heures.

AGATHE

Il est resté deux heures, mais je ne lui ai pas permis de m'embrasser.

LE JEUNE HOMME

Il t'a donc embrassée sans permission. Avoue-le, Agathe, ou je pars !

AGATHE

Me contraindre à cet aveu ! C'est bien fait pour ma franchise ! Oui, il m'a embrassée... Une seule fois... Et sur le front.

LE JEUNE HOMME

Et tu ne trouves pas cela horrible ?

AGATHE

Horrible ? Épouvantable.

LE JEUNE HOMME

Et tu n'en souffres pas ?

AGATHE

Pas du tout… Ah ! si j'en souffre ? À mourir ! À mourir ! Embrasse-moi, chéri. Maintenant tu sais tout, et au fond j'en suis heureuse. Tu n'aimes pas mieux que tout soit clair entre nous ?

LE JEUNE HOMME

Oui. Je préfère tout au mensonge.

AGATHE

Quelle gentille façon de dire que tu me préfères à tout, mon amour !…

Agathe et le jeune homme sortent.

Une scène comique ?

1

Pourquoi peut-on dire que cette scène est proche du vaudeville (comique de situation) ?

• Agathe est en compagnie de l'un de ses **amants.** Elle échange avec lui des mots d'amour et elle fait allusion à leur sexualité. La scène est loin de la bienséance classique.

• Elle pense à toutes les réponses à fournir s'ils rencontraient son mari. Mais on apprend qu'elle trompe aussi le jeune homme. Son **mariage** n'est qu'une façade sociale.

2

Quels autres procédés du comique relève-t-on dans cette scène ?

• Le comique est dans la **répétition** des questions d'Agathe, qui envisage tous les cas de figure possibles. Le jeune homme, pour elle, est un bon élève, très inventif.

• Le spectateur peut sourire de la **naïveté** du jeune homme, qui finit par croire Agathe. Il est dupe, alors qu'il voulait duper le mari (schéma de « l'arroseur arrosé »).

3

Le comique de la scène invite-t-il le spectateur à réfléchir ?

• Le spectateur est invité à s'interroger sur la **vérité** et le **mensonge.** Agathe et le jeune homme inventent des mensonges avec le souci de les rendre vraisemblables.

• Agathe est un **personnage manipulateur,** qui fait la démonstration de sa capacité à mentir. Elle parvient à se justifier, alors que le jeune homme l'a prise en flagrant délit dans les bras d'un autre homme.

• Les dernières remarques de la scène sont **ironiques.** Le jeune homme dit son attachement à la vérité, qu'il trahit pourtant sans hésiter, et dont Agathe n'est pas vraiment l'incarnation.

DÉFINITION CLÉ

Les procédés du comique

• Le **comique de situation** : rebondissements, coïncidences, quiproquos...

• Le **comique de geste** : mimiques, grimaces, coups de bâton, chutes...

• Le **comique de mots** : jeux de mots, façons de parler particulières (jargon, patois...).

• Le **comique de caractère** : extravagances d'un personnage, dont sont dénoncés les ridicules.

Scène 3

LE MENDIANT, ÉLECTRE, ORESTE, LES EUMÉNIDES

Les petites Euménides ont encore grandi. Elles ont quinze ans[1].

LE MENDIANT

Une aubade[2], à l'aube d'un tel jour ! C'est toujours cela !

ÉLECTRE

L'insecte est mort, mendiant[3] ?

LE MENDIANT

Et dissous dans la création. Ses arrière-petits-fils se débattent avec la goutte[4] des centenaires.

ÉLECTRE

Oreste !

LE MENDIANT

Tu vois bien qu'il ne dort plus. Ses paupières sont levées.

ÉLECTRE

Où es-tu, Oreste ? À quoi penses-tu ?

PREMIÈRE EUMÉNIDE

Oreste, c'est juste temps ; n'écoute pas ta sœur !

---

1. À l'acte I, scène 12, elles n'avaient que « douze ou treize ans ». Elles grandissent de manière très accélérée.

2. Aubade : concert donné à l'aube.

3. Voir acte II, scène 1, p. 118 : « Il y a un insecte, paraît-il, qui ne vit que cinq minutes. »

4. Goutte : maladie chronique, souvent liée au vieillissement.

DEUXIÈME EUMÉNIDE

Ne l'écoute pas ! Nous avons appris ce que contient la vie, c'est fabuleux !

TROISIÈME EUMÉNIDE

Tout à fait par hasard, en grandissant dans la nuit.

DEUXIÈME EUMÉNIDE

Nous ne te disons rien de l'amour, mais cela nous paraît extraordinaire !

PREMIÈRE EUMÉNIDE

Et elle va tout gâter avec son venin.

TROISIÈME EUMÉNIDE

Avec son venin de vérité, le seul sans remède.

PREMIÈRE EUMÉNIDE

Tu as raison. Nous savons à quoi tu penses. C'est magnifique, la royauté, Oreste ! Les jeunes filles dans les parcs royaux qui donnent du pain au cygne, cependant que de leur blouse pend le médaillon du roi Oreste, qu'elles embrassent à la dérobée. Le départ pour la guerre, avec les femmes sur les toits, avec le ciel comme une voile, et ce cheval blanc qui steppe[1] sous les musiques. Le retour de la guerre, avec le visage du roi qui paraît maintenant le visage d'un dieu, tout simplement parce qu'il a eu un peu froid, un peu faim, un peu peur, un peu pitié. Si la vérité doit gâter tout cela, qu'elle périsse !

1. **Steppe** : trotte (néologisme emprunté à l'anglais).

DEUXIÈME EUMÉNIDE

Tu as raison. C'est magnifique, l'amour, Oreste ! On ne se quitte jamais, paraît-il. On ne s'est pas plus tôt séparé, paraît-il, qu'on revient en courant, qu'on s'agrippe par les mains. Où qu'on aille, on se retrouve aussitôt face à face. La terre est ronde pour ceux qui s'aiment. Déjà je me heurte partout contre celui que j'aime, et il n'existe pas encore. Voilà ce qu'Électre veut te ravir, et à nous aussi, avec sa vérité. Nous voulons aimer. Fuis Électre !

ÉLECTRE

Oreste !

ORESTE

Je suis réveillé, sœur.

ÉLECTRE

Réveille-toi de ce réveil. N'écoute pas ces filles !

ORESTE

Ô Électre, es-tu sûre qu'elles n'ont pas raison ? Es-tu sûre que ce n'est pas la pire arrogance, pour un humain, à cette heure, de vouloir retrouver sa propre trace ? Pourquoi ne pas prendre la première route, et aller au hasard ? Fie-toi à moi. Je suis dans un de ces moments où je vois si nette la piste de ce gibier qui s'appelle le bonheur.

ÉLECTRE

Hélas ! ce n'est pas notre chasse d'aujourd'hui.

ORESTE

Ne plus nous quitter, cela seul compte ! Fuyons ce palais. Allons en Thessalie[1]. Tu verras ma maison, perdue dans les roses et les jasmins.

ÉLECTRE

Tu m'as sauvée du jardinier, Oreste chéri. Ce n'est pas pour me donner aux fleurs.

ORESTE

Laisse-toi convaincre. Glissons-nous hors des bras de cette pieuvre[2] qui va nous enserrer tout à l'heure. Réjouissons-nous d'être réveillés avant elle ! Viens !

PREMIÈRE EUMÉNIDE

Elle est réveillée ! Regarde ses yeux !

TROISIÈME EUMÉNIDE

Tu as raison. C'est merveilleux, le printemps, Oreste. Quand, par-dessus les haies qui n'ont pas encore poussé, on ne voit que le dos un peu mouvant des animaux qui broutent l'herbe neuve, et que seule la tête de l'âne les dépasse et vous regarde. Elle te paraîtra drôle, la tête de l'âne, si tu es l'assassin de ton oncle. C'est drôle, un âne qui vous regarde quand vous avez les mains rouges du sang de votre oncle.

ORESTE

Que dit-elle ?

---

1. **Thessalie** : région du nord de la Grèce.
2. **Pieuvre** : animal inquiétant, qui désigne probablement Clytemnestre.

TROISIÈME EUMÉNIDE

Parlons-en, du printemps ! Les mottes de beurre qui flottent au printemps sur les sources avec le cresson[1], tu verras quelle caresse elles peuvent être pour le cœur de ceux qui ont tué leur mère. Étends ton beurre sur ton pain avec un couteau, ce jour-là, même si ce n'est pas le couteau qui a tué ta mère, et tu verras.

ORESTE

Aide-moi, Électre !

ÉLECTRE

Ainsi tu es comme tous les hommes, Oreste ! La moindre flatterie les relâche, la moindre fraîcheur les soudoie[2]. T'aider ? Je le sais, ce que tu voudrais m'entendre dire.

ORESTE

Alors dis-le-moi.

ÉLECTRE

Que les humains sont bons, après tout, que la vie après tout est bonne !

ORESTE

N'est-ce pas vrai ?

ÉLECTRE

Que ce n'est pas un mauvais sort que d'être jeune, beau et prince. D'avoir une sœur jeune et princesse. Qu'il suffit de

---

1. Cresson : plante, qui peut se manger en salade. Le cresson flotte avec les mottes de beurre sur les sources, pour être tenu au frais.

2. Soudoie : achète leur aide.

laisser les hommes à leurs petites occupations de bassesse et de vanité, de ne pas presser sur les pustules[1] humaines, et de vivre des beautés du monde !

ORESTE

Et n'est-ce pas ce que tu me dis ?

ÉLECTRE

Non. Je te dis que notre mère a un amant.

ORESTE

Tu mens ! C'est impossible !

PREMIÈRE EUMÉNIDE

Elle est veuve. Elle a bien raison.

ÉLECTRE

Je te dis que notre père a été tué !

ORESTE

Tué, Agamemnon !

ÉLECTRE

Poignardé par des assassins.

DEUXIÈME EUMÉNIDE

Il y a sept ans. C'est de l'histoire ancienne.

ORESTE

Et tu savais cela, et tu m'as laissé dormir toute une nuit !

1. Pustules : lésions de la peau.

ÉLECTRE

Je ne le savais pas. C'est là justement le cadeau de la nuit. Elle a rejeté ces vérités sur son rivage. Je saurai désormais comment font les devineresses. Elles pressent toute une nuit leur frère endormi contre leur cœur.

ORESTE

Notre père, tué ! Qui te l'a dit ?

ÉLECTRE

Lui-même.

ORESTE

Il t'a parlé, avant de mourir ?

ÉLECTRE

Il m'avait parlé mort, le jour même du meurtre, mais cette parole a mis sept ans à m'atteindre.

ORESTE

Il t'est apparu ?

ÉLECTRE

Non. Son cadavre cette nuit m'est apparu, tel qu'il était le jour du meurtre, mais c'était lumineux, il suffisait de lire : il y avait dans son vêtement un pli qui disait : je ne suis pas le pli de la mort, mais le pli de l'assassinat. Et il y avait sur le soulier une boucle qui répétait : je ne suis pas la boucle de l'accident, mais la boucle du crime. Et il y avait dans la paupière retombée une ride qui disait : je n'ai pas vu la mort, j'ai vu les régicides[1].

---

1. **Régicides** : assassinats de rois.

ORESTE

Pour notre mère, qui te l'a dit ?

ÉLECTRE

Elle-même. Encore elle-même.

ORESTE

Elle a avoué ?

ÉLECTRE

Non. Je l'ai vue morte. Son cadavre d'avance l'a trahie. Aucun doute. Son sourcil était le sourcil d'une femme morte qui a eu un amant.

ORESTE

Quel est cet amant ? Quel est cet assassin ?

ÉLECTRE

C'est pour le trouver que je t'éveille. Espérons que c'est le même. Tu n'auras qu'un coup à donner.

ORESTE

Je crois qu'il vous faut partir, mes filles. Ma sœur m'offre à mon réveil une reine qui se prostitue et un roi assassiné… Mes parents.

PREMIÈRE EUMÉNIDE

Ce n'est déjà pas mal. N'y ajoute rien.

ÉLECTRE

Pardon, Oreste.

DEUXIÈME EUMÉNIDE

Elle s'excuse maintenant.

TROISIÈME EUMÉNIDE

Je te perds ta vie, et je m'excuse.

LE MENDIANT

Elle a tort de s'excuser. C'est le genre de réveil que nous réservent habituellement nos femmes et nos sœurs. Il faut croire qu'elles sont faites pour cela.

ÉLECTRE

Elles ne sont faites que pour cela. Épouses, belles-sœurs, belles-mères, toutes, quand les hommes au matin ne voient plus, par leurs yeux engourdis, que la pourpre[1] et l'or, c'est elles qui les secouent, qui leur tendent, avec le café et l'eau chaude, la haine de l'injustice et le mépris du petit bonheur.

ORESTE

Pardon, Électre !

DEUXIÈME EUMÉNIDE

À son tour de s'excuser. Ils sont polis dans la famille !

PREMIÈRE EUMÉNIDE

Ils enlèvent leur tête pour se saluer.

ÉLECTRE

Et elles épient leur réveil. Et les hommes, n'eussent-ils dormi que cinq minutes, ils ont repris l'armure du bonheur ; la

1. Pourpre : couleur rouge foncé et symbole de pouvoir.

satisfaction, l'indifférence, la générosité, l'appétit. Et une tache de soleil les réconcilie avec toutes les taches de sang. Et un chant d'oiseau avec tous les mensonges. Mais elles sont là, toutes, sculptées par l'insomnie, avec la jalousie, l'envie, l'amour, la mémoire : avec la vérité. Tu es réveillé, Oreste ?

PREMIÈRE EUMÉNIDE

Et nous allons avoir son âge dans une heure ! Que le ciel nous fasse différentes !

ORESTE

Je pense que je m'éveille.

LE MENDIANT

Votre mère vient, mes enfants !

ORESTE

Où est mon épée ?

ÉLECTRE

Bravo. Voilà ce que j'appelle un bon réveil. Prends ton épée. Prends ta haine. Prends ta force.

Scène 4

LE MENDIANT, ÉLECTRE, ORESTE, CLYTEMNESTRE

CLYTEMNESTRE

Leur mère paraît. Et ils deviennent des statues.

ÉLECTRE

Des orphelins, tout au plus.

CLYTEMNESTRE

Je n'écouterai plus une fille insolente !

ÉLECTRE

Écoute le fils.

ORESTE

Qui est-ce, mère ? Avoue !

CLYTEMNESTRE

Quels enfants êtes-vous qui, en deux mots, faites de notre rencontre un drame ? Laissez-moi, ou j'appelle !

ÉLECTRE

Qui appelles-tu ? Lui ?

ORESTE

Tu te débats beaucoup, mère.

LE MENDIANT

Attention, Oreste. Le gibier innocent se débat comme l'autre.

CLYTEMNESTRE

Le gibier ? Quelle sorte de gibier suis-je pour mes enfants ? Parle, Oreste, parle !

ORESTE

Je n'ose !

CLYTEMNESTRE

Électre, alors. Elle osera.

ÉLECTRE

Qui est-ce, mère ?

CLYTEMNESTRE

De qui, de quoi voulez-vous parler ?

ORESTE

Mère, est-ce vrai que tu as…

ÉLECTRE

Ne précise donc pas, Oreste. Demande-lui simplement qui est-ce. Il y a en elle un nom. Quelle que soit ta question, si tu la presses bien, le nom sortira…

ORESTE

Mère, est-ce vrai que tu as un amant ?

CLYTEMNESTRE

C'est aussi ta question, Électre ?

ÉLECTRE

On peut la poser ainsi.

CLYTEMNESTRE

Mon fils et ma fille me demandent si j'ai un amant ?

ÉLECTRE

Ton mari ne peut plus te le demander.

CLYTEMNESTRE

Les dieux rougiraient de t'entendre.

ÉLECTRE

Cela m'étonnerait. Ils rougissent rarement depuis quelque temps.

CLYTEMNESTRE

Je n'ai pas d'amant. Mais veillez à vos actes. Tout le mal du monde est venu de ce que les soi-disant purs ont voulu déterrer les secrets et les ont mis en plein soleil.

ÉLECTRE

La pourriture née du soleil, je l'accepte.

CLYTEMNESTRE

Je n'ai pas d'amant. Je ne peux avoir d'amant, même si je le désirais. Mais prenez garde. Les curieux n'ont pas eu de chance dans notre famille : ils pistaient un vol et découvraient un sacrilège[1] ; ils suivaient une liaison et butaient contre un inceste. Vous ne découvrirez pas que j'ai un amant, puisque je n'en ai pas, mais vous trébucherez sur quelque pavé mortel pour vos sœurs et pour vous-mêmes.

ÉLECTRE

Quel est ton amant ?

ORESTE

Écoute-la, du moins, Électre !

---

1. Atrée avait volé la Toison d'or. Ce vol était un « sacrilège ».

CLYTEMNESTRE

Je n'ai pas d'amant. Mais allez-vous me dire où serait le crime, si j'en avais un ?

ORESTE

Ô mère, tu es reine !

CLYTEMNESTRE

Le monde n'est pas vieux, et le jour vient de naître. Mais il nous faudrait déjà au moins jusqu'au crépuscule pour citer les reines qui ont eu un amant.

ORESTE

Mère, je t'en supplie. Combats ainsi, combats encore ! Convaincs-nous. Si cette lutte nous rend une reine, bénie soit-elle, tout nous est rendu !

ÉLECTRE

Tu ne vois pas que tu lui fournis ses armes, Oreste ?

CLYTEMNESTRE

Très bien. Laisse-moi seule avec Électre, veux-tu ?

ORESTE

Le faut-il, sœur ?

ÉLECTRE

Oui. Oui. Attends là, sous la voûte. Et dès que je crierai Oreste, accours. Accours de toute ta vitesse. C'est que je saurai tout.

Scène 5

Le mendiant, Électre, Clytemnestre

Clytemnestre

Aide-moi, Électre !

Électre

T'aider à quoi ? À dire la vérité, ou à mentir ?

Clytemnestre

Protège-moi.

Électre

Voilà la première fois que tu te penches vers ta fille, mère. Tu dois avoir peur.

Clytemnestre

J'ai peur d'Oreste.

Électre

Tu mens. Tu n'as point peur d'Oreste. Tu le vois comme il est : passionné, changeant, faible. Il rêve encore d'une idylle[1] chez les Atrides[2]. C'est moi que tu redoutes, pour moi que tu joues ce jeu dont le sens m'échappe encore. Tu as un amant, n'est-ce pas ? Qui est-il ?

Clytemnestre

Lui ne sait rien. Lui n'est pas en cause.

---

1. Idylle : aventure amoureuse idéale.

2. Atrides : famille fondée par Atrée, réputée pour sa violence et son immoralité.

ÉLECTRE

Il ne sait pas qu'il est ton amant ?

CLYTEMNESTRE

Cesse d'être ce juge, Électre. Cesse ta poursuite. Tu es ma fille, après tout.

ÉLECTRE

Après tout. Après exactement tout. À ce titre je te poursuis.

CLYTEMNESTRE

Alors, cesse d'être ma fille. Cesse de me haïr. Sois seulement ce que je cherche en toi, une femme. Prends ma cause, elle est la tienne. Défends-toi en me défendant.

ÉLECTRE

Je ne suis pas inscrite à l'association des femmes[1]. Il faudra une autre que toi pour m'embaucher.

CLYTEMNESTRE

Tu as tort. Si tu trahis ta compagne de condition, de corps, d'infortune, c'est de toi la première qu'Oreste prendra horreur. Le scandale n'est jamais retombé que sur ceux qui le provoquent. À quoi te sert d'éclabousser toutes les femmes en m'éclaboussant ! Tu souilleras pour les yeux d'Oreste tout ce par quoi tu me ressembles.

ÉLECTRE

Je ne te ressemble en rien. Depuis longtemps je ne regarde plus mon miroir que pour m'assurer de cette chance. Tous les marbres polis, tous les bassins d'eau du palais me l'ont déjà crié, ton visage

1. Allusion possible au féminisme, qui se développe dans l'après-guerre.

me le crie: Le nez d'Électre n'a rien du nez de Clytemnestre. Mon front est à moi. Ma bouche est à moi. Et je n'ai pas d'amant.

CLYTEMNESTRE

Écoute-moi ! Je n'ai pas d'amant. J'aime.

ÉLECTRE

N'essaie pas de cette ruse. Tu jettes dans mes pieds l'amour comme les voituriers poursuivis par les loups leur jettent un chien. Le chien n'est pas ma nourriture.

CLYTEMNESTRE

Nous sommes femmes, Électre, nous avons le droit d'aimer.

ÉLECTRE

Je sais qu'on a beaucoup de droits dans la confrérie des femmes. Si vous payez le droit d'entrée, qui est lourd, qui est d'admettre que les femmes sont faibles, menteuses, basses, vous avez le droit général de faiblesse, de mensonge, de bassesse. Le malheur est que les femmes sont fortes, loyales, nobles. Alors tu te trompes. Tu n'avais le droit d'aimer que mon père. L'aimais-tu ? Le soir de tes noces, l'aimais-tu ?

CLYTEMNESTRE

Où veux-tu en venir ? Tu veux m'entendre dire que ta naissance ne doit rien à mon amour, que tu as été conçue dans la froideur ? Sois satisfaite. Tout le monde ne peut pas être comme ta tante Léda[1], et pondre des œufs. Mais pas une fois tu n'as

1. **Léda** : mère de Clytemnestre, elle est en réalité la grand-mère d'Électre. Séduite par Zeus transformé en cygne, elle donne naissance à ses enfants en pondant des œufs.

parlé en moi. Nous avons été des indifférentes dès ta première minute. Tu ne m'as même pas fait souffrir à ta naissance. Tu étais menue, réticente. Tu serrais les lèvres. Si un an tu as serré obstinément les lèvres, c'est de peur que ton premier mot ne soit le nom de ta mère. Ni toi ni moi n'avons pleuré ce jour-là. Ni toi ni moi n'avons jamais pleuré ensemble.

ÉLECTRE

Les parties de pleurs[1] ne m'intéressent pas.

CLYTEMNESTRE

Tu pleureras bientôt, sois-en sûre, et peut-être sur moi.

ÉLECTRE

Les yeux peuvent pleurer tout seuls. Ils sont là pour cela.

CLYTEMNESTRE

Oui, et même les tiens, qui ont l'air de deux pierres. Un jour les pleurs les noieront.

ÉLECTRE

Vienne ce jour… Mais pourquoi lances-tu maintenant dans mes jambes, pour me retenir, la froideur au lieu de l'amour ?

CLYTEMNESTRE

Pour que tu comprennes que j'ai le droit d'aimer. Pour que tu saches que tout dans ma vie a été dur comme ma fille à son premier jour. Depuis mon mariage, jamais de solitude, jamais de retraite. Je n'ai été dans les forêts que les jours de procession. Pas de repos, même pour mon corps. Il était couvert

1. Détournement de l'expression « parties de plaisir ».

toute la journée par des robes d'or, et la nuit par un roi[1]. Partout une méfiance qui gagnait jusqu'aux objets, jusqu'aux animaux, jusqu'aux plantes. Souvent en voyant les tilleuls du palais, maussades, silencieux, avec leur odeur de nourrice, je me disais : ils me font la tête d'Électre le jour de sa naissance. Jamais une reine n'a eu à ce point le lot des reines, l'absence du mari, la méfiance des fils, la haine des filles… Que me restait-il ?

Électre

Ce qui restait aux autres, l'attente.

Clytemnestre

L'attente de quoi ? L'attente est horrible.

Électre

Celle qui t'étreint en ce moment, peut-être.

Clytemnestre

Tu peux me dire qui tu attends, toi ?

Électre

Je n'attends plus rien, mais dix ans j'ai attendu mon père[2]. Le seul bonheur que j'ai connu en ce monde est l'attente.

Clytemnestre

C'est un bonheur pour vierges. C'est un bonheur solitaire.

---

1. Allusion dévalorisante à sa relation avec Agamemnon. Le verbe « couvrir » a une connotation sexuelle.

2. Électre a attendu dix ans qu'Agamemnon revienne de la guerre de Troie.

ÉLECTRE

Crois-tu ? À part toi, à part les hommes, il n'était rien dans le palais qui n'attendît mon père avec moi, qui ne fût complice ou partie dans mon attente. Cela commençait le matin, mère, à ma première promenade sous ces tilleuls qui te haïssent, qui attendaient mon père d'une attente qu'ils essayaient vainement de comprimer en eux, vexés de vivre par années et non, comme il l'aurait fallu, par décades[1], honteux de l'avoir trahi à chaque printemps quand ils ne pouvaient plus contenir leurs fleurs et leurs parfums, et qu'ils défaillaient[2] avec moi sur son absence. Cela continuait à midi, quand j'allais au torrent, le plus fortuné de nous tous, qui lui pouvait bouger, qui attendait mon père en courant vers un fleuve qui courait vers la mer. Cela se poursuivait le soir, quand je n'avais plus la force d'attendre près de ses chiens, de ses chevaux, pauvres bêtes trop mortelles, incapables par nature de l'attendre des siècles, et que je me réfugiais vers les colonnes, les statues. Je prenais modèle sur elles. J'attendais, debout sous la lune, pendant des heures, immobile, comme elles, sans penser, sans vivre. Je l'attendais d'un cœur de pierre, de marbre, d'albâtre[3], d'onyx[4], mais qui battait et me fracassait la poitrine... Où en serais-je s'il n'y avait pas encore des heures où j'attends encore, où j'attends le passé, où je l'attends encore !

1. Décades : périodes de dix ans, ici.
2. Défaillaient : se trouvaient mal, avaient une faiblesse.
3. Albâtre : matériau blanc, utilisé pour la sculpture ou la construction.
4. Onyx : variété d'agate, pierre semi-précieuse.

CLYTEMNESTRE

Moi je n'attends plus, j'aime.

ÉLECTRE

Et tout va pour toi, maintenant ?

CLYTEMNESTRE

Tout va.

ÉLECTRE

Les fleurs t'obéissent enfin ? Les oiseaux te parlent ?

CLYTEMNESTRE

Oui, tes tilleuls me font des signes.

ÉLECTRE

C'est bien possible, tu m'as tout volé dans la vie.

CLYTEMNESTRE

Aime. Nous partagerons.

ÉLECTRE

Partager l'amour avec toi ? C'est comme si tu m'offrais de partager ton amant. Qui est-ce ?

CLYTEMNESTRE

Ô Électre, pitié ! Je te le dirai, son nom, dût-il te faire rougir. Mais laisse passer quelques jours. Qu'attends-tu d'un scandale ? Songe à ton frère. Comment imaginer que le peuple d'Argos laisse jamais[1] Oreste succéder à une mère indigne ?

1. Jamais : un jour (sens affirmatif).

ÉLECTRE

Une mère indigne ? Que cherches-tu par cet aveu ? Quel temps veux-tu gagner ? Quel piège me tends-tu ? Quelle couvée veux-tu sauver, comme la perdrix, en boitant du côté de l'amour et de l'indignité ?

CLYTEMNESTRE

Épargne-moi une honte publique. Pourquoi me forcer à avouer que j'aime au-dessous de mon rang !

ÉLECTRE

Un petit lieutenant, sans nom, sans grade ?

CLYTEMNESTRE

Oui.

ÉLECTRE

Tu mens. Si ton amant était un petit officier sans nom et sans gloire, s'il était le baigneur, l'écuyer, tu l'aimerais. Mais tu n'aimes pas, tu n'as jamais aimé. Qui est-ce ? Pourquoi me refuses-tu ce nom comme on refuse une clef ? Quel meuble as-tu peur que l'on ouvre avec ce nom-là ?

CLYTEMNESTRE

Un meuble qui est à moi, mon amour.

ÉLECTRE

Dis-moi le nom de ton amant, mère, et je te dirai si tu aimes. Et il restera entre nous pour toujours.

CLYTEMNESTRE

Jamais.

ÉLECTRE

Tu vois ! Ce n'est pas ton amant, c'est ton secret que tu me caches. Tu as peur que son nom me donne la seule preuve qui m'échappe encore, dans cette chasse !

CLYTEMNESTRE

Quelle preuve ? Tu es folle !

ÉLECTRE

La raison du forfait. Tout me dit que tu l'as commis, mère. Mais ce que je ne vois pas encore, ce qu'il faut que tu m'apprennes, c'est pourquoi tu l'aurais commis. Toutes les clefs, comme tu dis, je les ai essayées. Aucune n'ouvre encore. Ni l'amour. Tu n'aimes rien. Ni l'ambition. Tu te moques d'être reine. Ni la colère. Tu es réfléchie, tu calcules. Mais le nom de ton amant va tout éclairer, va tout nous dire, n'est-ce pas ? Qui aimes-tu ? Qui est-ce ?

Scène 6

LE MENDIANT, ÉLECTRE, CLYTEMNESTRE, AGATHE, LE PRÉSIDENT, L'ÉCUYER, *puis* LES EUMÉNIDES

Entre Agathe, poursuivie par le président.

LE PRÉSIDENT

Qui est-ce ? Qui aimes-tu ?

AGATHE

Je te hais.

LE PRÉSIDENT

Qui est-ce ?

AGATHE

Je te dis que c'est fini. Fini le mensonge. Électre a raison. Je passe dans son camp. Merci, Électre ! Tu me donnes la vie !

LE PRÉSIDENT

Que chante-t-elle ?

AGATHE

La chanson des épouses. Tu vas la connaître.

LE PRÉSIDENT

Elle va chanter, maintenant[1] !

AGATHE

Oui, nous sommes toutes là, avec nos maris insuffisants ou nos veuvages. Et toutes nous nous consumons à leur rendre la vie et la mort agréables. Et s'ils mangent de la laitue cuite, il leur faut le sel et un sourire. Et s'ils fument, il nous faut allumer leur ignoble cigare avec la flamme de notre cœur !

LE PRÉSIDENT

Pour qui parles-tu ? Tu m'as vu jamais manger de la laitue cuite ?

AGATHE

Ton oseille[2], si tu veux.

---

1. Allusion à la fable de La Fontaine, « La Cigale et la Fourmi » : « Vous chantiez ? j'en suis fort aise : / Eh bien ! dansez maintenant. »
2. **Oseille** : référence à la plante, ainsi qu'à l'argent (argotique).

LE PRÉSIDENT

Et il n'en mange pas d'oseille, et il ne fume pas le cigare, ton amant ?

AGATHE

L'oseille mangée par mon amant devient une ambroisie[1], dont je lèche les restes. Et tout ce qui est souillé quand mon mari le touche sort purifié de ses mains ou de ses lèvres... Moi-même... Et Dieu sait !

ÉLECTRE

J'ai trouvé, mère, j'ai trouvé !

LE PRÉSIDENT

Reviens à toi, Agathe !

AGATHE

Justement. J'y reviens. J'y suis enfin revenue !... Et vingt-quatre heures par jour, nous nous tuons, nous nous suicidons pour la satisfaction d'un être dont le mécontentement est notre seule joie, pour la présence d'un mari dont l'absence est notre seule volupté, pour la vanité du seul homme qui nous montre journellement ce qui nous humilie le plus au monde, ses orteils et la petite queue de son linge. Et voilà qu'il ose nous reprocher de lui dérober par semaine une heure de cet enfer !... Mais alors, c'est vrai, il a raison ! Quand cette heure merveilleuse arrive, nous n'y allons pas de main morte !

LE PRÉSIDENT

Voilà ton ouvrage, Électre. Ce matin encore, elle m'embrassait !

---

1. **Ambroisie** : nourriture des dieux, dans la mythologie grecque.

AGATHE

Je suis jolie et il est laid. Je suis jeune et il est vieux. J'ai de l'esprit et il est bête. J'ai une âme et il n'en a pas. Et c'est lui qui a tout. En tout cas, il m'a. Et c'est moi qui n'ai rien. En tout cas, je l'ai. Et jusqu'à ce matin, moi qui donnais tout, c'est moi qui devais paraître comblée. Pourquoi ?... Je lui cire ses chaussures. Pourquoi ?... Je lui brosse ses pellicules. Pourquoi ?... Je lui filtre son café. Pourquoi ? Alors que la vérité serait que je l'empoisonne, que je frotte son col de poix [1] et de cendre. Les souliers encore, je comprends. Je crachais sur eux. Je crachais sur toi. Mais c'est fini, c'est fini... Salut, ô vérité. Électre m'a donné son courage. C'est fait, c'est fait. J'aime autant mourir !

LE MENDIANT

Elles chantent bien, les épouses.

LE PRÉSIDENT

Qui est-ce ?

ÉLECTRE

Écoute, mère ! Écoute-toi ! C'est toi qui parles !

AGATHE

Qui est-ce ? Ils croient, tous ces maris, que ce n'est qu'une personne !

LE PRÉSIDENT

Des amants ? Tu as des amants ?

1. **Poix** : matière molle et collante.

AGATHE

Ils croient que nous ne les trompons qu'avec des amants. Avec les amants aussi, sûrement... Nous vous trompons avec tout. Quand ma main glisse, au réveil, et machinalement tâte le bois du lit, c'est mon premier adultère. Employons-le, pour une fois, ton mot « adultère ». Que je l'ai caressé, ce bois, en te tournant le dos, durant mes insomnies ! C'est de l'olivier[1]. Quel grain doux ! Quel nom charmant ! Quand j'entends le mot « olivier » dans la rue, j'en ai un sursaut. J'entends le nom de mon amant ! Et mon second adultère, c'est quand mes yeux s'ouvrent et voient le jour à travers la persienne[2]. Et mon troisième, c'est quand mon pied touche l'eau du bain, c'est quand j'y plonge. Je te trompe avec mon doigt, avec mes yeux, avec la plante de mes pieds. Quand je te regarde, je te trompe. Quand je t'écoute, quand je feins de t'admirer à ton tribunal, je te trompe. Tue les oliviers, tue les pigeons, les enfants de cinq ans, fillettes et garçons, et l'eau, et la terre, et le feu ! Tue ce mendiant. Tu es trompé par eux.

LE MENDIANT

Merci.

LE PRÉSIDENT

Et hier soir encore cette femme me versait ma tisane. Et elle la trouvait trop tiède ! Et elle faisait rebouillir de l'eau ! Vous êtes content, vous ! Un petit scandale à l'intérieur d'un grand n'est pas pour vous déplaire !

---

1. Le lit d'Ulysse et de Pénélope était construit dans un tronc d'olivier enraciné dans le sol (voir Homère, *L'Odyssée*). Ce secret de fabrication, connu des seuls deux époux, permit à Pénélope d'identifier son mari, de ne pas lui être infidèle.

2. Persienne : volet muni de lamelles pour stopper les rayons du soleil.

LE MENDIANT

Non. C'est l'écureuil dans la grande roue[1]. Cela lui donne son vrai mouvement.

LE PRÉSIDENT

Et cet esclandre devant la reine elle-même, vous l'excusez ?

ÉLECTRE

La reine envie Agathe. La reine aurait donné sa vie pour s'offrir une fois ce qu'Agathe s'offre aujourd'hui. Qui est-ce, mère ?

LE MENDIANT

En effet. Ne vous laissez pas distraire, président. Voilà presque une minute que vous ne lui avez demandé qui est-ce.

LE PRÉSIDENT

Qui est-ce ?

AGATHE

Je te l'ai dit. Tous. Tout.

LE PRÉSIDENT

C'est à se tuer ! À se jeter la tête contre le mur !

AGATHE

Ne te gêne pas pour moi. Le mur mycénien[2] est solide.

1. Référence à la roue que l'écureuil (ou un autre petit animal) fait tourner dans une cage pour jouer.

2. Mycénien : de Mycènes, ville de Grèce antique. À Mycènes, on trouve des murs cyclopéens, blocs de pierre entassés, qui ne sont pas liés par un mortier.

Le président

Il est jeune ? Il est vieux ?

Agathe

L'âge de l'amant. Cela va de seize à quatre-vingts.

Le président

Et elle croit me rabaisser en m'insultant ! Tes injures n'atteignent que toi, femme perdue !

Agathe

Je sais. Je sais. L'outrage appelle la majesté. Dans la rue les plus dignes sont ceux qui viennent de glisser sur du crottin.

Le président

Tu vas enfin me connaître ! Quels qu'ils soient, tes amants, le premier que je vais rencontrer ici, je le tue.

Agathe

Le premier que tu rencontres ici ? Tu choisis mal tes endroits. Tu ne pourras même pas le regarder en face.

Le président

Je l'oblige à s'agenouiller, je lui fais baiser[1] et lécher le marbre.

Agathe

Tu vas voir comment il le baise et le lèche, le marbre, tout à l'heure, quand il entrera dans cette cour et viendra s'asseoir sur ce trône.

1. **Baiser** : embrasser.

LE PRÉSIDENT

Que dis-tu, misérable ?

AGATHE

Je dis que j'ai présentement deux amants, et que l'un des deux c'est Égisthe.

CLYTEMNESTRE

Menteuse !

AGATHE

Comment, elle aussi !

ÉLECTRE

Toi aussi, mère ?

LE MENDIANT

C'est curieux. Moi, j'aurais plutôt cru que si Égisthe se sentait un penchant, c'était pour Électre.

L'ÉCUYER, *annonçant*

Égisthe !

ÉLECTRE

Enfin !

LES EUMÉNIDES

Égisthe !

Égisthe paraît. Infiniment plus majestueux et serein qu'au premier acte. Très haut, un oiseau plane au-dessus de lui.

Scène 7

LE MENDIANT, ÉLECTRE, CLYTEMNESTRE, AGATHE, LE PRÉSIDENT, L'ÉCUYER, LES EUMÉNIDES, ÉGISTHE, LE CAPITAINE, SOLDATS

ÉGISTHE

Électre est là… Merci, Électre ! Je m'installe ici, capitaine. Le quartier général est ici.

CLYTEMNESTRE

Moi aussi, je suis là.

ÉGISTHE

Je m'en réjouis. Salut, reine !

LE PRÉSIDENT

Et moi aussi, Égisthe !

ÉGISTHE

Parfait, président. J'ai justement besoin de tes services.

LE PRÉSIDENT

En plus il nous insulte !

ÉGISTHE

Qu'avez-vous, tous et toutes, à me regarder ainsi ?

LE MENDIANT

Elles ont que la reine attend un parjure[1], Électre un impie, Agathe un infidèle. Lui est plus modeste, il attend celui qui

1. **Parjure** : traître.

caresse sa femme... On vous attend, quoi ! Et ce n'est pas vous qui venez !

ÉGISTHE

Ils n'ont vraiment pas de chance, n'est-ce pas, mendiant ?

LE MENDIANT

Non, ils n'ont pas de chance. Attendre tant de vauriens, et voir entrer un roi ! Pour les autres, cela m'est égal. Mais pour cette petite Électre, cela va compliquer les choses.

ÉGISTHE

Crois-tu ? Je crois que non.

LE MENDIANT

Je savais que cela arriverait ! Je vous l'ai dit hier. Je sentais que le roi allait se déclarer en vous ! Il y avait votre force, votre âge. Il y avait l'occasion. Il y avait le voisinage d'Électre. Cela aurait pu être un coup de sang[1] ! Cela a été ça... Vous vous êtes déclaré !... Tant mieux pour la Grèce. Mais ça n'en est pas plus gai pour la famille.

CLYTEMNESTRE

Quelles sont ces énigmes ? De quoi parlez-vous ?

LE MENDIANT

Tant mieux pour nous aussi ! Puisqu'il doit y avoir un bras-le-corps, autant le bras-le-corps d'Électre avec la noblesse qu'avec la turpitude[2] ! Comment cela vous est-il arrivé, Égisthe ?

---

1. Coup de sang : mouvement de colère.
2. Turpitude : ensemble de comportements indignes.

ÉGISTHE, *contemplant Électre*

Électre est là ! Je savais que j'allais la trouver ainsi, avec sa tête de statue, ses yeux qui ne semblent voir que si les paupières sont baissées, sourde pour le langage humain !

CLYTEMNESTRE

Écoutez-moi, Égisthe !

LE PRÉSIDENT

Tu choisis bien tes amants, Agathe ! Quelle effronterie !

LE CAPITAINE

Égisthe, le temps presse !

ÉGISTHE

Ce sont des ornements, n'est-ce pas, Électre, tes oreilles ? De purs ornements... Les dieux se sont dit : Puisque nous lui avons donné des mains pour qu'elle ne touche pas, des yeux pour qu'elle soit vue, on ne peut non plus laisser la tête d'Électre sans oreilles ! On verrait trop qu'elle n'entend que nous !... Mais dis-moi ce que l'on entend, quand on pose l'oreille contre elles ! Quel bruissement ! Qui vient d'où ?

CLYTEMNESTRE

Êtes-vous fou ? Prenez garde ! Elles vous entendent, les oreilles d'Électre.

LE PRÉSIDENT

Elles en rougissent !

ÉGISTHE

Elles m'entendent. J'en suis bien convaincu. Depuis ce qui m'est arrivé, tout à l'heure, à la lisière de ce bois d'où l'on voit Argos, ma parole vient d'au-delà de moi. Et je sais qu'elle me voit aussi, qu'elle est seule à me voir. Seule elle a deviné ce que je suis depuis cette minute.

CLYTEMNESTRE

Vous parlez à votre pire ennemie, Égisthe !

ÉGISTHE

Elle sait pourquoi de cette montagne, j'ai soudain piqué des deux[1] vers la ville ! On eût dit que mon cheval comprenait, Électre. C'est beau, un alezan[2] clair chargeant vers Électre, suivi du tonnerre de l'escadron où la conscience de charger vers Électre allait diminuant, des étalons blancs des trompettes aux juments pie[3] des serre-files. Ne t'étonne pas s'il passe la tête tout à l'heure à travers les colonnes, hennissant vers toi ! Il comprenait que j'étouffais, que j'avais ton nom sur ma bouche comme un tampon d'or. Il fallait que je crie ton nom, et à toi-même... Je le crie, Électre ?

CLYTEMNESTRE

Cessez ce scandale, Égisthe !

LE CAPITAINE

Égisthe, la ville est en péril !

1. Piqué des deux : appuyé en même temps sur mes deux éperons, pour aller très vite.

2. Alezan : cheval de robe jaune rougeâtre.

3. Pie : à la robe de deux couleurs.

ÉGISTHE

C'est vrai. Excusez-moi !... Où en sont-ils maintenant, capitaine ?

LE CAPITAINE

On voit leurs lances émerger des collines. Jamais moisson n'a poussé aussi vite. Et aussi drue[1]. Ils sont des milliers.

ÉGISTHE

La cavalerie n'a rien pu contre eux ?

LE CAPITAINE

Elle s'est rabattue avec des prisonniers.

CLYTEMNESTRE

Que se passe-t-il, Égisthe ?

LE CAPITAINE

Les Corinthiens[2] nous envahissent, sans déclaration de guerre, sans raison. Ils ont pénétré la nuit dans notre territoire par bandes. Déjà les faubourgs brûlent.

ÉGISTHE

Que disent les prisonniers ?

LE CAPITAINE

Qu'ils ont ordre de ne laisser d'Argos que pierre sur pierre.

CLYTEMNESTRE

Montrez-vous, Égisthe, et ils fuient !

---

1. Drue : vigoureuse.

2. Corinthiens : de la ville grecque de Corinthe.

ÉGISTHE

J'ai peur que cela ne suffise plus, reine.

LE CAPITAINE

Ils ont des complices dans la ville. On vient de voler les tonneaux de poix[1] en réserve, pour incendier les quartiers bourgeois. Des hordes de mendiants s'assemblent autour des halles, prêts à piller.

CLYTEMNESTRE

Si la garde est fidèle, qu'y a-t-il à craindre ?

LE CAPITAINE

La garde est prête à se battre. Mais elle murmure. Vous le savez : elle n'a jamais obéi de bon cœur à une femme. Comme la ville, d'ailleurs. Si l'armée s'appelle l'armée et la ville la ville, il faut bien le dire : c'est qu'elles sont des femmes. Toutes deux réclament un homme, un roi.

ÉGISTHE

Elles ont raison. Elles vont l'avoir.

LE PRÉSIDENT

Celui qui voudra être roi d'Argos devra d'abord tuer Clytemnestre, Égisthe.

LE MENDIANT

Ou l'épouser, simplement.

1. **Poix** : matière inflammable molle et collante.

LE PRÉSIDENT

Jamais !

ÉGISTHE

Pourquoi jamais ? La reine ne niera pas que c'est le seul moyen de sauver Argos. Je ne doute pas de son assentiment. Capitaine, annonce à la garde que le mariage est célébré, à l'instant même. Qu'on me tienne au courant chaque minute. J'attends ici les messages. Quant à toi, président, cours au-devant des émeutiers, et, de ta voix la plus enthousiaste, fais-leur part de la nouvelle.

LE PRÉSIDENT

Jamais ! J'ai d'abord un mot à vous dire d'homme à homme, toutes affaires cessantes.

ÉGISTHE

Les affaires d'Argos cessantes, la guerre cessante ? Tu vas fort !

LE PRÉSIDENT

Il s'agit de mon honneur, de l'honneur des juges grecs.

LE MENDIANT

Si la justice grecque a cru devoir loger son honneur dans les jambes d'Agathe [1], elle n'a que ce qu'elle mérite. Ne nous encombre pas en un moment pareil ! Regarde-la, Agathe, si elle se soucie de l'honneur des juges grecs, avec son nez levé !

LE PRÉSIDENT

Son nez levé ! Tu as le nez levé en un moment pareil, Agathe ?

1. Allusion obscène aux relations de couple entre le président et Agathe.

AGATHE

J'ai le nez levé. Je regarde cet oiseau qui plane au-dessus d'Égisthe.

LE PRÉSIDENT

Baisse-le.

ÉGISTHE

J'attends votre réponse, reine.

CLYTEMNESTRE

Un oiseau ? Quel est cet oiseau ? Ôtez-vous de dessous cet oiseau, Égisthe !

ÉGISTHE

Pourquoi ? Il ne me quitte plus depuis le lever du soleil. Il doit avoir ses raisons ! Mon cheval le premier l'a senti. Il ruait sans raison. J'ai regardé partout, et enfin là-haut. Il ruait contre cet oiseau à mille pieds[1]. Juste au-dessus de moi, n'est-ce pas, mendiant ?

LE MENDIANT

Juste au-dessus. Si vous aviez mille pieds, c'est là que serait votre tête.

ÉGISTHE

Comme un accent, n'est-ce pas, un accent au-dessus d'une lettre ?

1. **Pieds** : ancienne unité de longueur. Un pied équivaut environ à 30 centimètres.

LE MENDIANT

Oui, vous êtes présentement l'homme le mieux accentué de Grèce. Il s'agit de savoir si l'accent est sur le mot « humain » ou sur le mot « mortel ».

CLYTEMNESTRE

Je n'aime pas ces oiseaux planeurs. Qu'est-ce que c'est ? Un milan, un aigle ?

LE MENDIANT

Il est trop haut. Je pourrais le reconnaître à l'ombre. Mais de si haut, elle n'arrive pas jusqu'à nous, elle se perd.

LE CAPITAINE, *revenant*

La garde se réjouit, Égisthe ! Elle se prépare au combat avec joie. Elle attend que vous paraissiez au balcon, avec la reine, pour vous acclamer.

ÉGISTHE

Mon serment, et je viens !

LE PRÉSIDENT

Électre, aidez-moi ! De quel droit ce débauché vient-il nous donner des leçons de courage !

LE MENDIANT

De quel droit ? Écoute !...

ÉGISTHE

Ô puissances du monde, puisque je dois vous invoquer, à l'aube de ce mariage et de cette bataille, merci pour ce don que vous m'avez fait, tout à l'heure, de la colline qui surplombe

Argos, à la seconde où le brouillard s'est évanoui. J'étais descendu de cheval, fatigué des patrouilles de la nuit, j'étais adossé au talus, et soudain vous m'avez montré Argos, comme je ne l'avais jamais vue, neuve, recréée pour moi, et me l'avez donnée. Vous me l'avez donnée toute, ses tours, ses ponts, les fumées qui montaient des silos des maraîchers, première haleine de sa terre, et le pigeon qui s'éleva, son premier geste, et le grincement de ses écluses, son premier cri. Et tout dans ce don était de valeur égale, Électre, le soleil levant sur Argos et la dernière lanterne dans Argos, le temple et les masures[1], le lac et les tanneries[2]. Et c'était pour toujours !... Pour toujours j'ai reçu ce matin ma ville comme une mère son enfant. Et je me demandais avec angoisse si le don n'était pas plus large, si l'on ne m'avait pas donné beaucoup plus qu'Argos. Dieu au matin ne mesure pas ses cadeaux : il pouvait aussi bien m'avoir donné le monde. C'eût été affreux. C'eût été pour moi le désespoir de celui qui, pour sa fête, attend un diamant et auquel on donne le soleil. Tu vois mon inquiétude, Électre ! Je hasardais anxieusement mon pied et ma pensée au-delà des limites d'Argos. Ô bonheur ! On ne m'avait pas donné l'Orient : les pestes, les tremblements de terre, les famines de l'Orient, je les apprenais avec un sourire. Ma soif n'était pas de celles qui s'étanchent aux fleuves tièdes et géants coulant dans le désert entre des lèvres vertes, mais, j'en fis l'épreuve aussitôt, à la goutte unique d'une source de glace. Ni l'Afrique ! Rien de l'Afrique n'est à moi. Les négresses peuvent piler le millet[3] au seuil des cases, le jaguar enfoncer ses griffes

1. Masures : maisons pauvres et dégradées.
2. Tanneries : ateliers où les peaux sont traitées pour produire le cuir.
3. Millet : céréale cultivée, entre autres, en Afrique.

dans le flanc du crocodile, pas un grain de leur bouillie, pas une goutte de leur sang n'est à moi. Et je suis aussi heureux des dons qu'on ne m'a pas faits que du don d'Argos. Dans un accès de largesse[1], Dieu ne m'a donné ni Athènes, ni Olympie, ni Mycènes. Quelle joie ! On m'a donné la place aux bestiaux d'Argos et non les trésors de Corinthe, le nez court des filles d'Argos et non le nez de leur Pallas[2], le pruneau ridé d'Argos et non la figue d'or de Thèbes ! Voilà ce qu'on m'a donné ce matin, à moi le jouisseur, le parasite, le fourbe, un pays où je me sens pur, fort, parfait, une patrie, et cette patrie dont j'étais prêt à fournir désormais l'esclave, dont tout à coup me voilà roi, je jure de vivre, de mourir – entends-tu, juge –, mais de la sauver.

LE PRÉSIDENT

Je ne compte plus que sur vous, Électre !

ÉLECTRE

Compte sur moi. On n'a le droit de sauver une patrie qu'avec des mains pures.

LE MENDIANT

Le sacre purifie tout.

ÉLECTRE

Qui vous a sacré ? À quoi se reconnaît votre sacre ?

---

1. Largesse : générosité.

2. Pallas Athéna : déesse de la guerre, protectrice d'Athènes. Le nez grec, tel qu'il est représenté sur les statues, est très droit.

LE MENDIANT

Tu ne le devines pas ? À ce qu'il vient le réclamer de toi ! Pour la première fois il te voit dans ta vérité et dans ta puissance. S'il a de cette montagne foncé vers la ville, c'est que soudain l'idée lui est venue que dans ce cadeau d'Argos, Électre était comprise !

ÉGISTHE

Tout me sacrait sur mon passage, Électre ! À travers mon galop, j'entendais les arbres, les enfants, les torrents me crier que j'étais roi. Mais il manquait l'huile sainte[1]. Chaque cadeau de sacre m'était tendu par celui-là même qui le contenait le moins. Hier, j'étais lâche. Un lièvre, de ses oreilles tremblantes qui dépassaient le sillon, m'a tout à l'heure donné le courage. J'étais l'hypocrisie. Un renard a croisé le chemin, l'œil faux, et j'ai reçu la franchise. Et le couple inséparable des deux pies m'a donné l'indépendance, et la fourmilière la générosité. Si je me suis hâté vers toi, Électre, c'est que tu es le seul être qui puisse me donner sa propre essence.

ÉLECTRE

Laquelle ?

ÉGISTHE

J'ai l'impression que c'est quelque chose comme le devoir.

1. Il s'agit d'un anachronisme : l'huile sainte était utilisée pour les sacres sous la monarchie française.

ÉLECTRE

Mon devoir est sûrement l'ennemi mortel du vôtre. Vous n'épouserez pas Clytemnestre.

LE PRÉSIDENT

Vous ne l'épouserez pas !

CLYTEMNESTRE

Et pourquoi ne nous marierions-nous pas ? Pourquoi sacrifierions-nous notre vie à des enfants ingrats ? Oui, j'aime Égisthe. Depuis dix ans, j'aime Égisthe. Depuis dix ans je remets[1] ce mariage par égard pour toi, Électre, et pour le souvenir de ton père. Tu nous y contrains. Merci… Pas sous l'oiseau. Cet oiseau m'agace. Mais dès que l'oiseau sera parti, je consens.

ÉGISTHE

Ne vous donnez pas tant de peine, reine. Je ne vous épouse pas pour accumuler de nouveaux mensonges. Je ne sais si je vous aime encore, et la ville entière doute que vous m'ayez jamais aimé. Depuis dix ans notre liaison se traîne entre l'indifférence et l'oubli. Mais ce mariage est la seule façon de rejeter un peu de vérité dans le mensonge passé, et il est la sauvegarde d'Argos. Il aura lieu dans l'heure même.

ÉLECTRE

Je ne crois pas qu'il aura lieu.

LE PRÉSIDENT

Bravo !

1. Remets : repousse.

ÉGISTHE

Vas-tu enfin te taire ! Qui es-tu, dans Argos ? Mari trompé ou chef de justice ?

LE PRÉSIDENT

Les deux, sans conteste.

ÉGISTHE

Alors choisis. Moi je n'ai pas le choix. Choisis entre le devoir et la prison. Le temps presse.

LE PRÉSIDENT

Vous m'avez pris Agathe !

ÉGISTHE

Je ne suis plus celui qui t'a pris Agathe.

LE PRÉSIDENT

Les maris trompés d'Argos, on ne vous les a pas donnés ce matin ?

LE MENDIANT

Si. Mais il n'est plus celui qui les a trompés.

LE PRÉSIDENT

Je comprends ! Je comprends que le nouveau roi oublie les outrages qu'il a infligés comme régent[1] !

LE MENDIANT

Elle est toute rose, Agathe. Ce sont en tout cas des outrages qui rendent rose !

1. Référence à Égisthe, qui assume le pouvoir à Argos, suite à la mort d'Agamemnon.

ÉGISTHE

Un roi te demande aujourd'hui pardon de l'insulte que t'a faite hier un débauché. Cela peut te suffire. Écoute mes ordres. Hâte-toi vers ton tribunal. Juge les émeutiers et sois implacable.

AGATHE

Sois implacable[1]. J'ai un petit amant parmi eux.

LE PRÉSIDENT

Toi, cesse de regarder cet oiseau, tu m'agaces !

AGATHE

Je regrette. C'est la seule chose au monde qui m'intéresse.

LE PRÉSIDENT

Que vas-tu faire, idiote, quand il aura disparu !

AGATHE

C'est ce que je me demande.

ÉGISTHE

Te moques-tu de moi, président ! N'entends-tu pas ces clameurs ?

LE PRÉSIDENT

Je ne partirai pas ! J'aiderai Électre à empêcher votre mariage !

ÉLECTRE

Je n'ai plus besoin de votre aide, président. Votre rôle est fini depuis qu'Agathe m'a donné la clef de tout. Merci, Agathe !

---

1. **Implacable** : que l'on ne peut attendrir.

CLYTEMNESTRE

Quelle clef ?

ÉGISTHE

Venez, reine.

CLYTEMNESTRE

Quelle clef t'a-t-elle donnée ? Quelle nouvelle querelle cherches-tu encore ?

ÉLECTRE

Tu haïssais mon père ! Ah ! Que tout devient clair à la lampe d'Agathe.

CLYTEMNESTRE

Voilà qu'elle recommence, Égisthe. Protégez-moi !

ÉLECTRE

Comme tu l'enviais, Agathe, tout à l'heure. Pouvoir crier sa haine au mari que l'on hait, quelle volupté ! Elle t'a été refusée, mère. Jamais de ta vie tu ne l'auras. Jusqu'au jour de sa mort il aura cru que tu l'admirais, que tu l'adorais ! Souvent, en plein banquet, en pleine cérémonie, je vois ton visage qui fige, tes lèvres qui remuent sans paroles : c'est que tu es prise de l'envie de crier que tu le haïssais, n'est-ce pas, aux passants, aux convives, à la servante qui te verse le vin, au policier qui surveille les voleurs de vaisselle. Pauvre mère, tu n'as jamais pu aller seule dans la campagne et le crier aux roseaux. Tous les roseaux racontent que tu l'adores[1] !

1. Allusion aux roseaux qui trahissent le secret du roi Midas (Apollon s'est vengé de lui en l'affublant d'oreilles d'âne qu'il cache sous une tiare).

Clytemnestre

Écoute, Électre !

Électre

C'est cela, mère, crie-le-moi ! S'il n'est plus là, je suis sa remplaçante. Crie-le-moi ! Cela te sera aussi doux que le crier à lui-même. Tu ne vas quand même pas mourir sans crier que tu le haïssais !

Clytemnestre

Venez, Égisthe !... Tant pis pour l'oiseau !...

Électre

Fais un pas, mère, et j'appelle.

Égisthe

Qui peux-tu appeler, Électre ! Est-il un être au monde pour nous enlever le droit de sauver notre ville ?

Électre

Notre ville d'hypocrisie, de corruption ! Il en est des milliers. Le plus pur, le plus beau, le plus jeune est là, dans cette cour. Si Clytemnestre fait un pas, je l'appelle.

Clytemnestre

Venez, Égisthe !

Électre

Oreste ! Oreste !

Les Euménides surgissent et barrent la route à Électre.

PREMIÈRE EUMÉNIDE

Pauvre fille ! Tu es simple[1] ! Ainsi tu imaginais que nous allions laisser Oreste errer autour de nous, une épée à la main. Les accidents arrivent trop vite dans ce palais. Nous l'avons enchaîné et bâillonné.

ÉLECTRE

Ce n'est pas vrai ! Oreste ! Oreste !

DEUXIÈME EUMÉNIDE

Toi aussi tu vas l'être.

ÉGISTHE

Électre, chère Électre, écoute-moi ! Je veux te convaincre.

CLYTEMNESTRE

Quel temps précieux perdez-vous, Égisthe !

ÉGISTHE

Je viens ! Électre, je sais que toi seule comprends qui je suis aujourd'hui. Aide-moi ! Laisse-moi te dire pourquoi tu dois m'aider !

CLYTEMNESTRE

Mais enfin quelle est cette rage d'explications et de querelles ! Il n'y a pas d'êtres humains, dans cette cour, mais des coqs. Va-t-il falloir nous expliquer jusqu'au sang, en nous crevant les yeux ? Faut-il nous faire emporter tous trois de force, pour que nous arrivions à nous séparer ?

LE PRÉSIDENT

Je crois que c'est le seul moyen, reine !

1. Simple : naïve.

LE CAPITAINE

Je vous en supplie, Égisthe ! Hâtez-vous.

LE MENDIANT

Est-ce que tu n'entends pas ? Égisthe n'a plus qu'à régler pour les siècles l'affaire Agamemnon-Électre-Clytemnestre, et il vient.

LE CAPITAINE

Cinq minutes, et c'est trop tard.

LE MENDIANT

Chacun va y mettre du sien. Elle sera réglée dans cinq minutes.

ÉGISTHE

Emmenez cet homme.

Les gardes emmènent le président. Tous les assistants disparaissent. Silence.

ÉGISTHE

Alors, Électre, que veux-tu ?

Scène 8

LE MENDIANT, ÉLECTRE, CLYTEMNESTRE, ÉGISTHE, *puis* UN MESSAGER

ÉLECTRE

Ce n'est pas qu'elle est en retard, Égisthe. C'est qu'elle ne viendra pas.

ÉGISTHE

De qui parles-tu ?

ÉLECTRE

De celle que vous attendez malgré vous. De la messagère des dieux[1]. Si le règlement divin est un Égisthe absous par l'amour de sa ville, épousant Clytemnestre par mépris du mensonge et pour sauver bourgeoisie et châteaux, c'est le moment où elle devrait se poser entre vous deux, avec ses brevets et ses palmes[2]. Elle ne viendra pas.

ÉGISTHE

Tu sais qu'elle est venue. Le rayon de ce matin sur ma tête, c'était elle.

ÉLECTRE

C'était un rayon du matin. Tout enfant teigneux[3] que touche un rayon au matin se croit roi.

ÉGISTHE

Tu doutes de ma franchise !

ÉLECTRE

Hélas ! Je n'en doute pas ! À votre franchise je reconnais l'hypocrisie des dieux, leur malice. Ils ont changé le parasite en juste, l'adultère en mari, l'usurpateur en roi ! Ils n'ont pas trouvé ma tâche assez pénible. De vous que je méprisais, voilà qu'ils font un bloc

1. Allusion à la déesse Iris, personnification de l'arc-en-ciel.
2. **Brevets, palmes** : titres censés témoigner d'une dignité particulière.
3. **Teigneux** : hargneux, agressif.

d'honneur. Mais il est une mue[1] qui échoue dans leurs mains, celle qui change le criminel en innocent. Sur ce point, ils me cèdent[2].

ÉGISTHE

Je ne sais ce que tu veux dire.

ÉLECTRE

Vous le savez encore un tout petit peu. Prêtez l'oreille, au-dessous de votre grandeur d'âme. Vous entendrez.

ÉGISTHE

Qui me dira de quoi tu parles ?

CLYTEMNESTRE

De qui peut-elle parler ? De quoi a-t-elle jamais parlé dans sa vie ! De ce qu'elle ne connaît pas. D'un père qu'elle ne connaît même pas.

ÉLECTRE

Moi, je ne connais pas mon père ?

CLYTEMNESTRE

D'un père que, depuis l'âge de cinq ans elle n'a ni vu ni touché[3] !

ÉLECTRE

Moi, je n'ai pas touché mon père ?

CLYTEMNESTRE

Tu as touché un cadavre, une glace qui avait été ton père. Ton père, non !

---

1. Mue : transformation.

2. Ils me cèdent : j'ai l'avantage sur eux, je leur suis supérieure.

3. Électre n'a que cinq ans quand Agamemnon part à la guerre.

ÉGISTHE

Je vous en prie, Clytemnestre. Qu'allez-vous discuter en une heure pareille !

CLYTEMNESTRE

Chacun son tour de discuter. Cette fois c'est moi.

ÉLECTRE

Pour une fois tu as raison. C'est là la vraie discussion. De qui me viendrait ma force, de qui me viendrait ma vérité, si je n'avais pas touché mon père vivant ?

CLYTEMNESTRE

Justement. Aussi tu divagues. Je me demande même si tu l'as jamais[1] embrassé. Je veillais à ce qu'il ne lèche pas mes enfants.

ÉLECTRE

Moi, je n'ai pas embrassé mon père !

CLYTEMNESTRE

Le corps déjà froid de ton père, si tu veux. Ton père, non !

ÉGISTHE

Je vous en conjure !

ÉLECTRE

Ah ! Je vois pourquoi tu étais si sûre en face de moi. Tu croyais que j'étais sans armes, tu croyais que je n'avais jamais touché mon père. Quelle erreur !

1. **Jamais** : un jour (sens affirmatif).

Clytemnestre

Tu mens.

Électre

Le jour de son retour, sur l'escalier du palais, vous l'avez attendu tous deux une minute de trop, n'est-ce pas ?

Clytemnestre

Comment le sais-tu, tu n'étais pas là ?

Électre

C'est moi qui l'ai retenu. J'étais dans ses bras.

Égisthe

Écoute-moi, Électre.

Électre

J'avais attendu dans la foule, mère. Je me suis précipitée vers lui. Le cortège était pris de panique. On croyait à un attentat. Mais lui m'a devinée, il m'a souri. Il a compris que c'était l'attentat d'Électre. Père courageux, il s'est offert tout entier ! Et je l'ai touché.

Clytemnestre

Tu as touché ses jambières, son cheval ! Du cuir et du poil !

Électre

Il est descendu, mère. Je l'ai touché aux mains avec ces doigts, je l'ai touché aux lèvres avec ces lèvres. J'ai touché une peau que toi tu n'as pas touchée, épurée de toi par dix ans d'absence.

ÉGISTHE

Il suffit ! Elle te croit !

ÉLECTRE

De ma joue contre sa joue, j'ai appris la chaleur de mon père. Parfois, l'été, le monde entier a juste la tiédeur de mon père. J'en défaille. Et je l'ai étreint de ces bras. Je croyais prendre la mesure de mon amour, c'était aussi celle de ma vengeance. Puis il s'est dégagé ; il est remonté à cheval, plus souple encore, plus étincelant. L'attentat d'Électre était fini ! Il en était plus vivant, plus doré ! Et j'ai couru vers le palais pour le revoir, mais déjà je ne courais plus vers lui, je courais vers vous, vers ses assassins !

ÉGISTHE

Reviens à toi, Électre.

ÉLECTRE

Je peux être essoufflée. J'arrive.

CLYTEMNESTRE

Débarrassez-nous de cette fille, Égisthe. Qu'on la redonne au jardinier ! Qu'on la jette près de son frère !

ÉGISTHE

Arrête, Électre ! Ainsi donc, au moment même où je te vois, où je t'aime, où je suis tout ce qui peut s'entendre avec toi, le mépris des injures, le courage, le désintéressement, tu persistes à engager la lutte ?

ÉLECTRE

Je n'ai que ce moment.

ÉGISTHE

Tu reconnais qu'Argos est en péril ?

ÉLECTRE

Nous différons sur les périls.

ÉGISTHE

Tu reconnais que si j'épouse Clytemnestre, la ville se tait, les Atrides[1] se sauvent. Sinon, c'est l'émeute, c'est l'incendie ?

ÉLECTRE

C'est très possible.

ÉGISTHE

Tu reconnais que seul je puis défendre Argos contre ces Corinthiens[2] qui arrivent déjà aux portes de la ville ? Sinon, c'est le pillage, le massacre ?

ÉLECTRE

Oui. Vous seriez vainqueur.

ÉGISTHE

Et tu t'obstines ! Et tu me ruines dans ma tâche ! Et tu sacrifies à je ne sais quel songe ta famille, ta patrie ?

1. **Atrides** : famille fondée par Atrée, réputée pour sa violence et son immoralité.
2. **Corinthiens** : habitants de Corinthe, ville grecque.

ÉLECTRE

Vous vous moquez de moi, Égisthe ! Vous qui prétendez me connaître, vous me croyez de la race à laquelle on peut dire : Si tu mens, et laisses mentir, tu auras une patrie prospère ? Si tu caches les crimes, ta patrie sera victorieuse ? Quelle est cette pauvre patrie que vous glissez tout à coup entre la vérité et nous !

ÉGISTHE

La tienne, Argos.

ÉLECTRE

Vous tombez mal, Égisthe. À moi aussi, ce matin, à l'heure où l'on vous donnait Argos, il m'a été fait un don. Je l'attendais, il m'était promis, mais je comprenais mal encore ce qu'il devait être. Déjà on m'avait donné mille cadeaux, qui me semblaient dépareillés[1], dont je ne parvenais pas à démêler le cousinage[2], mais cette nuit près d'Oreste endormi, j'ai vu que c'était le même don. On m'avait donné le dos d'un haleur, tirant sur sa péniche, on m'avait donné le sourire d'une laveuse, soudain figée dans son travail, les yeux sur la rivière. On m'avait donné un gros petit enfant tout nu, traversant en courant la rue sous les cris de sa mère et des voisines ; et le cri de l'oiseau pris que l'on relâche ; et celui du maçon que je vis tomber un jour de l'échafaudage, les jambes en équerre. On m'avait donné la plante d'eau qui résiste contre le courant, qui lutte, qui succombe, et le jeune homme malade qui tousse, qui sourit et qui tousse, et les joues de ma servante, quand elles se gonflent tous les matins d'hiver pour aviver la cendre de

1. **Dépareillés** : mal assortis.
2. **Cousinage** : parenté.

mon feu, au moment où elles s'empourprent. Et j'ai cru moi aussi que l'on me donnait Argos, tout ce qui dans Argos était modeste, tendre, et beau, et misérable ; mais tout à l'heure, j'ai su que non. J'ai su que l'on m'a donné toutes les pommettes des servantes, qu'elles soufflent sur le bois ou le charbon, et tous les yeux des laveuses, qu'ils soient ronds ou en amande, et tous les oiseaux volant, et tous les maçons tombant, et toutes les plantes d'eau qui s'abandonnent et se reprennent dans les ruisseaux ou dans les mers. Argos n'était qu'un point dans cet univers, ma patrie une bourgade dans cette patrie. Tous les rayons et tous les éclats dans les visages mélancoliques, toutes les rides et les ombres dans les visages joyeux, tous les désirs et les désespoirs dans les visages indifférents, c'est cela mon nouveau pays. Et c'est ce matin, à l'aube, quand on vous donnait Argos et ses frontières étroites, que je l'ai vu aussi immense et que j'ai entendu son nom, un nom qui ne se prononce pas, mais qui est à la fois la tendresse et la justice.

Clytemnestre

Voilà la devise d'Électre : la tendresse ! Cela suffit ! Partons !

Égisthe

Et cette justice qui te fait brûler ta ville, condamner ta race, tu oses dire qu'elle est la justice des dieux ?

Électre

Je m'en garde. Dans ce pays qui est le mien on ne s'en remet pas aux dieux du soin de la justice. Les dieux ne sont que des artistes. Une belle lueur sur un incendie, un beau gazon sur un champ de bataille, voilà pour eux la justice. Un splendide repentir sur un crime, voilà le verdict que les dieux avaient rendu dans votre cas. Je ne l'accepte pas.

ÉGISTHE

La justice d'Électre consiste à ressasser[1] toute faute, à rendre tout acte irréparable ?

ÉLECTRE

Oh ! non. Il est des années où le gel est la justice pour les arbres, et d'autres l'injustice. Il est des forçats que l'on aime, des assassins que l'on caresse. Mais quand le crime porte atteinte à la dignité humaine, infeste un peuple, pourrit sa loyauté, il n'est pas de pardon.

ÉGISTHE

Sais-tu même ce qu'est un peuple, Électre !

ÉLECTRE

Quand vous voyez un immense visage emplir l'horizon et vous regarder bien en face, d'yeux intrépides et purs, c'est cela un peuple.

ÉGISTHE

Tu parles en jeune fille, non en roi. C'est un immense corps à régir, à nourrir.

ÉLECTRE

Je parle en femme. C'est un regard étincelant, à filtrer, à dorer. Mais il n'a qu'un phosphore[2], la vérité. C'est ce qu'il y a de si beau, quand vous pensez aux vrais peuples du monde, ces énormes prunelles de vérité.

1. **Ressasser** : répéter sans cesse.
2. **Phosphore** : substance produisant de la lumière.

ÉGISTHE

Il est des vérités qui peuvent tuer un peuple, Électre.

ÉLECTRE

Il est des regards de peuple mort qui pour toujours étincellent. Plût au ciel que ce fût le sort d'Argos ! Mais, depuis la mort de mon père, depuis que le bonheur de notre ville est fondé sur l'injustice et le forfait, depuis que chacun, par lâcheté, s'y est fait le complice du meurtre et du mensonge, elle peut être prospère, elle peut chanter, danser et vaincre, le ciel peut éclater sur elle, c'est une cave où les yeux sont inutiles. Les enfants qui naissent sucent le sein en aveugles.

ÉGISTHE

Un scandale ne peut que l'achever.

ÉLECTRE

C'est possible. Mais je ne veux plus voir ce regard terne et veule dans son œil.

ÉGISTHE

Cela va coûter des milliers d'yeux glacés, de prunelles éteintes.

ÉLECTRE

C'est le prix courant. Ce n'est pas trop cher.

ÉGISTHE

Il me faut cette journée. Donne-la-moi. Ta vérité, si elle l'est, trouvera toujours le moyen d'éclater un jour mieux fait pour elle.

ÉLECTRE

L'émeute est le jour fait pour elle.

ÉGISTHE

Je t'en supplie. Attends demain.

ÉLECTRE

Non. C'est aujourd'hui son jour. J'ai déjà trop vu de vérités se flétrir parce qu'elles ont tardé une seconde. Je les connais, les jeunes filles qui ont tardé une seconde à dire non à ce qui était laid, non à ce qui était vil, et qui n'ont plus su leur répondre ensuite que par oui et par oui. C'est là ce qui est si beau et si dur dans la vérité, elle est éternelle mais ce n'est qu'un éclair.

ÉGISTHE

J'ai à sauver la ville, la Grèce.

ÉLECTRE

C'est un petit devoir. Je sauve leur regard... Vous l'avez assassiné, n'est-ce pas ?

CLYTEMNESTRE

Qu'oses-tu dire, fille ! Tout le monde sait que ton père a glissé sur le dallage[1] !

ÉLECTRE

Le monde le sait parce que vous l'avez raconté.

1. C'est l'hypothèse officielle sur la mort d'Agamemnon : celle de l'accident (voir acte I, scène 1).

CLYTEMNESTRE

Il a glissé, folle, puisqu'il est tombé.

ÉLECTRE

Il n'a pas glissé. Pour une raison évidente, éclatante. Parce que mon père ne glissait jamais !

CLYTEMNESTRE

Qu'en sais-tu ?

ÉLECTRE

Depuis huit ans j'interroge les écuyers, les servantes, ceux qui l'escortaient les jours de pluie, de grêle. Jamais il n'a glissé.

CLYTEMNESTRE

La guerre avait passé sur cette légèreté.

ÉLECTRE

J'ai questionné ses compagnons de guerre. Il a franchi le Scamandre[1] sans glisser. Il a pris d'assaut les remparts sans glisser. Il ne glissait ni dans l'eau ni dans le sang.

CLYTEMNESTRE

Il se hâtait ce jour-là. Tu l'avais mis en retard.

ÉLECTRE

C'est moi la coupable, n'est-ce pas ? Voilà la vérité, d'après Clytemnestre. C'est votre avis aussi, Égisthe ? Le meurtrier d'Agamemnon, c'est Électre !

---

1. **Scamandre** : fleuve de la plaine de Troie.

CLYTEMNESTRE

Les servantes avaient trop savonné les dalles. Je le sais. J'ai manqué glisser moi aussi.

ÉLECTRE

Ah ! Tu étais dans la piscine, mère ? Qui t'a retenue ?

CLYTEMNESTRE

Pourquoi n'y aurais-je pas été ?

ÉLECTRE

Avec Égisthe, sans doute ?

CLYTEMNESTRE

Avec Égisthe. Et nous n'étions pas seuls. Il y avait Léon, mon conseiller. N'est-ce pas, Égisthe ?

ÉLECTRE

Léon qui est mort le lendemain ?

CLYTEMNESTRE

Est-il mort le lendemain ?

ÉLECTRE

Oui. Léon aussi a glissé. Il était étendu dans son lit, et au matin on l'a trouvé mort. Il a trouvé le moyen de glisser dans la mort, en plein sommeil, sans bouger, sans glisser. Tu l'avais fait tuer, n'est-ce pas ?

CLYTEMNESTRE

Mais défendez-moi donc, Égisthe ! Je vous crie au secours !

ÉLECTRE

Il ne peut rien pour toi. Tu en es au point où l'on doit se défendre soi-même.

CLYTEMNESTRE

Ô mon Dieu, en être amenée là ! Une mère, une reine !

ÉLECTRE

Où, là ? Apprends-nous comment s'appelle cela, où tu es amenée ?

CLYTEMNESTRE

Par cette fille sans cœur, sans joie ! Ah ! heureusement que ma petite Chrysothémis[1] aime les fleurs !

ÉLECTRE

Je ne les aime pas, les fleurs ?

CLYTEMNESTRE

En être là ! Par ce couloir imbécile qu'est la vie, en être arrivée là ! Moi qui jeune fille n'aimais que le calme, que soigner mes bêtes, rire aux repas, coudre… J'étais si douce, Égisthe ! Je vous jure que j'étais la plus douce. Il y a encore dans ma ville natale des vieillards pour qui la douceur, c'est Clytemnestre !

ÉLECTRE

S'ils meurent aujourd'hui, ils n'auront pas à changer leur symbole. S'ils meurent ce matin.

---

1. Chrysothémis : sœur d'Électre.

CLYTEMNESTRE

En être amenée là ! Quelle injustice ! Je passais mes journées dans la prairie, Égisthe, derrière le palais. Il y avait tant de fleurs que pour les cueillir je ne me courbais pas, je m'asseyais. Mon chien se couchait à mes pieds, celui qui aboya quand Agamemnon vint me prendre. Je le taquinais avec les fleurs. Il les mangeait pour me plaire. Si je l'avais, seulement ! Partout ailleurs, que mon mari ait été perse, égyptien, je serais maintenant bonne, insouciante, gaie ! J'avais de la voix, jeune, j'élevais des oiseaux ! Je serais une reine égyptienne insouciante qui chante, j'aurais une volière égyptienne. Et nous en sommes là ! Qu'est-ce que cette famille, qu'est-ce que ces murs ont fait de nous !

ÉLECTRE

Des assassins… Ce sont de mauvais murs !

UN MESSAGER

Seigneur, ils ont forcé le passage ! La poterne[1] cède.

ÉLECTRE

Sois contente. Ils s'écroulent.

ÉGISTHE

Électre, écoute mon dernier mot. Je passe sur tout, tes chimères, tes injures. Mais ne vois-tu pas que ta patrie agonise !

1. **Poterne** : porte dérobée percée dans les murailles d'une fortification.

ÉLECTRE

Je n'aime pas les fleurs ! Tu crois que cela se cueille assis, les fleurs pour la tombe d'un père ?

CLYTEMNESTRE

Mais qu'il revienne donc, après tout, ce père ! Qu'il cesse de faire le mort ! Quel chantage que cette absence et ce silence ! Qu'il revienne, avec sa pompe[1], sa vanité, avec sa barbe. Elle a dû pousser, dans la tombe. C'est encore préférable !

ÉLECTRE

Que dis-tu ?

ÉGISTHE

Électre, je m'engage à ce que demain, une fois Argos sauvée, les coupables, s'il y a des coupables, disparaissent, et pour toujours. Mais ne t'obstine pas ! Tu es douce, Électre. Au fond de toi-même, tu es douce. Écoute-toi. La ville va périr.

ÉLECTRE

Qu'elle périsse. Je vois déjà mon amour pour Argos incendié et vaincu ! Non ! Ma mère a commencé à insulter mon père, qu'elle achève !

CLYTEMNESTRE

Quelle est cette histoire de coupables ! Que racontez-vous là, Égisthe !

ÉLECTRE

Il vient de dire en un mot tout ce que tu nies !

1. **Pompe** : cortège.

CLYTEMNESTRE

Qu'est-ce que je nie ?

ÉLECTRE

Il vient de dire que tu as laissé tomber Oreste, que j'aime les fleurs, que mon père n'a pas glissé !

CLYTEMNESTRE

Il a glissé ! Je jure qu'il a glissé. S'il y a au monde une vérité, qu'un éclair nous le montre sur le ciel. Tu le verras chavirant, avec tout son bagage !

ÉGISTHE

Électre, tu es en mon pouvoir. Ton frère aussi. Je peux vous tuer. Hier je vous aurais tués. Je m'engage au contraire, dès que l'ennemi sera repoussé, à quitter le trône, à rétablir Oreste dans ses droits !

ÉLECTRE

Là n'est plus la question, Égisthe. Si les dieux pour une fois changent de méthode, s'ils vous rendent sage et juste pour vous perdre, cela les regarde. La question est de savoir si elle osera nous dire pourquoi elle haïssait mon père !

CLYTEMNESTRE

Ah ! tu veux le savoir ?

ÉLECTRE

Mais tu n'oseras pas !

Égisthe

Électre, demain, au pied de l'autel où nous fêterons la victoire, le coupable sera là, car il n'y a qu'un coupable, en vêtement de parricide. Il avouera publiquement le crime. Il fixera lui-même son châtiment. Mais laisse-moi sauver la ville.

Électre

Vous vous êtes sauvé vis-à-vis de vous-même, aujourd'hui, Égisthe, et vis-à-vis de moi. C'est suffisant. Non, je veux qu'elle achève !

Clytemnestre

Ah ! tu veux que j'achève !

Électre

Je t'en défie !

Un messager

Ils entrent dans les cours intérieures, Égisthe !

Égisthe

Partons, reine !

Clytemnestre

Oui, je le haïssais. Oui, tu vas savoir enfin ce qu'il était, ce père admirable ! Oui, après vingt ans, je vais m'offrir la joie que s'est offerte Agathe !... Une femme est à tout le monde. Il y a tout juste au monde un homme auquel elle ne soit pas. Le seul homme auquel je n'étais pas, c'était le roi des rois, le père des pères, c'était lui ! Du jour où il est venu m'arracher à ma maison, avec sa barbe bouclée, de cette main dont il relevait toujours le petit doigt, je l'ai haï. Il le relevait pour boire, il le relevait pour conduire, le cheval s'emballât-il, et quand il tenait son sceptre[1], et quand il me tenait moi-même, je ne sentais sur mon dos que la pression de quatre doigts : j'en étais folle, et quand dans l'aube il livra à la mort ta sœur Iphigénie, horreur, je voyais aux deux mains le petit doigt se détacher sur le soleil ! Le roi des rois, quelle dérision ! Il était pompeux[2], indécis, niais. C'était le fat[3] des fats, le crédule des crédules. Le roi des rois n'a jamais été que ce petit doigt et cette barbe que rien ne rendait lisse. Inutile, l'eau du bain, sous laquelle je plongeais sa tête, inutile la nuit de faux amour, où je la tirais et l'emmêlais, inutile cet orage de Delphes sous lequel les cheveux des danseuses n'étaient plus que des crins ; de l'eau, du lit, de l'averse, du temps, elle ressortait en or, avec ses annelages[4]. Et il me faisait signe d'approcher, de cette main à petit doigt, et je venais en souriant. Pourquoi ?... Et il me disait de baiser cette bouche au milieu de cette toison, et j'accourais pour la baiser. Et je la baisais. Pourquoi ?... Et quand au réveil, je le trompais, comme Agathe, avec le bois de mon lit, un bois plus relevé, évidemment, plus royal, de l'amboine[5], et qu'il me disait de lui parler, et que je le savais vaniteux, vide aussi, banal, je lui disais qu'il était la modestie, l'étrangeté, aussi, la splendeur. Pourquoi ?... Et s'il insistait tant soit peu, bégayant, lamentable, je lui jurais

1. Sceptre : bâton, symbole de pouvoir.
2. Pompeux : solennel, de manière excessive.
3. Fat : prétentieux.
4. Annelages : néologisme pour « annelures », cheveux coiffés sous forme d'anneaux. Ici, référence aux poils bouclés de la barbe d'Agamemnon.
5. Amboine : bois rare et précieux.

qu'il était un dieu. Roi des rois, la seule excuse de ce surnom est qu'il justifie la haine de la haine. Sais-tu ce que j'ai fait, le jour de son départ, Électre, son navire encore en vue ? J'ai fait immoler[1] le bélier le plus bouclé, le plus indéfrisable, et je me suis glissée vers minuit, dans la salle du trône, toute seule, pour prendre le sceptre à pleines mains ! Maintenant tu sais tout. Tu voulais un hymne[2] à la vérité : voilà le plus beau !

Électre

Ô mon père, pardon !

Égisthe

Venez, reine.

Clytemnestre

Qu'on saisisse d'abord cette fille. Qu'on l'enchaîne.

Électre

Me pardonneras-tu jamais de l'avoir entendue, ô mon père ! Est-ce qu'il ne faut pas qu'elle meure, Égisthe !

Égisthe

Adieu, Électre.

Électre

Tuez-la, Égisthe. Et je vous pardonne.

---

1. Immoler : sacrifier.

2. Hymne : chant ou poème en l'honneur de quelque chose ou de quelqu'un.

CLYTEMNESTRE

Ne la laissez pas libre, Égisthe. Ils vont vous poignarder dans le dos.

ÉGISTHE

C'est ce que nous allons voir… Laissez Électre… Déliez Oreste.

Égisthe et Clytemnestre sortent.

ÉLECTRE

L'oiseau descend, mendiant, l'oiseau descend.

LE MENDIANT

Tiens, c'est un vautour[1].

---

1. Le **vautour** est un oiseau de mauvais augure.

Acte II, scène 8

Vers le dénouement

1

Pourquoi cette scène marque-t-elle le point d'aboutissement du conflit entre Électre et Clytemnestre ?

- Électre et Clytemnestre s'opposent autour du **souvenir** qu'elles ont d'Agamemnon. Égisthe participe à ce conflit.
- Électre demande la **vérité**. Elle veut savoir pourquoi sa mère haïssait son père. Elle ne croit pas à la version officielle de sa mort. Elle veut mener l'enquête jusqu'au bout.
- Clytemnestre, dans une longue tirade, se montre **sincère** : elle avoue qu'elle haïssait son mari. Elle livre à Électre « un hymne à la vérité ».

2

Dans quelle mesure la scène traduit-elle l'opposition entre le cœur et la raison d'État ?

- Électre vit dans le **passé**. Elle ne se préoccupe pas des menaces qui pèsent sur la patrie. Égisthe lui reproche de ne pas prendre en compte l'intérêt supérieur d'Argos.
- Pour Électre, l'intérêt de la patrie ne peut pas être de vivre dans le mensonge. Au-delà des intérêts d'Argos, elle défend ceux de l'humanité. Elle oppose des **arguments moraux** à la **politique** de Clytemnestre et d'Égisthe.

3

Comment Giraudoux nous annonce-t-il que le dénouement est proche ?

- Clytemnestre demande que l'on arrête Électre, et cette dernière voudrait la mort de sa mère. Égisthe choisit de laisser libres Électre et Oreste. On pourrait avoir l'**illusion** d'un dénouement apaisé.
- Mais le spectateur n'a aucune raison d'être confiant. L'arrivée du vautour annonce un dénouement **tragique**.

DÉFINITION CLÉ

Le dénouement

- Le dénouement succède à la crise. Il **résout** les problèmes des personnages. Il s'agit de défaire le nœud de l'action principale.
- Il doit être **rapide** (et éventuellement ménager des effets de surprise), **complet** (concerner tous les personnages) et **vraisemblable**.
- Il est **heureux** dans la comédie (souvent un mariage). Dans la tragédie, il est souvent **marqué par la mort**.

Scène 9

LE MENDIANT, ÉLECTRE, LA FEMME NARSÈS, MENDIANTS, *puis* ORESTE

LE MENDIANT

Te voilà, femme Narsès ?

LA FEMME NARSÈS

Nous arrivons, tous les mendiants, pour sauver Électre et son frère, les infirmes, les aveugles, les boiteux.

LE MENDIANT

La Justice, quoi !

LA FEMME NARSÈS

Ils sont là, à délier Oreste…

Une foule de mendiants est entrée peu à peu.

LE MENDIANT

Comment ils l'ont tué, femme Narsès, écoute. Voici comme tout s'est passé et jamais je n'invente. C'est la reine qui a eu l'idée de savonner les marches qui descendent à la piscine. Ils ont fait cela à eux deux. Alors que toutes les ménagères pour le retour d'Agamemnon savonnaient leur seuil, la reine et son amant savonnaient le seuil de sa mort. On peut imaginer quelles mains propres ils avaient, ils lui ont offertes quand Agamemnon est entré. Et alors comme il tendait les bras vers elle, il a glissé, ton père, Électre. Tu as raison, excepté sur ce point. Il a glissé jusqu'au milieu des dalles, et le fracas de la chute, à cause de la cuirasse et du casque était bien celui d'un roi qui tombe, car tout était de l'or. Et c'est elle qui s'est précipitée, pour le relever, croyait-il, mais qui l'a maintenu. Il ne comprenait pas. Il ne comprenait pas sa femme chérie qui le maintenait à terre, il se demandait si c'était dans un élan d'amour, mais alors pourquoi cet Égisthe restait-il ? Il était indiscret, ce jeune Égisthe, et maladroit. On verrait pour son avancement. Il peut être vexé, le maître du monde, qui tombe en rentrant chez lui, qui a pris Troie, qui sort de passer la grande revue navale, et l'équestre, et la pédestre, et qui vous dégringole sur le dos, avec son bruit de vaisselle, même si sa barbe reste intacte et bouclée, devant sa femme amoureuse et le jeune porte-enseigne[1]. D'autant plus que cela pouvait être un mauvais présage. Cette chute pouvait vouloir dire qu'il mourrait dans un an, dans cinq ans. Mais, ce qu'il trouvait singulier, c'est que son épouse bien-aimée l'eût saisi aux poignets et pesât de tout son poids pour le clouer sur le dos, comme la pêcheuse maintient les grosses tortues échouées, celles qui viennent par le détroit. Elle avait tort. Elle n'en était pas plus belle, ainsi penchée, avec le sang à la tête, et le cou qui prenait ses plis. Ce n'était pas comme le jeune Égisthe, qui essayait de lui tirer son épée, pour lui éviter du mal évidemment, et qui, à chaque seconde, devenait beau, de plus en plus beau. Et, ce qui était extraordinaire, c'est que tous deux étaient muets. Lui leur parlait : Chère femme, disait-il, comme tu es forte ! Jeune homme, disait-il, prends l'épée par la garde[2] ! Et eux étaient muets ; on avait oublié de lui dire cela pendant ses dix ans d'absence, la reine était une muette, les écuyers étaient des muets. Muets ils étaient comme ceux qui préparent une malle quand le départ presse. Ils avaient quelque chose à faire, mais vite,

1. Porte-enseigne : porte-drapeau.
2. Garde : partie de l'arme destinée à protéger la main.

avant que personne pût entrer. Quel bagage avaient-ils à faire si vite ? Et soudain le coup de pied donné par Égisthe au casque lui apprit tout, comme au mourant le coup de pied donné à son chien. Et il cria : Femme, lâche-moi ! Femme, que fais-tu là ? Elle se gardait de dire ce qu'elle faisait. Elle ne pouvait lui répondre : je te tue, je t'assassine. Mais elle se le disait tout bas à elle-même ; je le tue parce qu'il n'y a pas un seul poil gris dans cette barbe, je l'assassine parce que c'est le seul moyen d'assassiner ce petit doigt. Des dents, elle avait délié le lacet de la cuirasse, et les lèvres d'or déjà s'écartaient, et Égisthe – ah ! voilà pourquoi il était beau, Égisthe ! Cette beauté, Agamemnon l'avait vue envahir Achille tuant Hector, Ulysse tuant Dolon[1] – approchait, l'épée renversée. Alors le roi des rois donna de grands coups de pied dans le dos de Clytemnestre, à chacun elle sursautait toute, la tête muette sursautait et se crispait, et il cria, et alors pour couvrir la voix, Égisthe poussait de grands éclats de rire, d'un visage rigide. Et il plongea l'épée. Et le roi des rois n'était pas ce bloc d'airain[2] et de fer qu'il imaginait, c'était une douce chair, facile à transpercer comme l'agneau ; il y alla trop fort, l'épée entailla la dalle. Les assassins ont tort de blesser le marbre, il a sa rancune : c'est à cette entaille que moi j'ai deviné le crime. Alors il cessa de lutter ; entre cette femme de plus en plus laide et cet homme de plus en plus beau, il se laissa aller ; la mort a ceci de bon qu'on peut se confier à elle ; c'était sa seule amie dans ce guet-apens, la mort ; elle avait d'ailleurs un air de famille, un air qu'il reconnaissait, et il appela ses enfants, le garçon d'abord, Oreste, pour le remercier de le venger un jour, puis la fille, Électre, pour la remercier de prêter

1. Allusion à des épisodes de la guerre de Troie. Dolon était un espion troyen.
2. Airain : alliage du cuivre, proche du bronze.

ainsi pour une minute son visage et ses mains à la mort. Et Clytemnestre ne le lâchait pas, une mousse à ses lèvres, et Agamemnon voulait bien mourir, mais pas que cette femme crachât sur son visage, sur sa barbe. Et elle ne cracha pas, tout occupée à tourner autour du corps, à cause du sang qu'elle évitait aux sandales, elle tournait dans sa robe rouge, et lui déjà agonisait, et il croyait voir tourner autour de lui le soleil. Puis vint l'ombre. C'est que soudain, chacun d'eux par un bras l'avait retourné contre le sol. À la main droite quatre doigts déjà ne bougeaient plus. Et puis, comme Égisthe avait retiré l'épée sans y penser, ils le retournèrent à nouveau, et lui la remit bien doucement, bien posément dans la plaie. Et ce jeune Égisthe éprouvait de la gratitude pour ce mort qui la seconde fois se laissait tuer si doucement, si doucement. On en tuerait des douzaines, de rois des rois, si c'était cela le meurtre. Mais la haine de Clytemnestre grandissait pour celui qui s'était débattu si bêtement, si férocement, car elle savait que chaque nuit elle verrait dans un cauchemar ce massacre. Et c'est bien ce qui arriva. Et c'est bien là le compte de son crime. Voilà sept ans qu'elle l'a tué : elle l'a tué trois mille fois.

Oreste est entré pendant le récit.

La femme Narsès

Voilà le jeune homme ! Qu'il est beau !

Le mendiant

De la beauté du jeune Égisthe.

Oreste

Où sont-ils, Électre ?

ÉLECTRE

Oreste chéri !

LA FEMME NARSÈS

Dans la cour du sud.

ORESTE

À tout à l'heure, Électre, et pour toujours !

ÉLECTRE

Va, mon amour.

ORESTE

Pourquoi t'interrompre, mendiant ? Continue. Raconte-leur la mort de Clytemnestre et d'Égisthe !

Il sort l'épée en main.

LA FEMME NARSÈS

Raconte, mendiant.

LE MENDIANT

Deux minutes. Laisse-lui le temps d'arriver.

ÉLECTRE

Il a son épée ?

LA FEMME NARSÈS

Oui, ma fille.

LE MENDIANT

Tu n'es pas folle d'appeler la princesse ta fille ?

LA FEMME NARSÈS

Je l'appelle ma fille. Je ne lui dis pas qu'elle est ma fille. Je l'ai pourtant vu souvent, son père. Oh ! mon Dieu, le bel homme !

ÉLECTRE

Il avait une barbe, n'est-ce pas ?

LA FEMME NARSÈS

Pas une barbe. Un soleil. Un soleil annelé, ondulé. Un soleil d'où venait de se retirer la mer. Il y passait sa main. La plus belle main que j'aie vue au monde...

ÉLECTRE

Appelle-moi ta fille, femme Narsès, je suis ta fille... On a crié !

LA FEMME NARSÈS

Non, ma fille !

ÉLECTRE

Tu es sûre qu'il avait son épée, qu'il ne s'est pas trouvé devant eux sans épée ?

LA FEMME NARSÈS

Tu l'as bien vu passer ! Il en avait mille ! Calme-toi. Calme-toi.

ÉLECTRE

Qu'elle était longue la minute où tu as attendu au seuil de la piscine, ô ma mère !

LA FEMME NARSÈS

Si tu racontais, toi ! Tout sera fini que nous ne saurons rien !

LE MENDIANT

Une minute. Il les cherche. Voilà ! Il les rejoint !

LA FEMME NARSÈS

Oh ! Moi, je peux attendre. C'est doux de la toucher, cette petite Électre. Je n'ai que des garçons, des bandits. Heureuses les mères qui ont des filles !

ÉLECTRE

Oui… Heureuses… On a crié, cette fois !

LA FEMME NARSÈS

Oui, ma fille.

LE MENDIANT

Alors voici la fin. La femme Narsès et les mendiants délièrent Oreste. Il se précipita à travers la cour. Il ne toucha même pas, il n'embrassa même pas Électre. Il a eu tort. Il ne la touchera jamais plus. Et il atteignit les assassins comme ils parlementaient avec l'émeute, de la niche en marbre. Et comme Égisthe penché disait aux meneurs que tout allait bien, et que tout désormais irait bien, il entendit crier dans son dos une bête qu'on saignait. Et ce n'était pas une bête qui criait, c'était Clytemnestre. Mais on la saignait. Son fils la saignait. Il avait frappé au hasard sur le couple, en fermant les yeux. Mais tout est sensible et mortel dans une mère, même indigne. Et elle n'appelait ni Électre, ni Oreste, mais sa dernière fille Chrysothémis, si bien qu'Oreste avait l'impression que c'était une autre mère, une mère innocente qu'il tuait. Et elle se cramponnait au bras droit d'Égisthe. Elle avait raison, c'était sa seule chance désormais dans la vie de se tenir un peu debout. Mais elle empêchait Égisthe de dégainer. Il la secouait pour reprendre son bras, rien à faire. Et elle était trop lourde aussi pour servir de bouclier. Et il y avait encore cet oiseau qui le giflait de ses ailes et l'attaquait du bec. Alors il lutta. Du seul bras gauche sans armes, une reine morte au bras droit avec colliers et pendentifs, désespéré de mourir en criminel quand tout de lui était devenu pur et sacré, de combattre pour un crime qui n'était plus le sien et, dans tant de loyauté et d'innocence, de se trouver l'infâme en face de ce parricide, il lutta de sa main que l'épée découpait peu à peu, mais le lacet de sa cuirasse se prit dans une agrafe de Clytemnestre, et elle s'ouvrit. Alors il ne résista plus, il secouait seulement son bras droit, et l'on sentait que s'il voulait maintenant se débarrasser de la reine, ce n'était plus pour combattre seul, mais pour mourir seul, pour être couché dans la mort loin de Clytemnestre. Et il n'y est pas parvenu. Et il y a pour l'éternité un couple Clytemnestre-Égisthe. Mais il est mort en criant un nom que je ne dirai pas.

LA VOIX D'ÉGISTHE, *au-dehors*

Électre…

LE MENDIANT

J'ai raconté trop vite. Il me rattrape.

Scène 10

LE MENDIANT, ÉLECTRE, LA FEMME NARSÈS, MENDIANTS, LES EUMÉNIDES, UN SERVITEUR

Les Euménides ont juste l'âge[1] *et la taille d'Électre.*

UN SERVITEUR

Fuyez, vous autres, le palais brûle !

PREMIÈRE EUMÉNIDE

C'est la lueur qui manquait à Électre. Avec le jour et la vérité, l'incendie lui en fait trois.

DEUXIÈME EUMÉNIDE

Te voilà satisfaite, Électre ! La ville meurt !

ÉLECTRE

Me voilà satisfaite. Depuis une minute, je sais qu'elle renaîtra.

TROISIÈME EUMÉNIDE

Ils renaîtront aussi, ceux qui s'égorgent dans les rues ? Les Corinthiens ont donné l'assaut, et massacrent.

ÉLECTRE

S'ils sont innocents, ils renaîtront.

PREMIÈRE EUMÉNIDE

Voilà où t'a menée l'orgueil, Électre ! Tu n'es plus rien ! Tu n'as plus rien !

1. Les Euménides ont donc vingt et un ans.

ÉLECTRE

J'ai ma conscience, j'ai Oreste, j'ai la justice, j'ai tout.

DEUXIÈME EUMÉNIDE

Ta conscience ! Tu vas l'écouter, ta conscience, dans les petits matins qui se préparent. Sept ans tu n'as pu dormir à cause d'un crime que d'autres avaient commis. Désormais, c'est toi la coupable.

ÉLECTRE

J'ai Oreste. J'ai la justice. J'ai tout.

TROISIÈME EUMÉNIDE

Oreste ? Plus jamais tu ne reverras Oreste. Nous te quittons pour le cerner. Nous prenons ton âge et ta forme pour le poursuivre. Adieu. Nous ne le lâcherons plus, jusqu'à ce qu'il délire et se tue, maudissant sa sœur.

ÉLECTRE

J'ai la justice. J'ai tout.

LA FEMME NARSÈS

Que disent-elles ? Elles sont méchantes ! Où en sommes-nous, ma pauvre Électre, où en sommes-nous !

ÉLECTRE

Où nous en sommes ?

LA FEMME NARSÈS

Oui, explique ! Je ne saisis jamais bien vite. Je sens évidemment qu'il se passe quelque chose, mais je me rends mal compte. Comment cela s'appelle-t-il, quand le jour se lève, comme aujourd'hui, et que tout est gâché ; que tout est saccagé, et que l'air pourtant se respire, et qu'on a tout perdu, que la ville brûle, que les innocents s'entretuent, mais que les coupables agonisent, dans un coin du jour qui se lève ?

ÉLECTRE

Demande au mendiant. Il le sait.

LE MENDIANT

Cela a un très beau nom, femme Narsès. Cela s'appelle l'aurore.

RIDEAU

L'anthologie sur

La tragédie

La tragédie est un genre théâtral né en Grèce antique. Elle a une fonction à la fois religieuse et politique : liée au culte des dieux, elle permet aussi aux citoyens de se retrouver autour d'un spectacle qui les invite à s'interroger sur leur capacité à vivre ensemble.

Au XVIIe siècle, ce genre s'impose comme le plus noble de tous. Corneille et Racine s'inspirent de l'Antiquité pour mettre en scène les passions humaines. Ils obéissent à des règles bien définies (règle des trois unités, bienséance…), qui sont contestées dès le XVIIIe siècle, avant que le romantisme ne s'en éloigne définitivement.

Au XXe siècle, on assiste au renouveau du tragique, qui s'appuie parfois sur une inspiration mythologique. Alors que le registre tragique est très présent au théâtre, la tragédie comme genre semble toutefois avoir laissé place à des genres moins codifiés, plus susceptibles de traduire la complexité de l'Histoire.

■ La naissance de la tragédie (Antiquité)

La tragédie (étymologiquement « chant du bouc », animal que l'on sacrifie avant la représentation) est jouée à l'occasion des fêtes de Dionysos[1]. Elle donne à voir sur scène les passions et les souffrances des hommes.

Trois grands dramaturges nous sont connus : Eschyle (v. 525-456 av. J.-C.), Sophocle (v. 495-406 av. J.-C.) et Euripide (480-406 av. J.-C.). Ils écrivent pour l'essentiel au Ve siècle avant J.-C., au moment où Athènes connaît la démocratie. L'Antiquité latine a hérité de cette tradition grecque.

1. **Dionysos** : dieu du vin et de l'inspiration.

La définition de la tragédie

Le philosophe grec Aristote (384-322 av. J.-C.) est le grand théoricien de la tragédie, avec sa *Poétique* qui a eu une influence considérable jusqu'à l'âge classique. Au XXe siècle, Jacqueline de Romilly (1913-2010), célèbre helléniste, analyse les origines de la tragédie grecque et la réflexion sur l'homme qu'elle révèle.

Texte 1

TRAITÉ

ARISTOTE, *Poétique*, trad. Ch.-E. Ruelle ♦ chap. VI

Aristote définit la tragédie comme une imitation de la nature. Elle doit susciter la terreur et la pitié, afin de permettre au spectateur de se libérer de ses passions et de favoriser ainsi les bonnes mœurs dans la cité.

La tragédie est l'imitation d'une action grave et complète, ayant une certaine étendue, présentée dans un langage rendu agréable et de telle sorte que chacune des parties qui la composent subsiste séparément, se développant avec des personnages qui agissent, et non au moyen d'une narration, et opérant par la pitié et la terreur la purgation[1] des passions de la même nature. J'entends par « langage rendu agréable » celui qui réunit le rythme, l'harmonie et le chant, et par les mots « que chaque partie subsiste séparément » j'entends que quelques-unes d'entre elles sont réglées seulement au moyen des mètres[2], et d'autres, à leur tour, par la mélodie.

1. Le spectateur est « purgé » de ses passions, c'est-à-dire qu'il en est libéré, en voyant les conséquences néfastes qu'elles ont sur le destin des personnages.

2. Mètres : unités rythmiques des vers antiques.

Texte 2

ESSAI

JACQUELINE DE ROMILLY, *La Tragédie grecque* (1970) © PUF

Jacqueline de Romilly rappelle que la tragédie a une origine sacrée. Elle est indissociable du culte de Dionysos.

Tout d'abord – on l'a dit et redit – la tragédie grecque a sans nul doute une origine religieuse.

Cette origine était encore fortement sensible dans les représentations de l'Athènes classique. Et celles-ci relèvent ouvertement du culte de Dionysos[1].

On ne jouait de tragédies qu'aux fêtes de ce dieu. La grande occasion, à l'époque classique, était la fête des Dionysies urbaines, qui se célébrait au printemps ; mais il y avait aussi des concours de tragédie à la fête des Lénéennes, qui se déroulait vers la fin de décembre. La représentation elle-même s'insérait donc dans un ensemble éminemment religieux ; elle s'accompagnait de processions et de sacrifices. D'autre part, le théâtre où elle avait lieu, et dont on visite encore aujourd'hui les restes, fut, à diverses reprises, reconstruit mais c'était toujours le « théâtre de Dionysos », avec un beau siège de pierre pour le prêtre de Dionysos et un autel du dieu au centre, là où évoluait le chœur. Ce chœur lui-même, par sa seule présence, évoquait le lyrisme religieux. Et les masques que portaient choreutes et acteurs font assez facilement penser à des fêtes rituelles de type archaïque.

Tout cela trahit une origine liée au culte, et peut assez bien se concilier avec ce que dit Aristote[2] [...] : selon lui, la tragédie serait née d'improvisations ; elle serait issue de formes lyriques comme le dithyrambe (qui était un chant choral en l'honneur de Dionysos) ; elle serait donc, de même que la comédie, l'élargissement d'un rite.

1. Dionysos : dieu du vin et de l'inspiration.

2. Aristote (384-322 av. J.-C.) : philosophe grec, auteur notamment de la *Poétique*, ouvrage dans lequel il traite essentiellement du genre tragique.

La tragédie grecque

La tragédie grecque propose diverses péripéties et se termine par une catastrophe, qui se traduit souvent par la mort d'un ou de plusieurs personnages. Elle met en scène des personnages caractérisés par leur orgueil (l'*hubris*), qui les pousse vers des actions condamnables. Mais le héros tragique n'est pas tout à fait coupable : il est surtout dominé par son destin. Le chœur est l'une des spécificités de la tragédie grecque. Composé de différents choreutes, il est dirigé par le coryphée.

Texte 3

TRAGÉDIE

ESCHYLE, *Les Perses* (472 av. J.-C.), trad. A. Pierron

Cette pièce d'Eschyle est la plus ancienne tragédie dont on ait conservé le texte. Dans ce passage, le courrier, c'est-à-dire le messager, vient faire le récit à la reine Atossa, qui est aussi la mère de Xerxès, chef des Perses, de la défaite de l'armée perse contre les Grecs. Cette défaite est vue comme l'œuvre du destin.

ATOSSA. – Je suis longtemps restée sans voix, interdite[1], accablée par l'affreuse nouvelle. Ce malheur est si grand, que je n'ai pas le courage de parler, de demander le récit de nos infortunes. Cependant, quand ce sont les dieux qui infligent la souffrance, force est bien aux mortels de la subir. *(Au courrier.)* Déroule à nos yeux toute la catastrophe ; remets tes esprits ; parle, quelques sanglots qui t'oppressent au sentiment de nos maux. Qui a survécu ? qui devons-nous pleurer d'entre les chefs de peuples, d'entre ceux qui portaient le sceptre du commandement, et dont la place est restée vide par la mort ?

LE COURRIER. – D'abord, quant à Xerxès, il vit et voit la lumière.

ATOSSA. – Ah ! cette parole, c'est pour ma maison une clarté brillante ; c'est le jour éclatant après une sombre nuit.

1. **Interdite** : frappée de stupeur.

LE COURRIER. – Mais Artembarès, le chef de dix mille cavaliers, a été tué sur les rochers escarpés de Silénie. Dadacès, qui commandait mille hommes, frappé d'un coup de lance, est tombé précipité de son bord. Ténagon, le plus brave des guerriers nés dans la Bactriane[1], est resté sur cette île d'Ajax tant battue des vagues. Lilée, Arsamès, Argestès, abattus tous les trois sur le rivage de l'île où pullulent les colombes, se sont brisé la tête contre les rochers. Arctée, le fils de la contrée voisine des sources du Nil ; avec lui, Adévès ; un troisième, Pheresséyès, Pharnuque enfin, sont tombés du même vaisseau. Celui qui commandait à dix mille cavaliers, Matallus de Chryse est mort ; sa barbe rousse, épaisse, au poil hérissé, dégouttait de son sang ; son corps s'est teint de la couleur de la pourpre[2]. Le mage Arabus, Artamès le Bactrien, ce chef de trente mille cavaliers aux coursiers[3] noirs, ne sortiront plus de l'âpre contrée ; ils y ont péri, et comme eux Amestris, Amphistrée, celui dont la main agitait une lance infatigable, le valeureux Ariomardus, qui sera regretté dans Sardes, Sisame le Mysien. Tharybis, qui conduisait deux cent cinquante vaisseaux, Tharybis de Lyrnée ce beau guerrier, est gisant sur la terre : l'infortuné a misérablement péri. Syennésis, le plus intrépide des chefs, le commandant des Cilices, est mort avec gloire : son trépas a coûté cher aux ennemis. Voilà les chefs dont je me rappelle les noms ; mais ce n'est là que la moindre partie de nos pertes.

ATOSSA. – Hélas ! hélas ! Irréparables désastres ! Quelle honte pour les Perses ! Quelles lamentations vont retentir ! Mais reviens à ton récit. Combien les Grecs avaient-ils de vaisseaux, dis-moi, pour oser engager le combat avec la flotte des Perses !

---

1. **Bactriane** : région considérée comme le berceau de l'Empire perse.
2. **Pourpre** : rouge foncé.
3. **Coursiers** : chevaux.

LE COURRIER. – Quant au nombre des vaisseaux, sois sûre que les Barbares[1] l'emportaient de beaucoup. Les Grecs avaient au plus trois cents navires ; encore dix de ces navires formaient-ils une réserve. Xerxès, j'en suis garant, conduisait mille vaisseaux, sans compter ses fins voiliers au nombre de deux cent sept. Voilà la vérité. Notre flotte, comme tu vois, était loin d'être inférieure en forces. Mais un dieu a mis le poids de nos destins et des leurs sur une balance inégale, et c'est ainsi que notre armée a dû périr.

Texte 4

TRAGÉDIE

EURIPIDE, *Andromaque* (v. 425 av. J.-C.), trad. M. Artaud

Le mari d'Andromaque, le chef troyen Hector, a été tué pendant la guerre de Troie. Le fils du Grec Achille fait alors d'Andromaque sa captive et elle lui donne un fils. Mais Achille se marie avec Hermione. Le chœur, en tant que représentant du bon sens populaire, vient déplorer cette attitude.

LE CHŒUR. – Jamais je n'approuverai le mortel qui forme un double hymen[2], et qui a des enfants de plusieurs mères, source de discorde et d'amers chagrins dans les familles. Puisse mon époux se contenter de mon seul amour, et ne jamais admettre de rivales dans ma couche ! Dans les États, deux autorités ne sont pas plus faciles à supporter qu'une seule : c'est un fardeau ajouté à un autre, et une cause de sédition[3] parmi les citoyens. Les Muses mêmes allument la discorde entre deux poètes qui travaillent au même ouvrage.

Quand les vents rapides poussent les navires, deux pilotes assis au gouvernail et une foule de sages ont moins de force qu'un seul moins habile, mais seul maître absolu. Le pouvoir d'un seul est nécessaire dans les cités comme dans les familles, quand on veut saisir l'à-propos.

1. **Les Barbares** : les Perses. Les Grecs désignaient ainsi les peuples étrangers.
2. **Hymen** : mariage.
3. **Sédition** : révolte.

La fille du roi de Sparte[1] le prouve par son exemple : elle a porté le feu dans un autre ménage ; elle immole à la triste discorde la Troyenne[2] infortunée, avec son enfant. Meurtre sacrilège, injuste, dénaturé ! Un jour, Hermione, tu seras en proie au repentir de ces attentats.

La tragédie latine

Texte 5

TRAGÉDIE

SÉNÈQUE, *Médée* (Ier siècle), trad. M.-E. Greslou ♦ acte v, scène 1

Le dramaturge latin Sénèque (v. 4 av. J.-C.-65 apr. J.-C.) s'inspire certainement des tragiques grecs. Son théâtre est caractérisé par la violence, voire l'horreur. Le personnage se définit par sa souffrance (dolor), *qui le pousse à une folie violente* (furor) *et au crime impie* (nefas). *Le dénouement de la tragédie traduit la folie criminelle de Médée : abandonnée par Jason, folle de jalousie, après avoir tué sa rivale, elle se prépare à égorger ses propres enfants.*

Médée. – Moi, fuir ! Si j'étais partie d'abord, je reviendrais pour ce spectacle. J'aime à voir la cérémonie de ce nouvel hymen[3]. Ô mon âme, pourquoi t'arrêter ? Poursuis, après un si heureux commencement. Cette joie que tu goûtes n'est qu'une faible partie de ta vengeance. Tu aimes encore, insensée que tu es, si c'est assez pour toi d'avoir privé Jason d'une épouse[4]. Il faut chercher pour lui un châtiment encore ignoré, qui sera pour toi-même un témoignage de ta puissance. Il faut briser les liens les plus sacrés, étouffer tout remords. La vengeance est peu de chose, quand elle ne laisse aucune tache aux mains qui l'exercent.

1. Il s'agit d'Hermione. Son père, Ménélas, était roi de Sparte.
2. Il s'agit d'Andromaque.
3. **Hymen** : mariage.
4. Créüse est cette épouse victime de la jalousie de Médée, qui l'a tuée.

Ranime tes ressentiments, attise ta colère et cherche dans le fond de ton cœur tout ce qui s'y est amassé de violence et de fureur. Que tout ce que tu as fait jusqu'ici paraisse juste et honnête à côté de ce que tu vas faire. Allons, il faut montrer combien légers, combien vulgaires sont les crimes que j'ai commis pour un autre. Ce n'était que le prélude et l'essai de mes propres vengeances. Quel grand forfait pouvait commettre ma main sans expérience ? Que pouvait la fureur d'une vierge timide ? Maintenant je suis Médée, et mon génie s'est fortifié dans le crime.

[…] Plût au ciel que mon parjure[1] époux eût quelques enfants de ma rivale ! Mais ceux que tu as de lui, suppose qu'ils sont nés de Créüse. J'aime cette vengeance, et c'est avec raison que je l'aime ; car c'est le crime qui doit couronner tous mes crimes. Mon âme, allons, prépare-toi : enfants, qui fûtes autrefois les miens, c'est à vous d'expier les forfaits de votre père.

Mais je frémis ; une froide horreur glace tous mes membres, et mon cœur se trouble. La colère est sortie de mon sein, et la vengeance de l'épouse a fait place à toutes les affections de la mère. Quoi ! je répandrais le sang de mes fils, des enfants que j'ai mis au monde ? C'en est trop, ô mon âme égarée ; ce forfait inouï, ce meurtre abominable, je ne veux pas le commettre. Quel est le crime de ces malheureux enfants ? Leur crime, c'est d'avoir Jason pour père, et surtout Médée pour mère. Qu'ils meurent, car ils ne sont pas à moi ; qu'ils périssent, car ils sont à moi. Ils ne sont coupables d'aucun crime, d'aucune faute ; ils sont innocents : je l'avoue… mon frère[2] aussi était innocent.

Mon âme, pourquoi balancer ? pourquoi ces pleurs qui coulent de mes yeux ? pourquoi ce combat de l'amour et de la haine qui déchire mon cœur et le partage dans un flux et reflux de sentiments

1. Parjure : traître.

2. Le frère de Médée est Apsyrte ou Absyrte. Il finit coupé en morceaux.

contraires ? Quand des vents furieux se font une guerre cruelle, les flots émus se soulèvent les uns contre les autres, et la mer bouillonne sous leurs efforts opposés. C'est ainsi que mon cœur flotte irrésolu ; la colère chasse l'amour, et l'amour chasse la colère. Cède à la tendresse maternelle, ô mon ressentiment. Venez, chers enfants, seuls appuis d'une famille déplorable, accourez, entrelacez vos bras autour de mon sein ; vivez pour votre père, pourvu que vous viviez aussi pour votre mère. Mais la fuite et l'exil m'attendent. Bientôt on va les arracher de mes bras, pleurants et gémissants. Ils sont perdus pour leur mère ; que la mort les dérobe aussi aux embrassements paternels. Ma colère se rallume, et la haine reprend le dessus. La furie[1] qui a toujours conduit mes mains les réclame pour un nouveau crime ; la vengeance m'appelle, et j'obéis.

[...] Quelle est cette ombre qui traîne avec effort ses membres séparés ? C'est mon frère ; il demande vengeance ; il sera vengé. Tourne contre mes yeux toutes ces torches enflammées, tourmente, brûle ; j'ouvre mon sein aux Furies[2]. Dis à ces divinités vengeresses de se retirer, ô mon frère ; dis-leur qu'elles peuvent retourner sans crainte au fond des enfers. Laisse-moi avec moi-même, et repose-toi sur ma main du soin de ta vengeance ; cette main, tu le sais, a déjà tiré l'épée. Voici la victime qui doit apaiser tes mânes[3].

La tragédie classique ou l'âge d'or de la tragédie (XVIIe siècle)

Au XVIIe siècle, la tragédie est un genre qui rencontre un grand succès. Corneille (1606-1684) et Racine (1639-1699) en sont les plus illustres représentants. Leurs œuvres obéissent aux règles des trois unités, de la bienséance et de la vraisemblance.

1. **Furie** : folie violente.
2. **Furies** : divinités qui persécutent ceux qui se sont rendus coupables de crimes.
3. **Mânes** : âmes des morts, considérées comme sacrées.

Vers la tragédie classique ?

Au XVIe siècle, la tragédie représente des personnages de noble condition. Son dénouement est malheureux. Souvent inspirée par Sénèque, elle repose sur les passions et le pathétique. Étienne Jodelle avec *Cléopâtre captive* (1553), Jean de La Taille avec *Saül le Furieux* (1572) et Robert Garnier font partie des dramaturges les plus notables de la Renaissance.

Texte 6

TRAGÉDIE

ROBERT GARNIER, *Hippolyte* (1573)

Robert Garnier (1544 ou 1545-1590), dans Hippolyte, *présente une tragédie imitée de* Phèdre *de Sénèque. Dans cette scène, qui semble annoncer celle de Racine (*Phèdre, *1677), Phèdre avoue son amour à Hippolyte, dont elle est la belle-mère.*

HIPPOLYTE

C'est l'amour de Thésée qui vous tourmente ainsi.

PHÈDRE

Hélas ! voire[1], Hippolyte, hélas ! c'est mon souci.
J'ai, misérable, j'ai la poitrine embrasée[2]
De l'amour que je porte aux beautés de Thésée[3],
Telles qu'il les avait lorsque, bien jeune encor,
Son menton cotonnait d'une frisure d'or,
Quand il vit, étranger, la maison dédalique[4]
De l'homme mi-taureau, notre monstre crétique[5].

1. **Voire** : vraiment.

2. **Embrasée** : enflammée.

3. Phèdre est l'épouse de Thésée. Elle avoue à Hippolyte son amour de manière d'abord indirecte.

4. **Maison dédalique** : labyrinthe, créé par Dédale.

5. Allusion au Minotaure, créature au corps d'homme et à tête de taureau ; « crétique » signifie que ce monstre vit en Crète.

Hélas ! que semblait-il[1] ? ses cheveux crespelés[2],
Comme soie retorse en petits annelets[3],
Lui blondissaient la tête, et sa face étoilée
Était entre le blanc, de vermillon[4] mêlée.
Sa taille belle et droite avec ce teint divin
Ressemblait, égalée, à celle d'Apollin[5],
À celle de Diane, et surtout à la vôtre
Qui en rare beauté surpassez l'un et l'autre.
Si nous vous eussions vu, quand votre géniteur
Vint en l'île de Crète, Ariane ma sœur
Vous eût, plutôt que lui, par son fil salutaire,
Retiré des prisons du roi Minos mon père.
Or quelque part du ciel[6] que ton astre plaisant
Soit, ô ma chère sœur, à cette heure luisant,
Regarde par pitié moi, ta pauvre germaine[7],
Endurer comme toi cette amoureuse peine.
Tu as aimé le père, et pour lui tu défis
Le grand monstre de Cnide[8], et moi j'aime le fils.
Ô tourment de mon cœur, Amour, qui me consommes !
Ô mon bel Hippolyte, honneur des jeunes hommes,
Je viens la larme à l'œil me jeter devant vous,
Et, d'amour enivrée, embrasser vos genoux,
Princesse misérable, avec constante envie
De borner[9] à vos pieds mon amour, ou ma vie ;
Ayez pitié de moi.

1. **Que semblait-il ?** : à qui ressemblait-il ?
2. **Crespelés** : frisés.
3. **Retorse en petits annelets** : tressée en petits anneaux.
4. **Vermillon** : rouge.
5. **Apollin** : Apollon.
6. **Quelque part du ciel** : en quelque endroit du ciel.
7. **Germaine** : sœur.
8. Nouvelle allusion au Minotaure, adoré à Cnide.
9. **Borner** : donner une limite à, terminer.

HIPPOLYTE

Ô grand Dieu Jupiter,
Peux-tu voir une horreur si grande, et l'écouter ?
Où est ton foudre ardent, qu'ireux[1] tu ne le dardes
Tout rougissant d'éclairs sur les temples paillardes[2]
De cette malheureuse ! Es-tu si paresseux,
Ô Père, es-tu si lent à nous lancer tes feux ?
Que le ciel, éclatant au bruit de ton tonnerre,
Jusques aux fondements ne renverse la Terre ?
Et n'abîme le jour, tout sanglant, au plus creux
Et au gouffre plus noir des enfers ténébreux ?
Mais toi, Soleil, qui luis par tout ce grand espace,
Peux-tu voir sans pâlir les crimes de ta race[3] ?
Cache-toi vergogneux[4], quitte à la nuit ton cours,
Détourne tes chevaux galopant à rebours.
Plonge-toi, lance-toi le chef[5] bas sous les ondes,
Et ta torche noircis en ténèbres profondes.

Corneille et Racine, les deux grands tragédiens classiques

Corneille et Racine, les plus grands tragédiens du XVIIe siècle, n'ont certainement pas la même conception du tragique. Pour Corneille, le héros, caractérisé par son orgueil, aspire à la gloire. Il peut exercer sa liberté face au poids du destin. Pour Racine, le personnage est écrasé par la fatalité.

1. **Ireux** : en colère.
2. **Temples paillardes** : tempes immorales.
3. La mère de Phèdre, Pasiphaé, était la fille du Soleil.
4. **Vergogneux** : honteux.
5. **Le chef** : la tête.

Texte 7

TRAGÉDIE

PIERRE CORNEILLE, *Horace* (1640) ♦ acte III, scène 1

Le personnage cornélien est souvent en proie à un dilemme : choisir entre l'amour et la gloire. Sabine doit se déterminer entre son amour pour Horace et son devoir de fidélité envers sa famille, les Curiaces.

SABINE

Prenons parti, mon âme, en de telles disgrâces :
Soyons femme d'Horace, ou sœur des Curiaces ;
Cessons de partager nos inutiles soins ;
Souhaitons quelque chose, et craignons un peu moins.
Mais, las[1] ! quel parti prendre en un sort si contraire ?
Quel ennemi choisir, d'un époux ou d'un frère ?
La nature ou l'amour parle pour chacun d'eux,
Et la loi du devoir m'attache à tous les deux.
Sur leurs hauts sentiments réglons plutôt les nôtres ;
Soyons femme de l'un ensemble et sœur des autres :
Regardons leur honneur comme un souverain bien ;
Imitons leur constance, et ne craignons plus rien.
La mort qui les menace est une mort si belle
Qu'il en faut sans frayeur attendre la nouvelle.
N'appelons point alors les destins inhumains ;
Songeons pour quelle cause, et non par quelles mains ;
Revoyons les vainqueurs, sans penser qu'à la gloire
Que toute leur maison reçoit de leur victoire ;
Et, sans considérer aux dépens de quel sang
Leur vertu les élève en cet illustre rang,
Faisons nos intérêts de ceux de leur famille :
En l'une je suis femme, en l'autre je suis fille,
Et tiens à toutes deux par de si forts liens
Qu'on ne peut triompher que par les bras des miens.

---

1. Las : hélas.

Fortune[1], quelques maux que ta rigueur m'envoie,
J'ai trouvé les moyens d'en tirer de la joie,
Et puis voir aujourd'hui le combat sans terreur,
Les morts sans désespoir, les vainqueurs sans horreur.
Flatteuse illusion, erreur douce et grossière,
Vain effort de mon âme, impuissante lumière,
De qui le faux brillant prend droit de m'éblouir,
Que tu sais peu durer et tôt t'évanouir !
Pareille à ces éclairs qui, dans le fort des ombres,
Poussent un jour qui fuit et rend les nuits plus sombres,
Tu n'as frappé mes yeux d'un moment de clarté
Que pour les abîmer dans plus d'obscurité.
Tu charmais[2] trop ma peine, et le ciel, qui s'en fâche,
Me vend déjà bien cher ce moment de relâche.
Je sens mon triste cœur percé de tous les coups
Qui m'ôtent maintenant un frère ou mon époux.
Quand je songe à leur mort, quoi que je me propose,
Je songe par quel bras, et non pour quelle cause,
Et ne vois les vainqueurs en leur illustre rang
Que pour considérer aux dépens de quel sang.
La maison des vaincus touche seule mon âme :
En l'une je suis fille, en l'autre je suis femme,
Et tiens à toutes deux par de si forts liens,
Qu'on ne peut triompher que par la mort des miens.
C'est là donc cette paix que j'ai tant souhaitée !
Trop favorables dieux, vous m'avez écoutée !
Quels foudres lancez-vous quand vous vous irritez,
Si même vos faveurs ont tant de cruautés ?
Et de quelle façon punissez-vous l'offense,
Si vous traitez ainsi les vœux de l'innocence ?

1. Fortune : divinité du hasard.
2. Charmais : calmais, comme par magie.

Texte 8

DISCOURS

PIERRE CORNEILLE, *Discours de l'utilité et des parties du poème dramatique* (1660)

Dans ce discours, Corneille livre sa conception du théâtre. Pour lui, la tragédie doit mêler les enjeux amoureux et politiques. L'amour la rend plaisante ; la raison d'État lui donne sa véritable noblesse.

Lorsqu'on met sur la scène une simple intrigue d'amour entre des Rois, et qu'ils ne courent aucun péril, ni de leur vie, ni de leur État, je ne crois pas que bien que les personnes soient illustres, l'action le soit assez pour s'élever jusqu'à la tragédie. Sa dignité demande quelque grand intérêt d'État, ou quelque passion plus noble et plus mâle que l'amour, telles que sont l'ambition ou la vengeance ; et veut donner à craindre des malheurs plus grands, que la perte d'une maîtresse. Il est à propos d'y mêler l'amour, parce qu'il a toujours beaucoup d'agrément, et peut servir de fondement à ces intérêts, et à ces autres passions dont je parle ; mais il faut qu'il se contente du second rang dans le poème, et leur laisse le premier.

Cette maxime semblera nouvelle d'abord : elle est toutefois de la pratique des Anciens, chez qui nous ne voyons aucune tragédie, où il n'y ait qu'un intérêt d'amour à démêler. Au contraire, ils l'en bannissaient souvent, et ceux qui voudront considérer les miennes, reconnaîtront qu'à leur exemple je ne lui ai jamais laissé y prendre le pas devant, et que dans *Le Cid* même, qui est sans contredit la pièce la plus amoureuse que j'aie faite, le devoir de la naissance et le soin de l'honneur l'emportent sur toutes les tendresses qu'il inspire aux amants que j'y fais parler.

Texte 9

PRÉFACE

JEAN RACINE, *Bérénice* (1670) ♦ Préface

La préface de Bérénice *permet à Racine de justifier la poétique de sa pièce. Le dénouement de sa tragédie est en effet dépourvu de morts, ce qui est inhabituel. L'intrigue est aussi relativement simple. Pour Racine, l'essentiel réside non dans le respect des règles traditionnelles, mais dans le plaisir et l'émotion qu'une pièce fait naître.*

Ce n'est point une nécessité qu'il y ait du sang et des morts dans une tragédie ; il suffit que l'action en soit grande, que les acteurs en soient héroïques, que les passions y soient excitées, et que tout s'y ressente de cette tristesse majestueuse qui fait tout le plaisir de la tragédie. […]

Il n'y a que le vraisemblable qui touche dans la tragédie. Et quelle vraisemblance y a-t-il qu'il arrive en un jour une multitude de choses qui pourraient à peine arriver en plusieurs semaines ? Il y en a qui pensent que cette simplicité est une marque de peu d'invention. Ils ne songent pas qu'au contraire toute l'invention consiste à faire quelque chose de rien, et que tout ce grand nombre d'incidents a toujours été le refuge des poètes qui ne sentaient dans leur génie ni assez d'abondance, ni assez de force, pour attacher durant cinq actes leurs spectateurs par une action simple, soutenue de la violence des passions, de la beauté des sentiments et de l'élégance de l'expression. Je suis bien éloigné de croire que toutes ces choses se rencontrent dans mon ouvrage. Mais aussi je ne puis croire que le public me sache mauvais gré de lui avoir donné une tragédie qui a été honorée de tant de larmes, et dont la trentième représentation a été aussi suivie que la première.

Ce n'est pas que quelques personnes ne m'aient reproché cette même simplicité que j'avais recherchée avec tant de soin. Ils ont cru qu'une tragédie qui était si peu chargée d'intrigues ne pouvait être selon les règles du théâtre. Je m'informai s'ils se plaignaient qu'elle les eût ennuyés. On me dit qu'ils avouaient tous qu'elle n'ennuyait point, qu'elle les touchait même en plusieurs endroits et qu'ils la verraient encore avec plaisir. Que veulent-ils davantage ? Je les conjure d'avoir assez bonne opinion d'eux-mêmes pour ne pas croire qu'une pièce qui les touche et qui leur donne du plaisir puisse être absolument contre les règles. La principale règle est de plaire et de toucher. Toutes les autres ne sont faites que pour parvenir à cette première.

Texte 10

TRAGÉDIE

JEAN RACINE, *Phèdre* (1677) ♦ acte II, scène 5

Dans cette scène, Phèdre avoue progressivement son amour à Hippolyte. La nouvelle de la mort de Thésée, son mari, libère sa parole. Cet amour est en effet inavouable, car il est presque incestueux, puisque Phèdre est la belle-mère d'Hippolyte.

HIPPOLYTE

Madame, pardonnez. J'avoue en rougissant,
Que j'accusais à tort un discours innocent.
Ma honte ne peut plus soutenir votre vue,
Et je vais…

PHÈDRE

Ah ! cruel, tu m'as trop entendue[1].
Je t'en ai dit assez pour te tirer d'erreur.
Eh bien ! Connais donc Phèdre, et toute sa fureur[2].
J'aime. Ne pense pas qu'au moment que[3] je t'aime,
Innocente à mes yeux, je m'approuve moi-même,
Ni que du fol amour qui trouble ma raison,
Ma lâche complaisance ait nourri le poison.
Objet infortuné des vengeances célestes,

---

1. Entendue : comprise.

2. Fureur : folie violente.

3. Au moment que : au moment où.

Je m'abhorre[1] encor plus que tu ne me détestes.
Les dieux m'en sont témoins, ces dieux qui dans mon flanc
Ont allumé le feu fatal à tout mon sang[2],
Ces dieux qui se sont fait une gloire cruelle
De séduire le cœur d'une faible mortelle.
Toi-même en ton esprit rappelle le passé.
C'est peu de t'avoir fui, cruel, je t'ai chassé.
J'ai voulu te paraître odieuse, inhumaine.
Pour mieux te résister, j'ai recherché ta haine.
De quoi m'ont profité[3] mes inutiles soins ?
Tu me haïssais plus, je ne t'aimais pas moins.
Tes malheurs te prêtaient encor de nouveaux charmes.
J'ai langui, j'ai séché, dans les feux, dans les larmes.
Il suffit de tes yeux pour t'en persuader,
Si tes yeux un moment pouvaient me regarder.
Que dis-je ? Cet aveu que je te viens de faire,
Cet aveu si honteux, le crois-tu volontaire ?
Tremblante pour un fils que je n'osais trahir,
Je te venais prier de ne le point haïr.
Faibles projets d'un cœur trop plein de ce qu'il aime !
Hélas ! je ne t'ai pu parler que de toi-même !
Venge-toi, punis-moi d'un odieux amour ;
Digne fils du héros qui t'a donné le jour,
Délivre l'univers d'un monstre qui t'irrite.
La veuve de Thésée ose aimer Hippolyte ?
Crois-moi, ce monstre affreux ne doit point t'échapper.
Voilà mon cœur. C'est là que ta main doit frapper.
Impatient déjà d'expier son offense
Au-devant de ton bras je le sens qui s'avance.

1. Abhorre : déteste.
2. Sang : famille.
3. De quoi m'ont profité : à quoi m'ont servi.

Frappe. Ou si tu le crois indigne de tes coups,
Si ta haine m'envie un supplice si doux,
Ou si d'un sang trop vil ta main serait trempée,
Au défaut de ton bras prête-moi ton épée.
Donne.

Œnone[1]

Que faites-vous, Madame ? Justes dieux !
Mais on vient. Évitez des témoins odieux ;
Venez, rentrez, fuyez une honte certaine.

■ De la tragédie au registre tragique (xixe et xxe siècle)

Dès le xviiie siècle, Diderot (1713-1784) et Beaumarchais (1732-1799) font évoluer les règles de la tragédie vers davantage de souplesse. La tragédie s'efface progressivement pour laisser place au drame bourgeois des Lumières, auquel succède le drame romantique, qui met fin à la règle des trois unités ainsi qu'à l'exigence de bienséance, pour représenter le réel avec davantage de fidélité.

Aux xixe et xxe siècles, si la tragédie comme genre est moins présente, le registre tragique demeure essentiel. Il exprime la souffrance de personnages dominés par leur destin. Au spectateur, il renvoie une image de l'Histoire et de la condition humaine.

Le drame romantique et le registre tragique

Le drame romantique est théorisé par Hugo, dans la préface de *Cromwell* (1827) : il doit mêler le grotesque et le sublime et laisser place aux crises de l'Histoire, et non à la mythologie. Après la bataille d'*Hernani* (1830), qui voit s'opposer les tenants de la tragédie classique

1. Œnone est la nourrice de Phèdre.

aux romantiques, le drame romantique triomphe définitivement. Il ne signe toutefois pas la fin du registre tragique. Le héros romantique, dans sa dimension sublime, peut d'ailleurs rejoindre le tragique. Confronté à des forces qui le dépassent, il n'est pas épargné par les échecs. Mais alors que la tragédie mettait en jeu des questions collectives (politiques, sociales, religieuses), le drame souligne davantage le déchirement de l'individu confronté à la violence de l'existence.

Texte 11

DRAME

VICTOR HUGO, *Lucrèce Borgia* (1833) ♦ acte III, scène 3

Lucrèce Borgia *met en scène la fille du futur pape Alexandre VI. Personnage sombre et cruel, elle se retrouve face à son destin dans cette scène tragique et finale de reconnaissance, où Gennaro, le soldat, apprend qui est sa mère.*

Doña Lucrezia. – Mais c'est lâche ce que vous faites là, Gennaro ! Tuer une femme, une femme sans défense ! Oh ! Vous avez de plus nobles sentiments que cela dans l'âme ! Écoute-moi, tu me tueras après si tu veux ; je ne tiens pas à la vie, mais il faut bien que ma poitrine déborde, elle est pleine d'angoisse de la manière dont tu m'as traitée jusqu'à présent. Tu es jeune, enfant, et la jeunesse est toujours trop sévère. Oh ! si je dois mourir, je ne veux pas mourir de ta main. Cela n'est pas possible, vois-tu, que je meure de ta main. Tu ne sais pas toi-même à quel point cela serait horrible. D'ailleurs, Gennaro, mon heure n'est pas encore venue. C'est vrai, j'ai commis bien des actions mauvaises, je suis une grande criminelle ; et c'est parce que je suis une grande criminelle qu'il faut me laisser le temps de me reconnaître et de me repentir. Il le faut absolument, entends-tu, Gennaro ?

Gennaro. – Vous êtes ma tante. Vous êtes la sœur de mon père. Qu'avez-vous fait de ma mère, madame Lucrèce Borgia ?

DOÑA LUCREZIA. – Attends, attends ! Mon dieu, je ne puis tout dire. Et puis, si je te disais tout, je ne ferais peut-être que redoubler ton horreur et ton mépris pour moi ! Écoute-moi encore un instant. Oh ! je voudrais bien que tu me reçusses repentante à tes pieds ! Tu me feras grâce de la vie, n'est-ce pas ? Eh bien, veux-tu que je prenne le voile ? Veux-tu que je m'enferme dans un cloître, dis ? Voyons, si l'on te disait : Cette malheureuse femme s'est fait raser la tête, elle couche dans la cendre, elle creuse sa fosse de ses mains, elle prie Dieu nuit et jour, non pour elle, qui en aurait besoin cependant, mais pour toi, qui peux t'en passer ; elle fait tout cela, cette femme, pour que tu abaisses un jour sur sa tête un regard de miséricorde, pour que tu laisses tomber une larme sur toutes les plaies vives de son cœur et de son âme, pour que tu ne lui dises plus, comme tu viens de le faire avec cette voix plus sévère que celle du jugement dernier : Vous êtes Lucrèce Borgia ! Si l'on te disait cela, Gennaro, est-ce que tu aurais le cœur de la repousser ? Oh ! grâce ! ne me tue pas, mon Gennaro ! Vivons tous les deux, toi pour me pardonner, moi, pour me repentir ! Aie quelque compassion de moi ! Enfin, cela ne sert à rien de traiter sans miséricorde[1] une pauvre misérable femme qui ne demande qu'un peu de pitié ! – Un peu de pitié ! Grâce de la vie ! – Et puis, vois-tu bien, mon Gennaro, je te le dis pour toi, ce serait vraiment lâche ce que tu ferais là, ce serait un crime affreux, un assassinat ! Un homme tuer une femme ! un homme qui est le plus fort ! Oh ! tu ne voudras pas ! tu ne voudras pas !

GENNARO, *ébranlé*. – Madame…

DOÑA LUCREZIA. – Oh ! je le vois bien, j'ai ma grâce ! Cela se lit dans tes yeux. Oh ! laisse-moi pleurer à tes pieds !

UNE VOIX, *au-dehors*. – Gennaro !

GENNARO. – Qui m'appelle ?

LA VOIX. – Mon frère Gennaro !

GENNARO. – C'est Maffio !

---

1. Miséricorde : pitié.

LA VOIX. – Gennaro ! Je meurs ! Venge-moi !

GENNARO, *relevant le couteau*. – C'est dit. Je n'écoute plus rien. Vous l'entendez, Madame, il faut mourir !

DOÑA LUCREZIA, *se débattant et lui retenant le bras*. – Grâce ! grâce ! Encore un mot !

GENNARO. – Non !

DOÑA LUCREZIA. – Pardon ! Écoute-moi !

GENNARO. –. Non !

DOÑA LUCREZIA. – Au nom du ciel !

GENNARO. – Non ! *(Il la frappe)*.

DOÑA LUCREZIA. – Ah !... tu m'as tuée ! – Gennaro ! je suis ta mère !

Le retour des mythes ou le renouveau du tragique

Au XXe siècle, Giraudoux et Anouilh (1910-1987) s'appuient sur le mythe pour écrire leurs pièces les plus célèbres. Le mythe renvoie à la culture antique et à la tragédie grecque. Mais il est surtout, pour eux, un moyen de montrer l'intemporalité des interrogations fondamentales et d'évoquer indirectement la brutalité tragique du présent, marqué par la guerre.

Texte 12

THÉÂTRE

JEAN GIRAUDOUX, *La guerre de Troie n'aura pas lieu* (1935) ♦ acte II, scène 13

Hector, le Troyen, voudrait que la guerre de Troie n'ait pas lieu. Mais, pour Ulysse, le destin a décidé que les Grecs et les Troyens devaient s'affronter. Dans cette pièce, le mythe renvoie au contexte de l'avant-guerre.

HECTOR. – L'univers peut se tromper. C'est à cela qu'on reconnaît l'erreur, elle est universelle.

ULYSSE. – Espérons-le. Mais quand le destin, depuis des années, a surélevé deux peuples, quand il leur a ouvert le même avenir d'invention et d'omnipotence[1], quand il a fait de chacun, comme nous l'étions tout à l'heure sur la bascule[2], un poids précieux et différent pour peser le plaisir, la conscience et jusqu'à la nature, quand par leurs architectes, leurs poètes, leurs teinturiers, il leur a donné à chacun un royaume opposé de volumes, de sons et de nuances, quand il leur a fait inventer le toit en charpente troyen et la voûte thébaine, le rouge phrygien et l'indigo grec, l'univers sait bien qu'il n'entend pas préparer ainsi deux chemins de couleur et d'épanouissement, mais se ménager son festival, le déchaînement de cette brutalité et de cette folie humaines qui seules rassurent les dieux. C'est de la petite politique, j'en conviens. Mais nous sommes chefs d'État, nous pouvons bien entre nous deux le dire : c'est couramment celle du destin.

HECTOR. – Et c'est Troie, et c'est la Grèce qu'il a choisies cette fois ?

ULYSSE. – Ce matin j'en doutais encore. J'ai posé le pied sur votre estacade[3], et j'en suis sûr.

HECTOR. – Vous vous êtes senti sur un sol ennemi ?

ULYSSE. – Pourquoi toujours revenir à ce mot « ennemi » ! Faut-il vous le redire ? Ce ne sont pas les ennemis naturels qui se battent. Il est des peuples que tout désigne pour une guerre, leur peau, leur langue et leur odeur, ils se jalousent, ils se haïssent, ils ne peuvent pas se sentir… Ceux-là ne se battent jamais. Ceux qui se battent, ce sont ceux que le sort a lustrés[4] et préparés pour une même guerre : ce sont des adversaires. […]

HECTOR. – […] La Grèce en nous s'est choisi une proie. Pourquoi alors une déclaration de guerre ? Il était plus simple de profiter

1. Omnipotence : toute-puissance.

2. Bascule : balance pour peser.

3. Estacade : jetée formée de grands pieux et établie dans un port ou un cours d'eau pour fermer un passage.

4. A lustrés : a fait briller, a préparés pour un événement.

de mon absence pour bondir sur Troie. Vous l'auriez eue sans coup férir.

ULYSSE. – Il est une espèce de consentement à la guerre que donnent seulement l'atmosphère, l'acoustique et l'humeur du monde. Il serait dément d'entreprendre une guerre sans l'avoir. Nous ne l'avions pas.

HECTOR. – Vous l'avez maintenant !

ULYSSE. – Je crois que nous l'avons.

Texte 13

TRAGÉDIE CONTEMPORAINE

JEAN ANOUILH, *Antigone* (1944) © La Table ronde

Anouilh, comme Giraudoux, s'inspire de l'Antiquité pour écrire Antigone. *Le chœur témoigne de cette inspiration antique. Il réfléchit sur ce qu'est la tragédie.*

LE CHŒUR. – Et voilà. Maintenant le ressort est bandé[1]. Cela n'a plus qu'à se dérouler tout seul. C'est cela qui est commode dans la tragédie, on donne le petit coup de pouce pour que cela démarre, rien, un regard pendant une seconde à une fille qui passe et lève les bras dans la rue, une envie d'honneur un beau matin, au réveil, comme de quelque chose qui se mange, une question de trop qu'on se pose un soir... C'est tout. Après, on n'a plus qu'à laisser faire. On est tranquille. Cela roule tout seul. C'est minutieux, bien huilé depuis toujours. La mort, la trahison, le désespoir sont là, tout prêts, et les éclats, et les orages, et les silences ; tous les silences : le silence quand le bras du bourreau se lève à la fin, le silence au commencement, quand les deux amants sont nus l'un en face de l'autre pour la première fois, sans oser bouger tout de suite, dans la chambre sombre, le silence quand les cris de la foule éclatent autour du vainqueur – et on dirait un film dont le son s'est enrayé, toutes ces bouches ouvertes dont il ne sort rien, toute

1. **Bandé** : tendu.

cette clameur qui n'est qu'une image, et le vainqueur, déjà vaincu, seul au milieu de son silence...

C'est propre, la tragédie. C'est reposant, c'est sûr... Dans le drame, avec ces traîtres, avec ces méchants acharnés, cette innocence persécutée, ces vengeurs, ces terre-neuve, ces lueurs d'espoir, cela devient épouvantable de mourir, comme un accident. On aurait peut-être pu se sauver, le bon jeune homme aurait peut-être pu arriver à temps avec les gendarmes. Dans la tragédie on est tranquille. D'abord, on est entre soi. On est tous innocents en somme! Ce n'est pas parce qu'il y en a un qui tue et l'autre qui est tué. C'est une question de distribution. Et puis, surtout, c'est reposant, la tragédie, parce qu'on sait qu'il n'y a plus d'espoir, le sale espoir; qu'on est pris, qu'on est enfin pris comme un rat, avec tout le ciel sur son dos, et qu'on n'a plus qu'à crier – pas à gémir, non, pas à se plaindre –, à gueuler à pleine voix ce qu'on avait à dire, qu'on n'avait jamais dit et qu'on ne savait peut-être même pas encore. Et pour rien: pour se le dire à soi, pour l'apprendre, soi. Dans le drame, on se débat parce qu'on espère en sortir. C'est ignoble, c'est utilitaire. Là, c'est gratuit[1]. C'est pour les rois. Et il n'y a plus rien à tenter, enfin!

Le théâtre de l'absurde ou le tragique de la condition humaine

Le théâtre de l'absurde, dans la deuxième moitié du XXe siècle, tire les conséquences de l'horreur des conflits mondiaux. Le langage ne fait plus sens. Au contraire, il enferme les individus dans une irrémédiable solitude. L'Histoire ne fait pas davantage sens. Elle témoigne simplement de la violence des hommes. L'existence, pour Ionesco (1909-1994) comme pour Samuel Beckett (1906-1989), est à la fois dérisoire et tragique.

1. Gratuit: inutile.

Texte 14

FARCE TRAGIQUE

EUGÈNE IONESCO, *Le roi se meurt* (1962) © Éditions Gallimard

Dans cette pièce, qui repose à la fois sur le ridicule du personnage de Bérenger, roi faible, presque enfant, et sur le pathétique de sa confrontation à la mort, Ionesco réfléchit sur le tragique de la condition humaine, frappée par l'absurde. Dans le dénouement, la reine Marguerite constate que la vie quitte peu à peu le roi.

MARGUERITE. – Il perçoit encore les couleurs. Des souvenirs colorés. Ce n'est pas une nature auditive. Son imagination est purement visuelle… c'est un peintre… trop partisan de la monochromie[1]. *(Au Roi.)* Renonce aussi à cet empire. Renonce aussi aux couleurs. Cela t'égare encore, cela te retarde. Tu ne peux plus t'attarder, tu ne peux plus t'arrêter, tu ne dois pas. *(Elle s'écarte du Roi.)* Marche tout seul, n'aie pas peur. Vas-y. *(Marguerite, dans un coin du plateau, dirige le Roi de loin.)* Ce n'est plus le jour, ce n'est plus la nuit, il n'y a plus de jour, il n'y a plus de nuit. Laisse-toi diriger par cette roue qui tourne devant toi. Ne la perds pas de vue, suis-la, pas de trop près, elle est embrasée, tu pourrais te brûler. Avance, j'écarte les broussailles, attention, ne heurte pas cette ombre qui est à ta droite… Mains gluantes, mains implorantes, bras et mains pitoyables, ne revenez pas, retirez-vous. Ne le touchez pas, ou je vous frappe ! *(Au Roi.)* Ne tourne pas la tête. Évite le précipice à ta gauche, ne crains pas ce vieux loup qui hurle… ses crocs sont en carton, il n'existe pas. *(Au loup.)* Loup, n'existe plus ! *(Au Roi.)* Ne crains pas non plus les rats. Ils ne peuvent pas mordre tes orteils. *(Aux rats.)* Rats et vipères, n'existez plus ! *(Au Roi.)* Ne te laisse pas apitoyer par le mendiant qui te tend la main… Attention à la vieille femme qui vient vers toi… Ne prends pas le verre d'eau qu'elle te tend. Tu n'as pas soif. *(À la vieille femme imaginaire.)* Il n'a pas besoin d'être désaltéré, bonne femme, il n'a pas soif. N'encombrez

---

1. **Monochromie** : utilisation d'une seule couleur.

pas son chemin. Évanouissez-vous. *(Au Roi.)* Escalade la barrière… Le gros camion ne t'écrasera pas, c'est un mirage… Tu peux passer, passe… Mais non, les pâquerettes ne chantent pas, même si elles sont folles. J'absorbe leurs voix ; elles, je les efface !… Ne prête pas l'oreille au murmure du ruisseau. Objectivement, on ne l'entend pas. C'est aussi un faux ruisseau, c'est une fausse voix… Fausses voix, taisez-vous. *(Au Roi.)* Plus personne ne t'appelle. Sens, une dernière fois, cette fleur et jette-la. Oublie son odeur. Tu n'as plus la parole. À qui pourrais-tu parler ? Oui, c'est cela, lève le pas, l'autre. Voici la passerelle, ne crains pas le vertige. *(Le Roi avance en direction des marches du trône.)* Tiens-toi tout droit, tu n'as pas besoin de ton gourdin, d'ailleurs tu n'en as pas. Ne te baisse pas, surtout, ne tombe pas. Monte, monte. *(Le Roi commence à monter les trois ou quatre marches du trône.)* Plus haut, encore plus haut, monte, encore plus haut, encore plus haut, encore plus haut. *(Le Roi est tout près du trône.)* Tourne-toi vers moi. Regarde-moi. Regarde à travers moi. Regarde ce miroir sans image, reste droit… Donne-moi tes jambes, la droite, la gauche. *(À mesure qu'elle lui donne ces ordres, le Roi raidit ses membres.)* Donne-moi un doigt, donne-moi deux doigts… trois… quatre… cinq… les dix doigts. Abandonne-moi le bras droit, le bras gauche, la poitrine, les deux épaules et le ventre. *(Le Roi est immobile, figé comme une statue.)* Et voilà, tu vois, tu n'as plus la parole, ton cœur n'a plus besoin de battre, plus la peine de respirer. C'était une agitation bien inutile, n'est-ce pas ? Tu peux prendre place.

Texte 15

ESSAI

EUGÈNE IONESCO, *Notes et contre-notes* (1962) © Éditions Gallimard ♦
« Notes sur le théâtre »

Notes et contre-notes *est un texte dans lequel Ionesco présente ses réflexions sur le théâtre. Dans cet extrait, il propose quelques définitions.*

Le tragique : lorsque dans une situation exemplaire tout le destin humain se joue (avec ou sans transcendance divine).

Le drame : cas particulier, conditions particulières, destin particulier.

Le tragique : destin général ou collectif ; révélation de la « condition humaine ».

Je participe au drame : j'y vois reflété *mon* cas (ce qui arrive de douloureux sur scène peut m'arriver).

Tragédie : ce qui est sur scène peut *nous* arriver. Cela peut *nous* (et non plus *me*) concerner.

Le tragique contemporain

L'histoire contemporaine est marquée par le tragique. Bien loin de la tragédie classique et de la noblesse des sentiments qu'elle exalte, le tragique contemporain naît de l'horreur des génocides ou de la monstruosité des individus, qui rejoignent presque le mythe.

Texte 16

TRAGÉDIE HISTORIQUE

HÉLÈNE CIXOUS, *L'Histoire terrible mais inachevée de Norodom Sihanouk, roi du Cambodge* (1985) © Théâtre du Soleil ♦ 1re époque, acte IV, scène 4

Hélène Cixous (née en 1937) s'intéresse à la tragédie du Cambodge, pays à l'histoire bouleversée par les crimes des khmers rouges, mouvement communiste radical. Sihanouk, chef de l'État cambodgien, apprend dans l'avion qui le mène à Pékin qu'il a été destitué.

SIHANOUK. – Oui ! Vivre avec toi dans un avion, et regarder le monde avec le regard des Dieux, cela convient parfaitement à mon humeur. Prenons nos justes distances ! Tiens ! Tu vois ce tapis brun, monotone et qui semble sans vie. C'est la Mongolie. Et c'est pour ces tapis, plus ou moins colorés que, lorsque nous sommes en bas, le nez à la hauteur des bananiers, nous cuisons sur des feux, des haines millénaires, et que nous rêvons durant des vies entières de tuer nos voisins. Et c'est pour mon tapis qu'on m'a volé que moi-même j'ai envie de me dissoudre en une pluie de larmes.

LA PRINCESSE. – Ah ! Si nous pouvions nous détacher vraiment de toute cette histoire !

SIHANOUK. – J'ai trop oublié les sentiers intérieurs de notre Bouddha. Mon malheur a été d'être choisi par les Français pour monter sur le trône. La veille encore, je te l'assure, j'étais le plus heureux des enfants. Ce qui me faisait le plus peur au monde, c'était le Bac. Et maintenant comment oublier le grand rêve qui est devenu moi-même… Je ne peux plus m'arrêter d'être le Cambodge. Je suis devenu moi-même ces fleuves, ces rizières, ces montagnes, et tous ces paysans qui me peuplent. Je voudrais m'oublier et vivre une autre vie. Il faudrait que je meure. Tu viendrais avec moi ?

LA PRINCESSE. – Vous me le demandez ? […]

PENN NOUTH. – Nous serons à Pékin dans une heure, Monseigneur.

SIHANOUK. – Dans une heure ! Dès que nous arrivons à Pékin, Penn Nouth, j'adresse un éclatant message à notre peuple.
Je lui dirai :
Ô mon peuple ! Ô mes enfants…
Ah ! Mais où est mon peuple ? Où va mon peuple ?
Et moi, où vais-je ? Quand le retrouverai-je ?
Ces nuages sont si serrés. On dirait une terre glacée qui nous sépare de la terre vivante.

(Ils sortent et les nuages aussi.)

Texte 17

TRAGÉDIE CONTEMPORAINE

BERNARD-MARIE KOLTÈS, *Roberto Zucco* (1990) © Les Éditions de Minuit ♦ II. « Meurtre de la mère »

Roberto Zucco, *pièce de Bernard-Marie Koltès (1948-1989) inspirée d'un fait divers tragique, est une réécriture contemporaine du mythe d'Œdipe. La création de la pièce, qui met en scène la folie meurtrière* a priori *gratuite d'un homme, a suscité le scandale. Le personnage est en effet un jeune homme qui a tué son père. Emprisonné, il parvient à s'évader. Dans la scène suivante, il rejoint sa mère, pour la tuer.*

La mère de Zucco, en tenue de nuit devant la porte fermée. […]
Zucco défonce la porte.

LA MÈRE. – Roberto, n'approche pas de moi.

ZUCCO. – Je suis venu chercher mon treillis.

LA MÈRE. – Ton quoi ?

ZUCCO. – Mon treillis : ma chemise kaki et mon pantalon de combat.

LA MÈRE. – Cette saloperie d'habit militaire. Qu'est-ce que tu as besoin de cette saloperie d'habit militaire ? Tu es fou, Roberto. On aurait dû comprendre cela quand tu étais au berceau et te foutre à la poubelle.

ZUCCO. – Bouge-toi, dépêche-toi, ramène-le-moi de suite.

LA MÈRE. – Je te donne de l'argent. C'est de l'argent que tu veux. Tu t'achèteras tous les habits que tu veux.

ZUCCO. – Je ne veux pas d'argent. C'est mon treillis que je veux.

LA MÈRE. – Je ne veux pas, je ne veux pas. Je vais appeler les voisins.

ZUCCO. – Je veux mon treillis.

LA MÈRE. – Ne crie pas, Roberto, ne crie pas, tu me fais peur ; ne crie pas, tu vas réveiller les voisins. Je ne peux pas te le donner, c'est impossible : il est sale, il est dégueulasse, tu ne peux pas le porter comme cela. Laisse-moi le temps de le laver, de le faire sécher, de le repasser.

ZUCCO. – Je le laverai moi-même. J'irai à la laverie automatique.

LA MÈRE. – Tu déraillles, mon pauvre vieux. Tu es complètement dingue.

ZUCCO. – C'est l'endroit du monde que je préfère. C'est calme, c'est tranquille, et il y a des femmes.

LA MÈRE. – Je m'en fous. Je ne veux pas te le donner. Ne m'approche pas, Roberto. Je porte encore le deuil de ton père, est-ce que tu vas me tuer à mon tour ?

ZUCCO. – N'aie pas peur de moi, maman. J'ai toujours été doux et gentil avec toi. Pourquoi aurais-tu peur de moi ? Pourquoi est-ce que tu ne me donnerais pas mon treillis ? J'en ai besoin, maman, j'en ai besoin.

LA MÈRE. – Ne sois pas gentil avec moi, Roberto. Comment veux-tu que j'oublie que tu as tué ton père, que tu l'as jeté par la fenêtre, comme on jette une cigarette ? Et maintenant, tu es gentil avec moi. Je ne veux pas oublier que tu as tué ton père, et ta douceur me ferait tout oublier, Roberto.

ZUCCO. – Oublie, maman. Donne-moi mon treillis, ma chemise kaki et mon pantalon de combat ; même sales, même froissés, donne-les-moi. Et puis je partirai, je te le jure.

LA MÈRE. – Est-ce moi, Roberto, est-ce moi qui t'ai accouché ? Est-ce de moi que tu es sorti ? Si je n'avais pas accouché de toi ici, si je ne t'avais pas vu sortir, et suivi des yeux jusqu'à ce qu'on te pose dans ton berceau ; si je n'avais pas posé, depuis le berceau, mon regard sur toi sans te lâcher, et surveillé chaque changement de ton corps au point que je n'ai pas vu les changements se faire et que je te vois là, pareil à celui qui est sorti de moi dans ce lit, je croirais que ce n'est pas mon fils que j'ai devant moi. Pourtant, je te reconnais, Roberto. Je reconnais la forme de ton corps, ta taille, la couleur de tes cheveux, la couleur de tes yeux, la forme de tes mains, ces grandes mains fortes qui n'ont jamais servi qu'à caresser le cou de ta mère, qu'à serrer celui de ton père, que tu as tué. Pourquoi cet enfant, si sage pendant vingt-quatre ans, est-il devenu fou brusquement ? Comment as-tu quitté les rails, Roberto ? Qui a posé un tronc d'arbre sur ce chemin si droit pour te faire tomber dans l'abîme ? Roberto, Roberto, une voiture qui s'est écrasée au fond d'un ravin, on ne la répare pas. Un train qui a déraillé, on n'essaie pas de le remettre sur ses rails. On l'abandonne, on l'oublie. Je t'oublie, Roberto, je t'ai oublié.

ZUCCO. – Avant de m'oublier, dis-moi où est mon treillis.

LA MÈRE. – Il est là, dans le panier. Il est sale et tout froissé. *(Zucco sort le treillis.)* Et maintenant va-t'en, tu me l'as juré.

ZUCCO. – Oui, je l'ai juré.

Il s'approche, la caresse, l'embrasse, la serre ; elle gémit.

Il la lâche et elle tombe, étranglée.

Zucco se déshabille, enfile son treillis et sort.

Le dossier

246 REPÈRES CLÉS

253 FICHES DE LECTURE

263 THÈMES ET DOCUMENTS

277 OBJECTIF BAC

Giraudoux (1882-1944), romancier et dramaturge

Giraudoux est un écrivain discret, dont l'itinéraire et la personnalité recèlent quelques mystères. D'origine provinciale et modeste, il réussit toutefois à se hisser au rang des plus grands noms du théâtre du XXe siècle.

LES ANNÉES DE FORMATION

1 • De la province à Paris

• Jean Giraudoux naît le **29 octobre 1882** à Bellac, petite ville du Limousin. C'est un élève brillant, qui se révèle rapidement passionné par le théâtre.

• Il poursuit ses études à Paris et intègre, en 1903, l'**École normale supérieure** de la rue d'Ulm. Il réussit sa licence de lettres à la Sorbonne et prépare l'agrégation d'allemand.

2 • À l'étranger

• En 1905, il part pour un séjour d'un an en **Allemagne**. Le pays le séduit. Sur le chemin du retour, il voyage en Autriche, en Hongrie, en Italie.

• Après une année de maîtrise et un échec à l'agrégation, il obtient une bourse pour **Harvard** (1906), prestigieuse université américaine. Il y enseigne le français et en profite pour découvrir les États-Unis.

LE ROMANCIER ET LE DRAMATURGE

1 • Les débuts d'une carrière littéraire et diplomatique

• De retour à Paris, Giraudoux fréquente le **milieu littéraire et journalistique**. Il publie même des chroniques dans le journal *Le Matin*. *Provinciales* (1909), sa première œuvre littéraire publiée, reçoit un accueil favorable.

• Il accède également à une **carrière diplomatique**. Nommé vice-consul de troisième classe, il effectuera de très nombreux voyages dans le monde.

• Ce début de carrière est toutefois interrompu par la **guerre**. En 1914, il est mobilisé. Blessé et décoré, il s'inspire de ses souvenirs pour écrire *Lectures pour une ombre* (1917).

2 • Le romancier

• Il publie ensuite de **nombreux récits**, qui témoignent déjà du style subtil qui est le sien dans l'écriture théâtrale : *Simon le Pathétique* (1918), *Amica America* (1919), *Adorable Clio* (1920), *Suzanne et le Pacifique* (1921), *Siegfried et le Limousin* (1922), probablement inspiré par son séjour en Allemagne, *Juliette au pays des hommes* (1924).

• En 1926, ***Bella***, un roman à clés, fait scandale. Il y décrit le conflit entre Briand[1], le pacifiste, et Poincaré[2], qui voudrait la revanche de la France sur l'Allemagne. Poincaré sanctionne Giraudoux, le fonctionnaire, auquel est confiée une mission peu stimulante en Turquie, qui lui laisse toutefois du temps pour écrire.

3 • Le dramaturge

• La rencontre avec **Louis Jouvet**, directeur de la Comédie des Champs-Élysées, est décisive pour Giraudoux : l'adaptation de *Siegfried* (1928) par Jouvet est un succès. Giraudoux se tourne alors vers le théâtre.

• Il écrit ensuite de nombreuses pièces : *Amphitryon 38* (comédie, 1929), *Judith* (tragédie, 1931), *Intermezzo* (fantaisie, 1933). ***La guerre de Troie n'aura pas lieu*** (1935), représentée au théâtre de l'Athénée, est un triomphe. Cette pièce, qui laisse place au comique, se termine en tragédie. Elle évoque, à travers les références mythologiques, la montée des périls en Europe. Giraudoux y fait l'éloge de la paix.

• Le **13 mai 1937**, ***Électre***, à laquelle il réfléchit depuis 1935, est créée au théâtre Louis Jouvet. Le spectacle s'inscrit dans le programme de l'Exposition universelle de Paris. Il rencontre le succès.

LES ANNÉES SOMBRES

1 • La guerre

• En 1939, juste avant la guerre, est créée ***Ondine***, inspirée d'un conte allemand. La première représentation a lieu le 4 mai.

• La guerre est déclarée le 2 septembre 1939. Giraudoux est alors **engagé en politique**. Il est commissaire général à l'Information, avant de devenir président du Conseil supérieur de l'information.

1. **Aristide Briand** (1862-1932) : homme politique pacifiste qui a œuvré pour la réconciliation entre la France et l'Allemagne.

2. **Raymond Poincaré** (1860-1934) : président de la République (1913-1920), partisan de la fermeté envers l'Allemagne.

• Après la débâcle, en 1940, il s'installe à Vichy. Sa position face à l'Occupation allemande est complexe et discutée. Il prend sa retraite en 1941.

2 • Une fin brutale

• En 1941, il fait paraître ***Littérature***, un recueil d'essais qui constitue son testament littéraire.

• Après quelques essais pour le cinéma (dont le scénario de *La Duchesse de Langeais*, d'après le roman de Balzac) et quelques dernières pièces, il meurt à Paris, le **31 janvier 1944**.

Giraudoux et la mythologie

Avec Électre, Giraudoux propose une pièce inspirée par la mythologie, et en particulier par l'histoire des Atrides. Il puise aux sources de l'Antiquité pour écrire une œuvre originale, dans laquelle il invente certains personnages, modernise les références et l'écriture. Au XXe siècle, le recours au mythe est l'un des moyens pour interroger le monde contemporain.

LES SOURCES ANTIQUES

1 • Le mythe des Atrides

• L'origine du malheur des **Atrides, famille maudite**, est l'orgueil de **Tantale**, qui offre aux dieux son fils, Pelops, en guise de repas. Les dieux le découvrent et le maudissent. Il subit le « supplice de Tantale » : entouré d'eau et de nourriture, il lui est impossible de soulager sa faim et sa soif.

• **Atrée** est le fils de Pelops, ressuscité par les dieux, et le petit-fils de Tantale. Sa femme se laisse séduire par Thyeste, son frère cadet. Pour se venger, il tue les trois fils de Thyeste, les lui donne à manger à son insu, puis le chasse du pays. Thyeste a ensuite un autre fils, Égisthe.

• **Agamemnon** est l'un des deux fils d'Atrée. Il épouse **Clytemnestre**, dont il a plusieurs enfants : Iphigénie, Chrysothémis, **Électre** et **Oreste**, leur seul fils. Alors que son époux a pris la tête de la coalition grecque dans la guerre de Troie, Clytemnestre le trompe avec **Égisthe**. Les deux amants tuent Agamemnon à son retour. C'est ce crime qu'Électre voudra venger.

2 • Les tragiques grecs

• Le mythe d'Électre est un sujet d'inspiration que l'on retrouve chez les grands tragiques grecs. **Eschyle** (vers 525-456 av. J.-C.) y consacre son ***Orestie*** (458 av. J.-C.), une trilogie composée d'***Agamemnon*** (jusqu'à l'assassinat du roi), des ***Choéphores*** (jusqu'à la mort de Clytemnestre et d'Égisthe) et des ***Euménides*** (les persécutions que les déesses de la justice font subir à Oreste). Eschyle considère le matricide comme un acte de vengeance qui doit être puni.

• **Sophocle** (vers 495-406 av. J.-C.), dans ***Électre*** (vers 415 av. J.-C.), propose sa version du mythe, centrée sur la conscience troublée de la jeune fille, obsédée par sa haine envers sa mère. Pour **Euripide** (480-406 av. J.-CV.), dans *Électre* (vers 416 av. J.-C.), le personnage participe au meurtre de Clytemnestre, avant d'être terrassé par le remords.

3 • La réécriture de Giraudoux

• Giraudoux reprend les données essentielles de ce mythe (thème, schéma de l'intrigue, personnages principaux). Il s'inspire aussi des anciens pour certains personnages comme le **jardinier** (emprunté au laboureur d'Euripide) et les **Euménides** (Eschyle) qu'il a l'idée originale de faire vieillir au fil de la pièce.

• D'autres personnages sont des **créations** : les Théocathoclès, les Narsès, le mendiant, qui commente l'action, dans un rôle proche de celui du chœur antique. Giraudoux renouvelle également quelques éléments de l'intrigue, qu'il conclut par exemple avec le récit de l'invasion et de la destruction d'Argos.

L'INSPIRATION ANTIQUE DANS LE THÉÂTRE DU XXe SIÈCLE

1 • Les pièces mythologiques de Giraudoux

• On considère parfois qu'*Amphitryon 38* (1929), *La guerre de Troie n'aura pas lieu* (1935) et *Électre* (1937) constituent une **trilogie mythologique** de Giraudoux. Même si les trois pièces n'ont jamais été jouées ensemble, elles apparaissent comme un ensemble lié par la référence à l'Antiquité grecque.

• ***Amphitryon 38*** (38e réécriture du mythe, d'après Giraudoux) est une pièce souriante, sous-titrée « comédie », qui évoque la liaison d'Alcmène, épouse d'Amphitryon, avec un dieu.

• ***La guerre de Troie n'aura pas lieu*** et ***Électre*** sont des pièces beaucoup plus sombres. Elles sont marquées par le contexte politique de l'avant-guerre. Le théâtre se prépare à la tragédie qui attend l'Europe.

2 • Le détour par la mythologie

• Au XXe siècle, certains dramaturges se réapproprient les traditions antiques et font revivre les mythes. Outre Giraudoux, c'est le cas de **Jean Cocteau** avec *Orphée* (1925) ou *La Machine infernale* (1934), **Jean-Paul Sartre** (*Les Mouches*, 1943) ou **Jean Anouilh** (*Antigone*, 1944).

• Les mythes d'Orphée, d'Œdipe ou d'Antigone, entre autres, sont caractérisés par leur **dimension universelle et intemporelle**. Ils offrent la possibilité de s'interroger sur le rôle du poète, le destin, la résistance. Pendant l'Occupation, le recours au mythe permet aussi de détourner l'attention de la censure. De ces récits ouverts à diverses interprétations, le spectateur est invité à tirer des leçons pour l'Histoire.

Électre, une pièce déconcertante ?

Électre a été bien accueillie par le public. La réception de la pièce par la critique a toutefois été plus partagée. L'écriture très littéraire de Giraudoux a déconcerté : cette pièce est-elle faite pour la lecture ou pour le théâtre ?

LA CRÉATION : LE 13 MAI 1937

1 • Un succès

- La création de la pièce, au **théâtre de l'Athénée**, est le fruit de la collaboration entre Giraudoux et Louis Jouvet. Renée Devillers incarne Électre. Le moment est solennel, car l'**Exposition universelle**, qui se déroule du 25 mai au 25 novembre 1937, va ouvrir à Paris. La pièce est le premier des spectacles officiels.
- À cette occasion, la ville accueille de nombreux visiteurs. Au théâtre de l'Athénée, **le public est au rendez-vous**. *Électre* est jouée plus de quatre-vingts fois, de mai à juillet 1937.

2 • Les critiques

- La critique reconnaît les **qualités littéraires** de la pièce. Mais certains considèrent que les longues tirades, ainsi que la complexité de l'écriture, rendent sa compréhension difficile et s'adaptent mal au théâtre, qui doit avant tout être un spectacle. Pour l'écrivain Colette, « on ne fait pas une œuvre théâtrale avec des jeux de l'esprit » (*Le Journal*, mai 1937).
- Les critiques s'adressent donc à Giraudoux, qui y répond par une œuvre de circonstance intitulée ***L'Impromptu de Paris***, en référence à *L'Impromptu de Versailles* (1663), courte pièce dans laquelle Molière défend ses choix théâtraux. La pièce est donnée en ouverture d'une reprise de *La guerre de Troie n'aura pas lieu*, le **4 décembre 1937**.

DE 1937 À AUJOURD'HUI

1 • Premières représentations à la Comédie-Française

- En 1959, la pièce est reprise à la Comédie-Française, dans une mise en scène de **Pierre Dux** et à l'initiative d'André Malraux, qui défend le patrimoine littéraire français. Le général de Gaulle assiste même à la représentation, le 29 octobre.

• La pièce est servie par des acteurs brillants. Mais le fils de Giraudoux dit son insatisfaction à voir le « spectacle mutilé » (voir la préface). La mise en scène repose encore sur de nombreuses **coupes**.

2 • Aujourd'hui

• *Électre* est aujourd'hui l'objet de diverses mises en scène. On peut citer celle d'Odile Mallet et de Geneviève Brunet, au **Théâtre du Nord-Ouest (2012)**. La pièce est présentée sans décor, pour souligner la pureté d'Électre et d'Oreste.

• *Électre* renvoie certes au contexte de l'entre-deux-guerres. Mais son dénouement, où les personnages sont **menacés par la fin d'un monde** et condamnés à attendre « l'aurore », peut faire écho aux inquiétudes des spectateurs, en ce début de XXIe siècle.

La tragédie classique renouvelée

Électre est une tragédie qui repose sur un mythe antique et qui reprend des éléments de la dramaturgie du XVIIe siècle. Mais Jean Giraudoux renouvelle le genre en proposant au spectateur une énigme, qui se résout en deux actes, et non en cinq comme dans la tragédie classique. Électre et Oreste ne savent pas que leur père a été assassiné, ce qui n'est pas le cas dans les sources antiques. La pièce est donc une enquête policière : une jeune fille tente d'élucider un crime, qu'elle se donne ensuite le droit de juger.

UNE PIÈCE CLASSIQUE ?

1 • La règle des trois unités

• Dans cette pièce, Giraudoux reprend la règle d'**unité de lieu**, à laquelle obéissent les dramaturges classiques. La pièce se déroule en **un même lieu** : la « cour intérieure dans le palais d'Agamemnon », comme l'annonce la didascalie initiale. Ce lieu, qui a une dimension tragique, a abrité de nombreux crimes des Atrides (acte I, scène 1, p. 19), y compris celui dont Égisthe et Clytemnestre sont finalement les victimes (acte II, scène 9).

• *Électre* dure **moins de vingt-quatre heures**. L'**unité de temps** y est respectée. Elle s'ouvre dans l'après-midi et se clôt à « l'aurore ». Mais de nombreuses allusions au passé donnent de la profondeur temporelle à la pièce. Électre renvoie en particulier à son enfance, au moment où Oreste serait tombé des bras de leur mère.

• L'**unité d'action** permet à Giraudoux de concentrer l'attention du spectateur sur **un enjeu essentiel** : la découverte de la vérité sur la mort d'Agamemnon et le châtiment des coupables. **L'histoire du couple Théocathoclès est une intrigue secondaire**, qui permet d'éclairer l'intrigue principale. Agathe et le président sont plutôt médiocres, voire ridicules. Leurs difficultés font écho à celles de Clytemnestre dans son mariage avec Agamemnon. Clytemnestre explicite d'ailleurs ce rapprochement en disant qu'elle trompait son époux, « comme Agathe » (acte II, scène 8, p. 195).

2 • La bienséance

• Les **crimes** rapportés par Giraudoux n'ont pas lieu sur scène, comme le commande la règle classique de bienséance. Ils sont l'objet de **récits**, dont celui du mendiant qui rapporte la fin de Clytemnestre et d'Égisthe (acte II, scène 9). La voix d'Égisthe, qui crie « Électre » alors qu'il est « au-dehors », rend la mort presque présente sur scène. Si le spectateur ne la voit pas, il l'entend, alors que le mendiant aurait voulu garder le silence.

• Giraudoux n'hésite toutefois pas à faire de nombreuses **allusions à la sexualité** dans sa pièce. Le propos d'Égisthe, « Laisse ta figue tiédir, et prends ta femme » (acte I, scène 4, p. 71), n'est guère conforme à la bienséance, de même que la scène entre Agathe et son amant (acte II, scène 2), que le spectateur peut s'imaginer déshabillés.

3 • L'absence d'unité de ton

• Dans la tragédie classique, le comique est toujours absent. Ce n'est pas le cas dans *Électre*. Certains passages peuvent faire sourire. C'est le cas de la fable des hérissons, par exemple, présentée par le mendiant (acte I, scène 3, p. 45), qui développe d'ailleurs un vrai bestiaire pour commenter le destin des personnages. Elle relève du **burlesque**, qui consiste à traiter des sujets nobles de manière familière. Même le « destin » est présenté sans noblesse comme un « cancer royal » qui « accepte les bourgeois » (acte I, scène 3, p. 59).

• Giraudoux considérait d'ailleurs que sa pièce faisait rire au moins autant qu'elle inspirait la terreur et la pitié. Il la définissait comme une « tragédie bourgeoise ». Les mœurs légères d'Agathe, qui apparaît sur scène avec un jeune homme, son amant, font également penser au **vaudeville**, pièce qui repose sur des situations de couple comiques.

UNE TRAGÉDIE POLICIÈRE

1 • Des interrogations sur un crime

• Électre, au début de la pièce, ne connaît pas les raisons de la mort de son père, dont elle ne cesse de porter le **deuil**. Elle se définit comme « la veuve de [s]on père » (acte I, scène 4, p. 64), à la place de Clytemnestre. Elle sait qu'il lui faut tirer jusqu'au bout le « fil » de la vérité pour trouver la paix. À Oreste, elle avoue : « Je ne connais pas mon secret encore. Je n'ai que le début du fil. » (acte I, scène 11, p. 100)

• L'hypothèse officielle expliquant la mort d'Agamemnon est celle de l'**accident**. Elle est énoncée par le jardinier, qui évoque la « piscine où notre roi Agamemnon, le père d'Électre, glissa, revenant de la guerre, et se tua, tombant sur son épée » (acte I, scène 1, p. 20). Mais Électre considère Égisthe comme un usurpateur. Pour sa mère, elle éprouve une haine qu'elle peine à expliquer.

2 • Une enquête

• La vérité vient avec le jour, au début de l'acte II. Cette **lumière** symbolique est liée au **rêve** d'Électre. Dans la nuit, la jeune fille a eu la révélation que son père avait été assassiné et que sa mère avait un amant. Elle demande à Oreste de se réveiller, d'ouvrir les yeux sur la bassesse du monde, pour l'aider à trouver l'identité du complice de sa mère (acte II, scène 3).

• Électre recherche la confirmation de ses soupçons dans des confrontations violentes avec Clytemnestre, à laquelle elle fait subir un véritable **interrogatoire** à charge. Elle veut obtenir des **aveux** d'une femme qu'elle sait coupable (acte II, scène 4). Mais Clytemnestre se tait, par peur du scandale.

• Au terme de sa propre enquête, Électre sait qu'Agamemnon n'a pas pu glisser, parce que tous les témoignages attestent qu'il ne glissait jamais. Léon, le conseiller, présent au moment de la mort d'Agamemnon, a aussi mystérieusement été retrouvé mort le lendemain. Égisthe lui-même offre à Électre la clef de l'énigme, en annonçant qu'il veut épouser Clytemnestre : il est l'amant et le criminel qu'elle recherche. Lorsque le vautour descend, le spectateur comprend que **le couple adultère n'échappera pas à la justice – ou à la vengeance – d'Électre** (acte II, scène 8).

Des personnages maudits

La pièce est dominée par la figure complexe d'Électre, son héroïne éponyme. Ce personnage, allié à Oreste, qui est toutefois en retrait dans l'œuvre de Giraudoux, est opposé à Égisthe et à Clytemnestre. Tous appartiennent à la famille des Atrides, maudite à cause de la succession de crimes dont elle s'est rendue coupable. Le mendiant et les Euménides semblent d'ailleurs être des intermédiaires entre les dieux et les hommes, ou des figures du destin destinées à souligner la fatalité à l'œuvre dans la tragédie.

ÉLECTRE ET ORESTE, FRÈRE ET SŒUR UNIS

1 • Électre : le désir absolu de justice

• Électre est une jeune fille qui ne parvient pas à oublier le **passé**. Elle porte le deuil de son père, Agamemnon, et de sa sœur, Iphigénie, que sa mère a conduite « au supplice » (acte I, scène 4, p. 61). Pour Agathe, elle a « beaucoup de mémoire » (acte I, scène 2, p. 31). Elle se dispute aussi avec sa mère sur une question essentielle : la **responsabilité de la chute d'Oreste**, alors qu'il était encore enfant.

• Liée à la **lumière** par son nom lui-même, qui renvoie étymologiquement à la clarté, Électre combat le mensonge. Pour elle, Clytemnestre et Égisthe mentent et aucun compromis n'est possible avec ceux qui offensent la **vérité**. Elle fait preuve d'un **idéalisme intransigeant**. Sur le plan moral, elle incarne la pureté et même la virginité, alors que Clytemnestre aurait la « chasteté » pour ennemie (acte I, scène 9, p. 96).

• Électre inspire aussi la **pitié**. À Oreste, elle avoue : « C'est cette haine pour [ma mère] qui gonfle, qui me tue. » (acte I, scène 8, p. 92) Le jardinier comprend d'ailleurs que cette haine dissimule un besoin d'amour déçu. Pour lui, « Elle se cherche une mère, Électre » (lamento du jardinier, p. 113). Le président s'inquiète de la voir vivre avec les « fantômes » (acte I, scène 2, p. 36), et en particulier avec celui d'Agamemnon. Son mariage avec le jardinier pourrait lui apporter la paix. Elle choisit toutefois les bras d'Oreste, ce qui rend la tragédie inévitable.

2 • Un personnage inquiétant

• Mais Électre est une « fille que rongent les désirs » (acte I, scène 9, p. 96) et qui exprime des **obsessions**. Elle est attachée à son père d'un amour presque incestueux. Elle fait également de son frère un mari (acte I, scène 7) ou un fils, auquel elle pourrait redonner la vie (acte I, scène 8). En déniant à sa mère toute place dans la famille, elle s'imagine être née de son père et assure : « J'aime tout ce qui, dans ma naissance, revient à mon père. » (acte I, scène 8, p. 89)

• Elle est une « femme à histoires » (acte I, scène 2, p. 32), qu'Oreste suspecte de « la pire arrogance » (acte II, scène 3, p. 130). En héroïne tragique, elle fait preuve d'*hubris* (démesure). Son **orgueil** précipite sa famille et Argos à la catastrophe. La ville est détruite, sous les assauts des Corinthiens. Pour elle, le dénouement est un aboutissement. Elle affirme : « j'ai Oreste, j'ai la justice, j'ai tout » (acte II, scène 10, p. 208). Il ne reste plus qu'à espérer que cette destruction soit le préalable à une renaissance.

3 • Oreste : le bras armé d'Électre ?

• Oreste entre sur scène sous les traits de « **l'étranger** », escorté par les Euménides. De retour d'exil, il livre ses souvenirs d'enfance. Il ne comprend pas la haine d'Électre pour Clytemnestre. Même s'il est méfiant à l'égard de sa mère (acte I, scène 11), il croit encore que l'harmonie aurait pu être possible pour sa famille.

• Jeune homme dont la beauté est plusieurs fois soulignée, il voudrait **être heureux** et se laisserait volontiers aller à la tentation que les Euménides lui présentent : suivre « la piste de ce gibier qui s'appelle le bonheur » (acte II, scène 3, p. 130). Mais son attitude est interprétée par les Euménides comme un signe de **faiblesse** (acte I, scène 12, p. 107).

• Lorsque Oreste apprend que son père a été assassiné et que sa mère a un amant, il « [s]'éveille » (acte II, scène 4, p. 135-137). Il prend l'épée, symbole de son choix de l'**honneur**. Il porte le coup fatal à Clytemnestre et à Égisthe. Il frappe comme s'il était dépassé par son geste, « en fermant les yeux » (acte II, scène 9, p. 205). Mais il est le **criminel**, que les Euménides vont poursuivre (acte II, scène 10).

ÉGISTHE ET CLYTEMNESTRE, LES AMANTS CONDAMNÉS

1 • Égisthe : l'incarnation de la raison d'État

• Égisthe se présente comme un **personnage cynique et sans scrupule**. Dans sa vie personnelle, amant de Clytemnestre et d'Agathe, il se montre sans morale. Il se qualifie lui-même de « jouisseur », « parasite », « fourbe » (acte II, scène 7, p. 168).

• En tant qu'homme d'État, il se soucie avant tout de l'**ordre** : il ne veut pas attirer l'attention des dieux sur la ville. Il « crucifie au fond des vallées », parce que ce n'est pas voyant (acte I, scène 3, p. 48). Seule Électre le dérange encore. La marier avec le jardinier est pour lui le moyen de l'éloigner.

• Mais il peut aussi manifester son **sens des responsabilités**. À la fin de la scène 6 de l'acte II, la didascalie le présente comme « infiniment plus majestueux et serein qu'au premier acte ». Il sait réagir à la menace des Corinthiens et faire passer l'intérêt général au-dessus de son intérêt personnel. Pour le salut d'Argos, il propose d'épouser Clytemnestre, que pourtant il n'est plus certain d'aimer. Il deviendrait ainsi le roi. C'est Électre qui refuse ce compromis nécessaire – et provisoire, puisqu'il s'engage à faire d'Oreste le roi, après avoir sauvé la cité. L'ironie du destin l'unit à Clytemnestre dans la mort.

2 • Clytemnestre : le « droit d'aimer » (acte II, scène 5, p. 144)

• Clytemnestre est un **personnage criminel**, sommé d'avouer ses fautes. Elle est responsable de l'exil d'Oreste enfant. Elle porte surtout le poids de la mort d'Agamemnon. Prisonnière de ses mensonges, elle se défend maladroitement, avant de livrer son « hymne à la vérité » (acte II, scène 8, p. 196).

• Mais Giraudoux fait surtout d'elle une **épouse malheureuse dans son mariage**, qui a simplement voulu aimer. Elle démystifie le personnage d'Agamemnon, qu'elle qualifie de « pompeux, indécis, niais » (acte II, scène 8, p. 195). Son destin de femme l'a entraînée loin de son tempérament de jeune fille douce et heureuse. Son histoire lui a échappé.

• Clytemnestre est aussi une **mère blessée**, qui a dû supporter le sacrifice de sa fille, Iphigénie, et qui doit affronter la colère d'Électre. Celle-ci lui lance cette violente accusation : « Tu étais une nourrice, pas une mère ! » (acte I, scène 4, p. 77) Elle voudrait pourtant être aimée. À l'impitoyable froideur de sa fille, elle tente d'opposer ses arguments et sa sensibilité.

LE MENDIANT ET LES EUMÉNIDES, DES FIGURES DU DESTIN

1 • Le mendiant

• Le mendiant est un **personnage mystérieux**. Souvent spectateur de l'action, il la commente avec lucidité et inspiration, comme pourrait le faire le **coryphée**, le chef du chœur dans la tragédie antique. Dans la scène 9 de l'acte II, il raconte l'effrayant assassinat d'Agamemnon par Égisthe et Clytemnestre, avant de décrire la fin des amants, sous les coups d'Oreste.

• La scène 13 de l'acte I est consacrée à son long **monologue**. Il comprend que Électre ira jusqu'au bout de son désir de justice, qu'il regarde toutefois avec sévérité. Pour lui, la jeune fille se prépare en effet à « remettre à la vie pour le monde et les âges un crime déjà périmé et dont le châtiment lui-même sera un pire crime » (p. 110). Il n'en jette pas moins sur Oreste et elle un regard attendri. Il veille sur leur sommeil.

2 • Les Euménides

• Les Euménides sont des **personnages mythologiques** garants de la justice. Petites filles au début de la pièce, elles grandissent très rapidement au fil des scènes. Dès la scène 1 de l'acte I, la première petite fille l'annonce : « Demain nous serons grandes. » (p. 27) Giraudoux les fait évoluer de manière spectaculaire et accélérée, sans aucun souci de la vraisemblance, jusqu'à ce qu'elles aient « l'âge et la taille d'Électre » (acte II, scène 10, p. 207).

• Les Euménides contribuent à dévoiler les enjeux de la pièce, parfois sur un mode comique. À la scène 12 de l'acte I, elles parodient Clytemnestre et Oreste. Elles voudraient protéger Oreste du désastre. Dans la mythologie grecque, elles sont les « **bienveillantes** ». Elles l'invitent à choisir le bonheur. Dans le dénouement, elles reprennent leur rôle de divinités persécutrices.

Un théâtre poétique

Électre est une tragédie écrite dans une langue très riche, parfois complexe. Giraudoux s'appuie sur le pouvoir poétique du langage : le texte suggère au lecteur tout un monde, au moins autant qu'il se prête à la représentation pour le spectateur.

UN THÉÂTRE DU BEAU LANGAGE

1 • L'invention

• Giraudoux, dans la pièce, joue librement avec le langage, ce qui oblige le lecteur et le spectateur à être actifs. Il propose quelques **néologismes**, comme le terme « annelages » (acte II, scène 8, p. 195), mis pour « annelures » (frisure des cheveux disposés en boucles), qui renvoie aux boucles de la barbe d'Agamemnon.

• Giraudoux emploie également des mots inattendus dans le contexte d'une tragédie à sujet mythologique. Dans la scène 13 de l'acte I (p. 110), les références au « mazout » et à la « fuite de mauvais gaz » constituent, par exemple, des **anachronismes**.

2 • Le raffinement

• *Électre* est caractérisée par des **effets de style**, qui traduisent la créativité verbale de Giraudoux, dont l'écriture est parfois considérée comme précieuse[1]. On y relève de nombreux **paradoxes**, comme dans la définition que le jardinier donne de la tragédie dans son lamento (p. 113) : « C'est cela que c'est, la Tragédie, avec ses incestes, ses parricides : de la pureté, c'est-à-dire en somme de l'innocence. »

• Les **antithèses** mettent à l'épreuve les repères habituels de la logique. À l'image du côté droit du palais d'Agamemnon, celle-ci pourrait n'être qu'un « mirage », une illusion (acte I, scène 1, p. 16). Le jardinier nous dit d'ailleurs dès la scène d'exposition que les contraires ne sont pas inconciliables : « en ce moment le palais rit et pleure à la fois » (p. 16).

• L'écriture de Giraudoux est également riche de nombreuses **images** (comparaisons et métaphores), qui contribuent à la poésie de l'œuvre. Le mendiant s'exprime par l'intermédiaire d'**apologues**, récits dont chacun est invité à tirer une

1. La préciosité repose sur un usage raffiné du langage, dont on exclut toute vulgarité. Elle est répandue dans les salons du XVIIe siècle. Mais elle se fonde sur une exigence intellectuelle et morale que l'on retrouve dans les siècles suivants.

leçon. Dans la scène 3 de l'acte I (p. 48-49), sa fable des hérissons est, pour Égisthe, une invitation à la prudence : il pourrait bien être ce jeune hérisson que l'on tue. Dans son monologue, le mendiant poursuit le parallèle poétique entre les animaux et les hommes. Il évoque le sort des canards en méditant sur la fraternité (acte I, scène 13, p. 109).

3 • Le mélange du noble et du familier

• La **diversité des niveaux de langue** contribue à la richesse du langage. Les mots rares et complexes voisinent avec des mots plus triviaux. Les « petites filles » le disent elles-mêmes : elles ne sont « pas polies » (acte I, scène 1, p. 22). Elles n'hésitent pas à se moquer et à insulter. Le jardinier les traite de « sales petites vipères » (p. 27).

• Giraudoux nous invite ainsi à mettre à distance la noblesse de la tragédie et la gravité de la situation évoquée. Le traitement sur un mode familier d'une réalité élevée relève du **burlesque**. Ce ton bouscule la mythologie, renouvelle le regard que l'on porte sur elle et éloigne le pathétique. Le mendiant, par exemple, associe la « reine des Amazones », guerrières de l'Antiquité, et les « varices » (acte I, scène 3, p. 52). Il démythifie son sujet, en convoquant l'image d'une féminité vieillissante, physiquement affaiblie.

UN THÉÂTRE À LIRE OU À JOUER ?

1 • La primauté de la parole sur l'action

• *Électre* comporte de nombreuses **tirades très longues**. Les deux monologues qui se suivent entre le premier et le deuxième acte (monologue du mendiant à la scène 13 de l'acte I, puis celui du jardinier en entracte) en sont les exemples. La scène avec le jardinier est même qualifiée de « lamento-tunnel » par un critique (Pierre Brisson, *Le Figaro*, 16 mai 1937). À la fin de la pièce, le mendiant développe également deux longs récits : celui de la mort d'Agamemnon (acte II, scène 9, p. 199-202), qui précède celui de la mort de Clytemnestre et d'Égisthe (p. 205-206).

• Pour Giraudoux, il importe de rechercher l'**émotion**, une forme de communion avec le spectateur, qui n'a pas à être emporté dans une action à laquelle il s'identifie sans réfléchir. Au théâtre, il doit comprendre la force de la parole et du silence. Le jardinier, en conclusion de son lamento (p. 114), lui rappelle cette exigence : « Mais je les conjure plutôt, je vous conjure, Dieu, comme preuve de votre affection, de votre voix, de vos cris, de faire un silence, une seconde de votre silence... C'est tellement plus probant. Écoutez... Merci. »

2 • Le jeu universel

• Lire et jouer sont deux modes complémentaires d'accès à une pièce, d'autant plus que tout est jeu sur le **théâtre du monde**. Chaque personnage est en représentation face à un public qui commente ses propos et les éclaire, comme le fait le mendiant. Quelques-uns sortent de scène, comme le jardinier qui constate avec amertume : « Moi, je ne suis plus dans le jeu. » (lamento du jardinier, p. 111)

• Dans la pièce, le procédé du « **théâtre dans le théâtre** » est fréquent : des personnages prennent des rôles d'acteurs. Les Euménides, par exemple, offrent divers spectacles. À la fin de la scène 1 de l'acte I, elles « récitent ». Dans la scène 12 du même acte, elles « jouent en parodie, de préférence avec des masques » (p. 104). Giraudoux fait ainsi réfléchir le lecteur et le spectateur sur la sincérité du discours, toujours un peu illusoire.

Le théâtre dans le théâtre permet de présenter une mise en scène, voire une pièce de théâtre, à l'intérieur d'une première pièce. Les personnages deviennent alors soit des acteurs de la seconde pièce, soit des spectateurs. Ce procédé met en évidence l'étroitesse de la frontière entre le réel et la représentation. Il invite à considérer que le monde est un théâtre, sur lequel chacun joue un rôle.

Le théâtre ou la résistance

Le théâtre, dès l'Antiquité, est citoyen. Il a partie liée avec les questions politiques. Il représente les hommes de pouvoir : rois et reines y sont nombreux. Au théâtre se rencontrent ceux qui font la vie de la cité, pour voir évoqués sur scène de grands enjeux dont ils peuvent débattre. Les pièces apprennent également aux spectateurs à mieux se connaître. Les personnages leur montrent les passions, pour leur permettre de s'en détourner ou de les apprivoiser. Chacun apprend à faire la paix avec soi comme avec les autres. Le théâtre, qui met à distance la folie des hommes, est un acte de résistance à la barbarie et à la tyrannie. Les tyrans ne s'y trompent pas : ils ferment les théâtres et imposent silence à ces personnages qui, comme Électre, posent trop de questions. Monter sur scène, ne serait-ce pas résister ?

DOCUMENT 1

JEAN RACINE, *Andromaque* (1667) ♦ acte I, scène 4

Dans sa tragédie, Racine (1639-1699) évoque les conséquences de la guerre de Troie. Pyrrhus, vainqueur de la guerre, retient Andromaque captive avec Astyanax, son fils. Il vient lui apprendre que les Grecs menacent ce dernier, car ils le voient comme le successeur éventuel de son père, Hector. Andromaque résiste au chantage de Pyrrhus, qui lui offre la protection d'Astyanax en échange de son amour.

ANDROMAQUE

Seigneur, que faites-vous, et que dira la Grèce ?
Faut-il qu'un si grand cœur montre tant de faiblesse ?
Voulez-vous qu'un dessein si beau, si généreux,
Passe pour le transport d'un esprit amoureux ?
Captive, toujours triste, importune à moi-même,
Pouvez-vous souhaiter qu'Andromaque vous aime ?
Quels charmes ont pour vous des yeux infortunés
Qu'à des pleurs éternels vous avez condamnés ?
Non, non ; d'un ennemi respecter la misère,
Sauver des malheureux, rendre un fils à sa mère,
De cent peuples pour lui combattre la rigueur,
Sans me faire payer son salut de mon cœur,
Malgré moi, s'il le faut, lui donner un asile :
Seigneur, voilà des soins dignes du fils d'Achille.

PYRRHUS

Hé quoi ! votre courroux n'a-t-il pas eu son cours ?
Peut-on haïr sans cesse ? et punit-on toujours ?
J'ai fait des malheureux, sans doute ; et la Phrygie
Cent fois de votre sang a vu ma main rougie ;
Mais que vos yeux sur moi se sont bien exercés !
Qu'ils m'ont vendu bien cher les pleurs qu'ils ont versés !
De combien de remords m'ont-ils rendu la proie !
Je souffre tous les maux que j'ai faits devant Troie.
Vaincu, chargé de fers, de regrets consumé,
Brûlé de plus de feux que je n'en allumai,
Tant de soins, tant de pleurs, tant d'ardeurs inquiètes...
Hélas ! fus-je jamais si cruel que vous l'êtes ?
Mais enfin, tour à tour, c'est assez nous punir :
Nos ennemis communs devraient nous réunir.
Madame, dites-moi seulement que j'espère,
Je vous rends votre fils, et je lui sers de père ;
Je l'instruirai moi-même à venger les Troyens ;
J'irai punir les Grecs de vos maux et des miens.
Animé d'un regard, je puis tout entreprendre :
Votre Ilion[1] encor peut sortir de sa cendre ;
Je puis, en moins de temps que les Grecs ne l'ont pris,
Dans ses murs relevés couronner votre fils.

ANDROMAQUE

Seigneur, tant de grandeurs ne nous touchent plus guère.
Je les lui promettais tant qu'a vécu son père.
Non, vous n'espérez plus de nous revoir encor,
Sacrés murs que n'a pu conserver mon Hector !
À de moindres faveurs des malheureux prétendent,
Seigneur : c'est un exil que mes pleurs vous demandent.
Souffrez que, loin des Grecs, et même loin de vous,
J'aille cacher mon fils, et pleurer mon époux.
Votre amour contre nous allume trop de haine.
Retournez, retournez à la fille d'Hélène[2].

1. Ilion : Troie.

2. Il s'agit d'Hermione, qui doit se marier avec Pyrrhus, mais que ce dernier n'aime pas.

DOCUMENT 2

MARIVAUX, *La Colonie* (1750) ♦ scène 1

L'extrait est la scène d'exposition de La Colonie, *comédie de Marivaux (1688-1763). Cette pièce est une utopie, dans laquelle les femmes tentent de prendre le pouvoir, pour résister à la domination des hommes.*

ARTHENICE. – Ah çà ! Madame Sorbin, ou plutôt ma compagne, car vous l'êtes, puisque les femmes de votre état viennent de vous revêtir du même pouvoir dont les femmes nobles m'ont revêtue moi-même, donnons-nous la main, unissons-nous et n'ayons qu'un même esprit toutes les deux.

MADAME SORBIN, *lui donnant la main.* – Conclusion, il n'y a plus qu'une femme et qu'une pensée ici.

ARTHENICE. – Nous voici chargées du plus grand intérêt que notre sexe[1] ait jamais eu, et cela dans la conjoncture[2] du monde la plus favorable pour discuter notre droit vis-à-vis les hommes.

MADAME SORBIN. – Oh ! pour cette fois-ci, Messieurs, nous compterons ensemble.

ARTHENICE. – Depuis qu'il a fallu nous sauver avec eux dans cette île où nous sommes fixées, le gouvernement de notre patrie a cessé.

MADAME SORBIN. – Oui, il en faut un tout neuf ici, et l'heure est venue ; nous voici en place d'avoir justice, et de sortir de l'humilité ridicule qu'on nous a imposée depuis le commencement du monde : plutôt mourir que d'endurer plus longtemps nos affronts.

ARTHENICE. – Fort bien, vous sentez-vous en effet un courage qui réponde à la dignité de votre emploi ?

MADAME SORBIN. – Tenez, je me soucie aujourd'hui de la vie comme d'un fétu[3] ; en un mot comme en cent, je me sacrifie[4], je l'entreprends. Madame Sorbin veut vivre dans l'histoire et non pas dans le monde.

ARTHENICE. – Je vous garantis un nom immortel.

MADAME SORBIN. – Nous, dans vingt mille ans, nous serons encore la nouvelle du jour.

ARTHENICE. – Et quand même[5] nous ne réussirions pas, nos petites-filles réussiront.

---

1. Notre sexe : les femmes.
2. Conjoncture : situation.
3. Fétu : brin de paille, objet sans intérêt.
4. En un mot comme en cent, je me sacrifie : je suis décidée à me sacrifier.
5. Quand même : quand bien même.

MADAME SORBIN. – Je vous dis que les hommes n'en reviendront jamais. Au surplus, vous qui m'exhortez[1], il y a ici un certain Monsieur Timagène qui court après votre cœur ; court-il encore ? Ne l'a-t-il pas pris ? Ce serait là un furieux sujet de faiblesse humaine, prenez-y garde.

ARTHENICE. – Qu'est-ce que c'est que Timagène[2], Madame Sorbin ? Je ne le connais plus depuis notre projet ; tenez ferme et ne songez qu'à m'imiter.

MADAME SORBIN. – Qui ? moi ! Et où est l'embarras ? Je n'ai qu'un mari, qu'est-ce que cela coûte à laisser ? ce n'est pas là une affaire de cœur.

ARTHENICE. – Oh ! j'en conviens.

MADAME SORBIN. – Ah çà ! vous savez bien que les hommes vont dans un moment s'assembler sous des tentes, afin d'y choisir entre eux deux hommes qui nous feront des lois ; on a battu le tambour pour convoquer l'assemblée.

ARTHENICE. – Eh bien ?

MADAME SORBIN. – Eh bien ? il n'y a qu'à faire battre le tambour aussi pour enjoindre à nos femmes d'avoir à mépriser les règlements de ces messieurs, et dresser tout de suite une belle et bonne ordonnance[3] de séparation d'avec les hommes, qui ne se doutent encore de rien.

DOCUMENT 3

ALFRED DE MUSSET, *Lorenzaccio* (1834) ♦ acte III, scène 3

Lorenzo de Médicis, dans la pièce de Musset (1810-1857), est le compagnon d'Alexandre, tyran de Florence. Mais, secrètement, il organise son meurtre. Il n'accepte pas la corruption et la violence du tyran. À Philippe, qui est à la tête de la résistance républicaine, il explique ses craintes.

LORENZO. – Tu me demandes pourquoi je tue Alexandre ? Veux-tu donc que je m'empoisonne, ou que je saute dans l'Arno ? veux-tu donc que je sois un spectre, et qu'en frappant sur ce squelette...

Il frappe sa poitrine.

il n'en sorte aucun son ? Si je suis l'ombre de moi-même, veux-tu donc que je m'arrache le seul fil qui rattache aujourd'hui mon cœur à quelques fibres de mon cœur d'autrefois ? Songes-tu que ce meurtre,

1. **Vous qui m'exhortez** : vous qui m'encouragez à parler.
2. **Qu'est-ce que c'est que Timagène** : qui est ce Timagène.
3. **Ordonnance** : décret officiel.

c'est tout ce qui me reste de ma vertu ? Songes-tu que je glisse depuis deux ans sur un mur taillé à pic, et que ce meurtre est le seul brin d'herbe où j'aie pu cramponner mes ongles ? Crois-tu donc que je n'aie plus d'orgueil, parce que je n'ai plus de honte ? et veux-tu que je laisse mourir en silence l'énigme de ma vie ? Oui, cela est certain, si je pouvais revenir à la vertu, si mon apprentissage du vice pouvait s'évanouir, j'épargnerais peut-être ce conducteur de bœufs. Mais j'aime le vin, le jeu et les filles ; comprends-tu cela ? Si tu honores en moi quelque chose, toi qui me parles, c'est mon meurtre que tu honores, peut-être justement parce que tu ne le ferais pas. Voilà assez longtemps, vois-tu, que les républicains me couvrent de boue et d'infamie ; voilà assez longtemps que les oreilles me tintent[1], et que l'exécration[2] des hommes empoisonne le pain que je mâche ; j'en ai assez de me voir conspué[3] par des lâches sans nom qui m'accablent d'injures pour se dispenser de m'assommer, comme ils le devraient. J'en ai assez d'entendre brailler en plein vent le bavardage humain ; il faut que le monde sache un peu qui je suis, et qui il est. Dieu merci, c'est peut-être demain que je tue Alexandre ; dans deux jours j'aurai fini. Ceux qui tournent autour de moi avec des yeux louches, comme autour d'une curiosité monstrueuse apportée d'Amérique[4], pourront satisfaire leur gosier et vider leur sac à paroles. Que les hommes me comprennent ou non, qu'ils agissent ou n'agissent pas, j'aurai dit aussi ce que j'ai à dire ; je leur ferai tailler leurs plumes, si je ne leur fais pas nettoyer leurs piques, et l'humanité gardera sur sa joue le soufflet de mon épée marqué en traits de sang. Qu'ils m'appellent comme ils voudront, Brutus ou Érostrate[5], il ne me plaît pas qu'ils m'oublient. Ma vie entière est au bout de ma dague[6], et que la Providence retourne ou non la tête en m'entendant frapper, je jette la nature humaine à pile ou face sur la tombe d'Alexandre ; dans deux jours les hommes comparaîtront devant le tribunal de ma volonté.

1. **Les oreilles me tintent** : mes oreilles résonnent des critiques que l'on m'adresse.
2. **Exécration** : détestation.
3. **Conspué** : méprisé ouvertement.
4. À l'époque de Lorenzo, la découverte de l'Amérique était encore récente.
5. Les deux personnages qui ont porté le nom de **Brutus** ont laissé dans l'Histoire le souvenir d'une action en faveur de la liberté en agissant pour la république, dans l'Antiquité romaine. **Érostrate**, au contraire, a laissé le souvenir d'un homme dont l'action a été absurde et destructrice : il incendia le temple d'Artémis à Éphèse (une des sept merveilles du monde) en 356 av. J.-C., dans l'unique intention de rendre son nom immortel.
6. **Dague** : épée à lame très courte.

DOCUMENT 4

JEAN GIRAUDOUX, *Électre* (1937) ♦ acte II, scène 10

Électre est allée jusqu'au bout de son combat pour la justice et la vérité. Elle a sa conscience pour elle. Elle a résisté à la tyrannie au nom de ses valeurs. Mais le palais brûle et les Corinthiens ont envahi la ville, massacrant la population. C'est sur ces valeurs que l'avenir pourra se reconstruire.

« Fuyez, vous-autres [...] l'aurore. » → p. 207-209, l. 1406-1439

DOCUMENT 5

JEAN-PAUL SARTRE, *Les Mouches* (1943), recueilli dans *Huis-Clos – Les Mouches*, ♦ acte III, scène 6

Oreste revient à Argos, qui est la proie des mouches. Ces mouches représentent le remords qui pèse sur les habitants de la ville, après la mort d'Agamemnon, assassiné par Clytemnestre et Égisthe. Oreste va venger son père en tuant sa mère et son amant, pour rétablir la justice et la paix. Face à l'usurpateur, il ne se soumet pas. En homme engagé, il assume pleinement la responsabilité de son acte. L'extrait suivant est la fin de la pièce.

Oreste s'est dressé. – Vous voilà donc, mes sujets très fidèles ! Je suis Oreste, votre roi, le fils d'Agamemnon, et ce jour est le jour de mon couronnement. *(La foule gronde, décontenancée.)* Vous ne criez plus ? *(La foule se tait.)* Je sais : je vous fais peur. Il y a quinze ans, jour pour jour, un autre meurtrier s'est dressé devant vous, il avait des gants rouges jusqu'au coude, des gants de sang, et vous n'avez pas eu peur de lui car vous avez lu dans ses yeux qu'il était des vôtres et qu'il n'avait pas le courage de ses actes. Un crime que son auteur ne peut supporter, ce n'est plus le crime de personne, n'est-ce pas ? C'est presque un accident. Vous avez accueilli le criminel comme votre roi, et le vieux crime s'est mis à rôder entre les murs de la ville, en gémissant doucement, comme un chien qui a perdu son maître. Vous me regardez, gens d'Argos, vous avez compris que mon crime est bien à moi ; je le revendique à la face du soleil, il est ma raison de vivre et mon orgueil, vous ne pouvez ni me châtier, ni me plaindre, et c'est pourquoi je vous fais peur. Et pourtant, ô mes hommes, je vous aime, et c'est pour vous que j'ai tué. Pour vous. J'étais venu réclamer mon royaume et vous m'avez repoussé parce que je n'étais pas des vôtres. À présent, je suis des vôtres, ô mes sujets, nous sommes liés par le sang, et je mérite d'être votre roi. Vos fautes et vos remords, vos angoisses nocturnes, le crime d'Égisthe, tout est à moi, je prends tout sur moi. Ne craignez plus vos morts, ce sont *mes* morts. Et voyez : vos mouches fidèles vous ont quittés pour moi. Mais n'ayez crainte, gens d'Argos : je ne m'assiérai pas, tout sanglant, sur le trône de ma victime : un dieu me l'a offert et j'ai dit non. Je veux être un roi sans terre et sans sujets. Adieu, mes hommes, tentez de vivre : tout est neuf ici, tout est à commencer. Pour moi aussi la vie commence. Une étrange vie. Écoutez encore ceci : un été, Scyros fut infestée par les rats. C'était une horrible lèpre, ils rongeaient tout ; les habitants de la ville crurent en mourir. Mais, un jour, vint un joueur de flûte. Il se dressa au cœur de la ville – comme ceci. *(Il se met debout.)* Il se mit à jouer de la flûte et tous les rats vinrent se presser autour de lui. Puis il se mit en marche à longues enjambées, comme ceci *(il descend du piédestal)*, en criant aux gens de Scyros : « Écartez-vous ! » *(La foule s'écarte.)* Et tous les rats dressèrent la tête en hésitant – comme font les mouches. Regardez ! Regardez les mouches ! Et puis tout d'un coup ils se précipitèrent sur ses traces. Et le joueur de flûte avec ses rats disparut pour toujours. Comme ceci.

Il sort ; les Erinnyes se jettent en hurlant derrière lui.

DOCUMENT 6

JEAN ANOUILH, *Antigone* (1944) © La Table ronde

Dans la pièce de Jean Anouilh (1910-1987), Antigone incarne la résistance. Face à Créon, tyran prêt à tous les sacrifices au nom de la raison d'État, elle incarne la raison du cœur. Elle a un débat avec lui sur le bonheur. Mais il veut la faire taire.

CRÉON *la secoue.* – Te tairas-tu, enfin ?

ANTIGONE. – Pourquoi veux-tu me faire taire ? Parce que tu sais que j'ai raison ? Tu crois que je ne lis pas dans tes yeux que tu le sais ? Tu sais que j'ai raison, mais tu ne l'avoueras jamais parce que tu es en train de défendre ton bonheur en ce moment comme un os.

CRÉON. – Le tien et le mien, oui, imbécile !

ANTIGONE. – Vous me dégoûtez tous, avec votre bonheur ! Avec votre vie qu'il faut aimer coûte que coûte. On dirait des chiens qui lèchent tout ce qu'ils trouvent. Et cette petite chance, pour tous les jours si on n'est pas trop exigeant. Moi, je veux tout tout de suite, – et que ce soit entier –, ou alors je refuse ! Je ne veux pas être modeste, moi, et me contenter d'un petit morceau si j'ai été bien sage. Je veux être sûre de tout aujourd'hui et que cela soit aussi beau que quand j'étais petite – ou mourir.

CRÉON. – Allez, commence, commence, comme ton père !

ANTIGONE. – Comme mon père, oui ! Nous sommes de ceux qui posent les questions jusqu'au bout. Jusqu'à ce qu'il ne reste vraiment plus la petite chance d'espoir vivante, la plus petite chance d'espoir à étrangler. Nous sommes de ceux qui lui sautent dessus quand nous le rencontrons, votre espoir, votre cher espoir, votre sale espoir !

CRÉON. – Tais-toi ! Si tu te voyais criant ces mots, tu es laide.

ANTIGONE. – Oui, je suis laide ! C'est ignoble, n'est-ce pas, ces cris, ces sursauts, cette lutte de chiffonniers. Papa n'est devenu beau qu'après, quand il a été bien sûr, enfin, qu'il avait tué son père, que c'était bien avec sa mère qu'il avait couché. Et que rien, plus rien, ne pouvait le sauver. Alors, il s'est calmé tout d'un coup, il a eu comme un sourire, et il est devenu beau. C'était fini. Il n'a plus eu qu'à fermer les yeux pour ne plus vous voir ! Ah ! vos têtes, vos pauvres têtes de candidats au bonheur ! C'est vous qui êtes laids, même les plus beaux. Vous avez tous quelque chose de laid au coin de l'œil ou de la bouche. Tu l'as bien dit tout à l'heure, Créon, la cuisine. Vous avez des têtes de cuisiniers !

CRÉON *lui broie le bras.* – Je t'ordonne de te taire maintenant, tu entends ?

ANTIGONE. – Tu m'ordonnes, cuisinier ? Tu crois que tu peux m'ordonner quelque chose ?

CRÉON. – L'antichambre est pleine de monde. Tu veux donc te perdre ? On va t'entendre.

ANTIGONE. – Eh bien, ouvre les portes. Justement, ils vont m'entendre !

CRÉON, *qui essaie de lui fermer la bouche de force.* – Vas-tu te taire, enfin, bon Dieu ?

ANTIGONE *se débat.* – Allons vite, cuisinier ! Appelle tes gardes !

Réécritures du mythe d'Électre

Le mythe d'Électre a fait l'objet de multiples réécritures, que l'on peut étudier, en particulier, en s'appuyant sur la scène de reconnaissance entre Électre et Oreste (documents 9, 10 et 11 → sujet 2, p. 278). Il a inspiré trois grands tragiques de l'Antiquité grecque : Eschyle, Sophocle et Euripide. Au XXe siècle, il a aussi inspiré de nombreux dramaturges. Ce mythe continue à nous donner des éléments d'explication de notre monde et même, pour la psychanalyse, qui en fait le pendant féminin du complexe d'Œdipe[1], des éléments de réflexion sur la constitution de la personnalité des femmes.

DOCUMENT 7

ESCHYLE, *Les Khoèphores* (Ve siècle av. J.-C.), trad. Leconte de Lisle

Les Khoèphores *(ou* Choéphores*) est une pièce qui appartient à une trilogie d'Eschyle :* L'Orestie. *Cette trilogie comprend deux autres tragédies :* Agamemnon *et* Les Euménides. *Dans cet extrait, Électre est accompagnée du chœur des captives troyennes.*

ÉLEKTRA. – Femmes esclaves, servantes des demeures, qui m'accompagnez dans cette supplication, conseillez-moi sur ceci. En versant les libations[2] funèbres sur ce tombeau, quelles paroles propices prononcerai-je ? Comment prier mon père ? Dirai-je que je viens à l'époux bien-aimé de la part de la chère épouse, de ma mère ? Jamais je ne l'oserai, et je ne sais que dire en versant cette libation sur le tombeau de mon père. Lui dirai-je qu'il doit rendre le mal pour le mal, comme c'est la coutume parmi les hommes qui offrent des présents à ceux qui leur en font ? Ou bien, muette et sans nul honneur, puisque mon père a été égorgé, me retirerai-je, après avoir versé les libations comme pour l'expiation d'un crime, et jeté le vase derrière moi, en détournant les yeux ? Ô amies ! conseillez-moi, car nous avons toutes la même haine dans ces demeures. Ne cachez donc rien, par crainte, au fond de votre cœur, car ce que la destinée a décidé arrive pour l'homme libre comme pour celui qui subit le joug[3] d'une puissance étrangère. Parle donc, si tu as quelque chose de mieux à conseiller.

1. Le complexe d'Électre invite à s'interroger sur la dépendance des filles à l'égard de leur père. Le complexe d'Œdipe concerne le rapport des garçons à leur mère.

2. **Libations** : présentation de boissons en offrande à un dieu.

3. **Joug** : pièce de bois qui permet d'atteler les bœufs. Ici, au sens figuré : contrainte inacceptable, tyrannie.

LE CHŒUR DES KHOÈPHORES. – Respectant le tombeau de ton père autant qu'un autel, je te dirai ma pensée puisque tu me l'ordonnes.

ÉLEKTRA. – Parle donc, si tu respectes le tombeau de mon père.

LE CHŒUR DES KHOÈPHORES. – En versant les libations, fais des prières pour ceux qui lui étaient bienveillants.

ÉLEKTRA. – Quels amis nommerais-je ?

LE CHŒUR DES KHOÈPHORES. – Toi-même d'abord, et quiconque hait Aigisthos[1].

ÉLEKTRA. – Je ferai donc des vœux pour moi et pour toi ?

LE CHŒUR DES KHOÈPHORES. – Tu as bien dit, certes, et tu m'as comprise.

ÉLEKTRA. – Et quel nom ajouter aux nôtres ?

LE CHŒUR DES KHOÈPHORES. – Souviens-toi d'Orestès, tout absent qu'il est.

ÉLEKTRA. – Tu me donnes un conseil juste et sage.

LE CHŒUR DES KHOÈPHORES. – Maintenant, souviens-toi des coupables de l'égorgement de ton père.

ÉLEKTRA. – Que dirai-je ? Je ne sais. Enseigne-le-moi.

LE CHŒUR DES KHOÈPHORES. – Souhaite qu'il leur arrive un dieu ou un homme.

ÉLEKTRA. – Parles-tu d'un juge ou d'un vengeur ?

LE CHŒUR DES KHOÈPHORES. – Souhaite clairement que ce soit quelqu'un qui les égorge à leur tour.

DOCUMENT 8

SOPHOCLE, *Électre* (vers 415 av. J.-C.), trad. Leconte de Lisle

Le monologue d'Électre montre l'intérêt que Sophocle porte à ce personnage, qui est plus présent dans sa pièce que dans celle d'Eschyle.

ÉLEKTRA. – Certes, j'ai honte, ô femmes, de ce que mes gémissements vous semblent trop répétés ; mais pardonnez-moi, la nécessité m'y contraint. Quelle femme de bonne race ne gémirait point ainsi en voyant les malheurs paternels qui, jour et nuit, semblent augmenter plutôt que diminuer ? D'abord, j'ai pour ma plus cruelle ennemie la mère qui m'a conçue ; puis, je hante ma propre demeure avec les tueurs de mon père ; je suis sous leur puissance, et il dépend d'eux que je possède quelque chose ou que je manque de tout. Quels jours penses-tu que je vive, quand je vois Aigisthos[1] s'asseoir sur le trône de mon père, et, couvert

1. **Aigisthos** : Égisthe.

des mêmes vêtements, répandre des libations[1] sur ce foyer devant lequel il l'a égorgé ? Lorsqu'enfin je vois ce suprême outrage : le meurtrier couchant dans le lit de mon père avec ma misérable mère, s'il est permis de nommer mère celle qui couche avec cet homme ? Elle est tellement insensée, qu'elle habite avec lui sans redouter les Erinnyes[2] ! Mais, au contraire, comme se réjouissant du crime accompli, quand revient le jour où elle a tué mon père à l'aide de ses ruses, elle célèbre des chœurs dansants et elle offre des victimes aux dieux sauveurs. Et moi, malheureuse, voyant cela, je pleure dans la demeure, et je me consume, et, seule avec moi-même, je déplore ces repas funestes qui portent le nom de mon père ; car je ne puis me lamenter ouvertement autant que je le voudrais. Alors, ma mère bien née, à haute voix, m'accable d'injures telles que celles-ci : – Ô détestée des dieux et de moi, es-tu la seule dont le père soit mort ? Nul autre des mortels n'est-il dans le deuil ? Que tu périsses misérablement ! Que les dieux souterrains ne te délivrent jamais de tes larmes ! – Elle m'accable de ces outrages. Mais si, parfois, quelqu'un annonce qu'Orestès doit revenir, alors elle crie, pleine de fureur : – N'es-tu point cause de ceci ? N'est-ce point là ton œuvre, toi qui, ayant enlevé Orestès de mes mains, l'as fait nourrir secrètement ? Mais sache que tu subiras des châtiments mérités ! – Elle aboie ainsi, et, debout à côté d'elle, son amant illustre l'excite, lui, très lâche et mauvais, et qui ne combat qu'à l'aide des femmes. Et moi, attendant toujours que le retour d'Orestès mette un terme à ces maux, je péris pendant ce temps, malheureuse que je suis ! Car, promettant toujours et n'accomplissant rien, il détruit mes espérances présentes et passées. C'est pourquoi, amies, je ne puis me modérer en de telles misères, ni respecter aisément la piété. Qui est sans cesse accablé par le mal applique forcément son esprit au mal.

DOCUMENT 9

EURIPIDE, *Électre* (vers 416 av. J.-C.), trad. H. Berguin

Cette scène, qui s'inspire d'Eschyle, est la scène de reconnaissance (ou anagnorisis*) entre Oreste, de retour à Argos après des années d'exil, et Électre.*

ORESTE. – Salut, vieillard ! *(À Électre.)* Quelle est, Électre, cette vieille ruine d'homme ? Est-il de tes amis ?

1. Libations : présentation de boissons en offrande à un dieu.

2. Érinnyes (ou Érinyes) : esprits de la justice et de la vengeance.

ÉLECTRE. – C'est lui qui éleva mon père, étranger.

ORESTE. – Que dis-tu ? C'est lui qui a dérobé ton frère ?

ÉLECTRE. – Oui, c'est lui qui l'a sauvé, s'il vit encore.

ORESTE. – Eh bien, pourquoi me regarde-t-il avec cette insistance comme s'il examinait l'empreinte brillante d'une pièce d'argent ? Est-ce qu'il me trouve une ressemblance avec quelqu'un ?

ÉLECTRE. – C'est peut-être la joie de voir un jeune homme de l'âge d'Oreste.

ORESTE. – Oui, son ami. – Mais qu'a-t-il à tourner ainsi autour de moi ?

ÉLECTRE. – Moi aussi, à le voir faire, je suis tout étonnée, étranger.

LE VIEILLARD. – Ô ma souveraine, prie les dieux, Électre, ma fille...

ÉLECTRE *(ironique)*. – Pour les biens qu'ils me donnent, ou ne me donnent pas ?

LE VIEILLARD. – Pour avoir obtenu le cher trésor que te révèle un dieu.

ÉLECTRE. – Vois : j'invoque les dieux. Mais que veux-tu dire, vieillard ?

LE VIEILLARD. – Regarde-le donc, ô mon enfant : n'est-ce pas ce que tu as de plus cher ?

ÉLECTRE. – Depuis un moment, j'ai peur que tu n'aies plus ton bon sens.

LE VIEILLARD. – Je n'ai pas mon bon sens, moi, quand je vois ton frère ?

ÉLECTRE. – Qu'as-tu dit, vieillard ? Parole inespérée !

LE VIEILLARD. – Je vois ici Oreste, le fils d'Agamemnon.

ÉLECTRE. – Quel signe as-tu vu, auquel je puisse croire ?

LE VIEILLARD. – Sa cicatrice près du sourcil : jadis, chez son père, en poursuivant un faon avec toi, en tombant il s'est blessé.

ÉLECTRE. – Que dis-tu ? Oui, je vois la marque de sa chute.

LE VIEILLARD. – Et tu tardes à tomber dans les bras d'un être cher ?

ÉLECTRE. – Ah ! non, vieillard, je n'hésite plus. Ces signes que tu me montres ont convaincu mon cœur... Ah !... Enfin tu m'apparais ! Je t'ai, contre toute espérance !

Elle s'est jetée dans les bras d'Oreste.

ORESTE. – Tu es à moi, enfin !

DOCUMENT 10

JEAN GIRAUDOUX, *Électre* (1937) ♦ acte I, scènes 5 et 6

Un étranger est arrivé à Argos. Dans ces deux scènes, Électre le reconnaît : c'est Oreste, son frère.

« Voici le bon moment [...] Clytemnestre apparaît. » → p. 79-82, l. 937-982

DOCUMENT 11

JEAN-PAUL SARTRE, *Les Mouches* (1943), recueilli dans *Huis-Clos – Les Mouches*
 ♦ acte II, scène 4

Oreste est de retour à Argos. Il se présente à Électre sous le nom de Philèbe. Dans cette scène, la sœur reconnaît son frère.

ÉLECTRE. – [...] Mon frère n'est pas mort, je le sais. Et je l'attends.

ORESTE. – S'il ne venait pas ?

ÉLECTRE. – Il viendra, il ne peut pas ne pas venir. [...]

ORESTE. – Et s'il n'était pas comme tu l'imagines ?

ÉLECTRE. – Comment veux-tu qu'il soit, le fils d'Agamemnon et de Clytemnestre ?

ORESTE. – S'il était las de tout ce sang, ayant grandi dans une ville heureuse ?

ÉLECTRE. – Alors je lui cracherais au visage et je lui dirais : « Va-t'en, chien, va chez les femmes, car tu n'es rien d'autre qu'une femme. Mais tu fais un mauvais calcul : tu es le petit-fils d'Atrée, tu n'échapperas pas au destin des Atrides[1]. Tu as préféré la honte au crime, libre à toi. Mais le destin viendra te chercher dans ton lit : tu auras la honte d'abord, et puis tu commettras le crime, en dépit de toi-même ! »

ORESTE. – Électre, je suis Oreste.

ÉLECTRE, *dans un cri.* – Tu mens !

ORESTE. – Par les mânes[2] de mon père Agamemnon, je te le jure : je suis Oreste. *(Un silence.)* Eh bien ? Qu'attends-tu pour me cracher au visage ?

ÉLECTRE. – Comment le pourrais-je ? *(Elle le regarde.)* Ce beau front est le front de mon frère. Ces yeux qui brillent sont les yeux de mon frère, Oreste... Ah ! j'aurais préféré que tu restes Philèbe et que mon frère fût mort.

DOCUMENT 12

- **Affiche de la mise en scène d'*Électre* par Thierry Surace (2015)**

→ 3e de couverture et p. 285

1. Atrides : famille de l'Antiquité, fondée par Atrée et réputée pour sa violence. Électre et Oreste appartiennent à cette famille au destin tragique.

2. Mânes : âmes des morts, considérées comme sacrées.

ANNEXE 1

MICHEL LEIRIS, « Oreste et la Cité » (1943), *Brisées* © Mercure de France, 1966

Dans ce compte rendu, qui paraît clandestinement dans Les Lettres françaises, *Leiris donne une interprétation des* Mouches *de Sartre.*

À la rigueur de l'attitude d'Oreste, s'oppose l'inconsistance de celle d'Électre, véhémente et sacrilège mais qui, incapable de sortir du cercle passionnel, de s'évader du cycle des rancunes familiales, apparaît confinée entre l'érotisme et une sorte de contre-religiosité qui n'est, en somme, qu'une piété retournée et, par conséquent, se situe encore sur le plan religieux.

Rongée par la haine comme les gens d'Argos le sont par la peur, Électre qui, faute de lucidité et de courage, n'a pas agi librement – ressemblant en cela à sa mère Clytemnestre comme elle lui ressemble physiquement – sera la proie du remords et n'échappera aux Érinyes que par le repentir, allant jusqu'à renier la fureur qui l'animait quand elle poussait son frère à faire vengeance.

ANNEXE 2

JEAN-PIERRE VERNANT, *Mythe et Pensée chez les Grecs* (1965) © La Découverte

À travers diverses œuvres, l'auteur (1914-2007), historien et professeur au Collège de France, tente de mieux comprendre ce qu'a été l'homme grec. Dans l'extrait, il livre son interprétation du mythe d'Électre, et en particulier du conflit entre Électre et sa mère.

La fille d'Agamemnon incarne le foyer paternel dont on l'a, comme son frère, écartée et qu'elle veut avec lui restaurer en en chassant l'intruse qui s'y est établie. Mais dans ses rapports avec Oreste, Électre n'est pas seulement la sœur si étroitement liée au frère que leurs deux vies se fondent en une âme unique, elle est aussi une mère, – au vrai, la seule mère d'Oreste. [...] Occupant près de son jeune frère la place de cette mère dont elle a hérité la nature virile et dominatrice, Électre, « double » de Clytemnestre, est en même temps son opposé. Vierge [...], elle se veut d'autant plus chaste qu'elle imagine sa mère plus sensuelle et dévergondée. Elle aime son père aussi passionnément que Clytemnestre hait son époux. [...] Toutes deux, pour des raisons inverses, sont extérieures au domaine du mariage ; l'une reste en deçà, l'autre va au-delà. Si la première s'affirme sans réserve pour le père, c'est dans la mesure même où, fixée à son foyer, elle refuse l'union conjugale et ne se reconnaît d'autre progéniture que le frère en qui se perpétue la race paternelle et qui lui tient lieu tout à la fois de fils, de père et d'époux. Si la seconde se déclare sans réserve pour la mère, c'est dans la mesure où elle rejette le statut d'épouse.

S'opposer sur scène à la tyrannie

| SUJET D'ÉCRIT 1 |

Objet d'étude : Le texte théâtral et sa représentation, du XVIIe siècle à nos jours

DOCUMENTS

(Les documents figurent dans l'ouvrage, p. 263-269.)

- **RACINE, *Andromaque*** (1667) ♦ DOC. 1, p. 263
- **MUSSET, *Lorenzaccio*** (1834) ♦ DOC. 3, p. 266
- **GIRAUDOUX, *Électre*** (1937) ♦ DOC. 4, p. 268
- **ANOUILH, *Antigone*** (1944) ♦ DOC. 6, p. 269

QUESTIONS SUR LE CORPUS

1 Présentez les personnages du corpus qui peuvent être considérés comme des résistants.

2 À qui et à quoi ces personnages résistent-ils ?

TRAVAUX D'ÉCRITURE

Commentaire (séries générales)

Vous ferez le commentaire du texte de Giraudoux (doc. 4, p. 268).

Commentaire (séries technologiques)

Vous ferez le commentaire du texte de Giraudoux (doc. 4, p. 268), en vous aidant des pistes de lecture suivantes.
– Ce dénouement ne laisse-t-il place qu'au tragique ?
– Consacre-t-il le triomphe d'Électre et de la justice, qu'elle entend défendre ?

Dissertation

Pensez-vous que le spectateur aille au théâtre pour apprendre la liberté ?
Vous répondrez à cette question en vous appuyant sur les textes du corpus, les œuvres étudiées en classe et vos lectures personnelles.

Écriture d'invention

Électre prend conscience qu'elle est devenue une meurtrière. Elle est poursuivie par les Euménides et tenaillée par le remords. Vous écrirez l'acte II, scène 11 de l'*Électre* de Giraudoux. Cette scène sera dominée par le registre tragique.

Réécrire une scène de reconnaissance

| SUJET D'ÉCRIT 2 |

Objet d'étude : Les réécritures, du XVIIe siècle jusqu'à nos jours

DOCUMENTS

(Les documents figurent dans l'ouvrage, p. 273-275.)

- **EURIPIDE, *Électre*** (416 av. J.-C.) ♦ DOC. 9, p. 273
- **GIRAUDOUX, *Électre*** (1937) ♦ DOC. 10, p. 274
- **SARTRE, *Les Mouches*** (1943) ♦ DOC. 11, p. 275

QUESTIONS SUR LE CORPUS

1 Pourquoi peut-on dire que le texte antique est probablement l'une des sources de Giraudoux et de Sartre ?

2 Les deux textes du XXe siècle sont-ils pour autant parfaitement fidèles au texte antique ?

TRAVAUX D'ÉCRITURE

Commentaire (séries générales)

Vous ferez le commentaire du texte de Giraudoux (doc. 10, p. 274).

Commentaire (séries technologiques)

Vous ferez le commentaire du texte de Giraudoux (doc. 10, p. 274), en vous aidant des pistes de lecture suivantes.
– La révélation de l'identité de « l'étranger » est-elle une surprise pour le spectateur ? Montrez qu'elle est progressive et préparée par de nombreux indices.
– Analysez comment Électre passe, dans ces deux scènes, de l'ignorance à la connaissance.

Dissertation

Le texte littéraire doit-il être l'expression de l'originalité absolue de l'écrivain ? Vous répondrez à cette question en vous appuyant sur les textes du corpus, les œuvres étudiées en classe et vos lectures personnelles.

Écriture d'invention

Écrivez à votre tour une scène de reconnaissance entre un frère et une sœur. Vous pourrez choisir le registre comique ou le registre tragique.

La scène d'exposition

| SUJET D'ORAL 1 |

• **GIRAUDOUX**, *Électre*, acte I, scène 1

Du début à « le seul baiser qu'ait reçu Électre. » → p. 15-18, l. 1-43

QUESTION

L'extrait répond-il aux exigences traditionnelles d'une scène d'exposition ?

Pour vous aider à répondre

a Relevez et analysez les informations données par Giraudoux dans cet extrait pour aider le spectateur à comprendre l'intrigue.
b Analysez l'importance particulière qui est accordée au palais d'Agamemnon. En quoi ce lieu symbolique éclaire-t-il les enjeux du passé et de l'intrigue à venir ?
c Dans quelle mesure cette scène révèle-t-elle la volonté de Giraudoux de mettre à distance la tragédie classique ?

COMME À L'ENTRETIEN

1 Quelle va être l'importance du jardinier, dans la suite de la pièce ?

2 En quoi les Euménides contribuent-elles au tragique ?

3 Électre est absente de cette scène d'exposition. Elle n'apparaît qu'à la scène 4 de l'acte I. Quel est l'intérêt pour Jean Giraudoux de différer ainsi sa première apparition ?

4 Giraudoux considère *Électre* comme une « tragédie bourgeoise ». Quel est le sens de cette expression ?

5 Citez au moins une autre pièce de Giraudoux dans laquelle il est question de l'Antiquité. Les références à l'histoire antique détournent-elles le spectateur de la compréhension du présent ?

La relation mère-fils

| SUJET D'ORAL 2 |

• **GIRAUDOUX**, *Électre*, acte I, scène 11 (en entier) → p. 100-104

QUESTION

Cette scène révèle-t-elle l'amour entre Clytemnestre et Oreste ?

Pour vous aider à répondre

a Montrez que Clytemnestre se présente comme une mère aimante et Oreste comme un fils attaché à sa mère.

b À quels obstacles cet amour se heurte-t-il ? Expliquez la différence d'attitude, dans cette scène, entre Oreste et Électre.

c Électre qualifie les propos de Clytemnestre de « comédie ». La scène vous semble-t-elle, ou non, être un moment de sincérité ?

COMME À L'ENTRETIEN

1 Montrez que Clytemnestre, dans la pièce, est aussi un personnage digne de pitié, et pas seulement la mère haïssable que décrit Électre.

2 À quelles autres occasions Oreste révèle-t-il qu'il est prêt au compromis, contrairement à Électre ?

3 Électre est-elle un personnage inhumain ? Justifiez votre réponse.

4 Même s'il n'intervient pas, le mendiant est présent à la scène 11. Quel est le rôle de ce personnage dans la pièce ?

5 En parlant de « comédie », Électre fait presque de l'extrait une scène de théâtre dans le théâtre. Définissez ce procédé et expliquez son importance dans l'ensemble de la pièce.

Un monologue

| SUJET D'ORAL 3 |

• **GIRAUDOUX**, *Électre*, acte I, scène 13 (en entier) → p. 108-110

QUESTION

Quelles sont les fonctions de ce monologue du mendiant ?

Pour vous aider à répondre

a Montrez qu'il s'agit, pour le mendiant, d'éclairer l'épisode de la chute d'Oreste enfant.
b Pourquoi cet épisode permet-il de mieux comprendre les enjeux de l'action à venir ?
c Montrez que, dans cette scène, le mendiant apparaît comme un homme sage et inspiré.

COMME À L'ENTRETIEN

1 Connaît-on l'identité du mendiant ? Quel est le rôle de ce personnage ?

2 Expliquez comment se fait l'enchaînement entre le monologue du mendiant et celui du jardinier. Pourquoi ce dernier peut-il affirmer qu'il n'est « plus dans le jeu » (p. 111) ?

3 Montrez que, dans cette scène comme dans l'ensemble de la pièce, l'écriture théâtrale de Giraudoux est aussi poétique.

4 *Électre* vous semble-t-elle être une pièce à lire ou une pièce à jouer ? Justifiez votre réponse.

5 Ce monologue est relativement long. Citez d'autres exemples de longs monologues au théâtre. Quel est l'intérêt et la difficulté de ce type de scène, pour la représentation ?

Le réveil d'Oreste | SUJET D'ORAL 4 |

• **GIRAUDOUX**, *Électre*, acte II, scène 3 → p. 134-137, l. 229-282

« Notre père, tué ! Qui te l'a dit ? [...] Prends ta force. »

QUESTION

Comment Électre parvient-elle à persuader Oreste de renoncer au bonheur pour rechercher la vérité ?

Pour vous aider à répondre

a Mettez en évidence la violence des révélations qu'Électre fait à Oreste.
b Quelle est l'importance du rêve d'Électre dans cet extrait ? Proposez-en une interprétation.
c En quoi l'intransigeance d'Électre peut-elle être considérée comme tragique ?

COMME À L'ENTRETIEN

1 À quel moment Électre et Oreste obtiennent-ils la révélation de la vérité qu'ils attendent ?

2 Dans quelle mesure Oreste, dans la pièce, se montre-t-il vraiment héroïque ?

3 Montrez qu'une enquête presque policière est menée dans *Électre*.

4 Le crime à élucider est un régicide. Citez d'autres pièces qui mettent en scène l'assassinat d'un roi.

5 Citez d'autres tragédies dans lesquelles des rêves éclairent ou annoncent l'action.

Le régicide

DOCUMENT

• **PIERRE NARCISSE GUÉRIN, *Clytemnestre hésitant avant de frapper Agamemnon endormi*** (1817) → 2e de couverture

Pierre Narcisse Guérin (1774-1833), peintre néoclassique, s'inspire dans ce tableau d'un sujet antique. Il met en évidence la lâcheté et la violence, dans la famille des Atrides. Clytemnestre et Égisthe, comme de vulgaires criminels, se préparent à tuer Agamemnon. Celui-ci, endormi, est vulnérable. Clytemnestre hésite, parce qu'elle sait la gravité de son acte : elle va tuer son mari, qui est aussi le roi d'Argos. Égisthe, son complice, la pousse à accomplir ce geste.

QUESTIONS

1 Comment le peintre donne-t-il à la scène une dimension inquiétante (couleurs, jeu d'ombres, construction du tableau...) ?

2 Pourquoi l'acte d'Égisthe et de Clytemnestre ne peut-il pas, si l'on se réfère à ce tableau, être interprété comme héroïque ?

3 Agamemnon est-il toutefois présenté comme l'incarnation de l'autorité royale agressée ? Justifiez votre réponse.

Un classique très moderne | LECTURE 2 |

DOCUMENT

- **Affiche de la mise en scène d'*Électre* par Thierry Surace (2015)**

→ 3e de couverture

Cette mise en scène de Thierry Surace, par la compagnie Miranda (mars 2015), déplace l'intrigue de Giraudoux à la fois dans l'espace et dans le temps. Elle fait référence à la période de la prohibition aux États-Unis, dans l'entre-deux-guerres. Électre, meneuse de revue, évolue dans une boîte de nuit à la mode appelée les « Atride's ». Autour d'elle règnent la violence et la corruption.

QUESTIONS

1 Relevez, dans cette affiche, les références à l'histoire contemporaine.

2 Quelle image la mise en scène vous semble-t-elle proposer du personnage d'Électre ? Pourquoi le titre de la pièce est-il ainsi mis en lumière ?

3 Sur quels éléments de l'œuvre de Giraudoux cette transposition de l'intrigue hors du cadre mythologique s'appuie-t-elle, selon vous ?

PAPIER À BASE DE FIBRES CERTIFIÉES

Hatier s'engage pour l'environnement en réduisant l'empreinte carbone de ses livres. Celle de cet exemplaire est de :
1,0 kg éq. CO_2
Rendez-vous sur www.hatier-durable.fr

Achevé d'imprimer en février 2023, en France par
La Nouvelle Imprimerie Laballery - 58500 Clamecy (Nièvre)
Dépôt légal : 99135-6/06 – Avril 2023 – N° d'impression : 302545

La Nouvelle Imprimerie Laballery est titulaire de la marque Imprim'Vert®